D1620383

Zum Buch:

In einem Moment der Schwäche hat Cici sich auf einen One-Night-Stand mit dem gut aussehenden Rich Maguire eingelassen, und nun ist sie schwanger! Rich möchte nichts mit ihr oder dem Kind zu tun haben, aber für Cici ist klar, dass sie ihr Kind auch allein großziehen kann. Ab jetzt will sie vernünftig und ihrem Kind eine gute Mutter sein – von Männern hat sie erst einmal genug. Doch dann will Jason sie unterstützen. Sie war so verliebt in ihn, bis er einen Rückzieher gemacht hat. Ob sich nun doch mehr als Freundschaft zwischen ihnen entwickelt?

»Katherine Garbera weiß genau, wie man die perfekte Liebesgeschichte schreibt.«

New-York-Times-Bestsellerautorin Roxanne St. Claire

Zur Autorin:

USA-Today-Bestsellerautorin Katherine Garbera hat schon mehr als neunzig Romane geschrieben. Von Büchern bekommt sie einfach nicht genug: Ihre zweitliebste Tätigkeit nach dem Schreiben ist das Lesen. Katherine lebt mit ihrem Mann, ihren Kindern und ihrem verwöhnten Zwergdackel in England.

Lieferbare Titel:

Das Weihnachtscafé in Manhattan

Katherine Garbera

Sommerliebe in New York

Roman

Aus dem Englischen von
Eleni Nikolina

MIRA® TASCHENBUCH

1. Auflage: Mai 2020
Deutsche Erstausgabe
Copyright © 2020 für die deutsche Ausgabe by MIRA Taschenbuch
in der HarperCollins Germany GmbH, Hamburg

Copyright © 2017 by Katherine Garbera
Originaltitel: »Summer in Manhattan«
Erschienen bei: HarperImpulse,
an imprint of HarperCollins *Publishers*, UK

Published by arrangement with
HarperCollins *Publishers* Ltd., London

Umschlaggestaltung: bürosüd, München
Umschlagabbildung: Sutasinee Anukul / Shutterstock
Lektorat: Annkathrin von Roth
Satz: GGP Media GmbH, Pößneck
Printed in Germany
Dieses Buch wurde auf FSC®-zertifiziertem Papier gedruckt.
ISBN 978-3-7457-0095-4

www.mira-taschenbuch.de

Werden Sie Fan von MIRA Taschenbuch auf Facebook!

1. Kapitel

Sonnig, sommerlich, perfekt.

Das waren Cici Johnsons Gedanken, als sie ihr Apartmenthaus in der Upper East Side verließ. Sie lebte jetzt schon seit über fünf Jahren in New York, wo sie mit ihren zwei besten Freundinnen, Hayley und Iona, ein Geschäft eröffnet hatte. Und jetzt waren sie dank Valentinstag und ihrer neuen Schokoladenkurse unglaublich gefragt. Wie Hayley immer sagte: Gib einem Mädchen Schokolade, und sie ist einen Tag lang glücklich, aber bring ihr bei, wie man Schokolade macht, und sie wird für immer glücklich sein.

Oder so ungefähr.

Allerdings war Hayley auch verliebt, also kam ihr natürlich alles wundervoll und vielversprechend vor. Ihre Beziehung befand sich nicht auf dem absteigenden Ast – so wie Cicis offenbar.

Zahlen waren Cicis Stärke, das war schon immer so gewesen. Es hatte lange gedauert, bis ihr bewusst geworden war, dass nicht jeder so wie sie Zahlen vor dem inneren Auge sah. Sie gab sich sehr viel lieber mit einem Spreadsheet ab oder analysierte Statistiken, als gezwungen zu sein, Menschen zu begreifen.

Knallharter Zahlenjongleur, dachte sie, holte ihre Hornbrille aus der Tasche und setzte sie auf. Als wäre es nicht schon übel genug gewesen, dass sie ein Mathe-Freak war, musste sie ohne Brille auch noch so gut wie blind sein.

»Gut siehst du aus, Cici«, sagte Hayley und winkte Cici zu, als sie sich »Sant Ambroeus« näherte, einem Laden, der gleichzeitig aus einer edlen italienischen Espressobar und einem Restaurant bestand. Als sie noch in der Planungsphase ihres »Candied Apple Café« waren, hatten sie hier sehr viel Zeit verbracht und Cornetti gegessen – ein schickes Wort für italienische Croissants. Zurzeit schraubte Cici zwar ihren Koffeinkonsum herunter, aber sie liebte den Duft von Kaffee, und ihre Freundinnen taten ihr den Gefallen, sich wieder hier mit ihr zu treffen.

»Hi, Girl. Die Woche in Jamaika hat dich offenbar nicht umgebracht«, meinte Cici lachend.

»Nicht im Geringsten. Aber gut, weit ist es ja nicht, gleich neben Queens. Und du und Io seid gut klargekommen im Candied Apple?« Hayley drückte sie an sich. Sie war sonnengebräunt und sah unglaublich entspannt aus. So ungern Cici es auch zugab, machte es doch den Eindruck, als hätte es Hayley gutgetan, einen Typen kennenzulernen und sich in ihn zu verlieben.

An ihrem letzten Geburtstag hatte Hayley sich die Haare schneiden lassen und beschlossen, ein neuer Mensch zu werden. Sie wollte aufhören, es allen recht zu machen, und nur noch tun, was sich für sie richtig anfühlte. Und es hatte funktioniert. Cici fragte sich, ob sie selbst das auch hinkriegen würde – neue Frisur, neues Leben?

»Wo ist Io?«

»Sie kommt etwas später«, sagte Cici. »Ich glaube, sie versucht, eine gute Miete auszuhandeln für den Laden, den sie in der Nähe der Town Hall in Manhattan eröffnen will.«

»Sie ist so eine Diva. Man sollte ihr eine eigene Show geben«, meinte Hayley, während sie hineingingen und man ihnen einen Tisch zuwies. Nachdem sie sich gesetzt hatten, bestellte sie einen Cappuccino.

»Für mich einen grünen Tee«, bat Cici, während sie sehnsüchtig die Espressomaschine an der Theke betrachtete.

Alfonso, ihre Bedienung, tätschelte Cici die Schulter. »Bleiben Sie stark, *bella*.«

Unwillkürlich legte Cici sich die Hand auf den Bauch. Sie war im ersten Trimester schwanger. Nichts Besonderes. Aber sie hatte es eine Weile vor ihren Freunden und ihrer Familie geheim gehalten, weil sie ... na ja, weil sie etwas wirklich Dämliches getan hatte.

Gut, es war nur dämlich, wenn man bedachte, dass sie nur deswegen mit einem Mann geschlafen hatte, weil sie sich an einem anderen rächen wollte. Noch dazu an einem Mann, den sie sogar sehr gern mochte und der eigentlich zu ihrem Leben gehörte, da er der beste Freund von Hayleys Verlobtem war. Peinlicher hätte es kaum sein können.

»Bevor Io kommt ...«

»Was? Stimmt was nicht, Hayley?«

»Nein, überhaupt nicht. Ich hatte nur gehofft, du könntest bei mir wohnen, solange du schwanger bist. Ich weiß, deine Familie wird im Sommer verreist sein, und ich wollte, dass jemand in deiner Nähe ist. Außerdem möchte Garrett, dass ich bei ihm einziehe, und Dad möchte meine Wohnung vermieten.«

»Ich weiß nicht«, sagte Cici. Sie hatte bereits beschlossen, näher ans Stadtzentrum zu ziehen, und ihre Wohnung in Queens untervermietet. Tatsächlich hatte sie bereits einen Vertrag für ein sehr nobles Apartment in der Upper East Side unterschrieben und würde in den nächsten Tagen umziehen.

»Die Miete wäre sehr niedrig, da die Wohnung Dad gehört und er sie abbezahlt hatte, noch bevor meine Mom starb.«

Wenn sie in Hayleys Wohnung einziehen sollte, wäre die Chance größer, Hoop über den Weg zu laufen, und in den vergangenen Wochen war sie sehr geschickt darin gewesen, ihm auszuweichen. Wollte sie wirklich dieses Risiko eingehen?

»Ich werde darüber nachdenken, aber eigentlich habe ich schon etwas Neues. Ein Apartment hier in der Nähe. Aber ich wette, Io würde deine Wohnung sehr gern haben. Ihre Mutter versucht ständig, sie mit irgendeinem netten Griechen zu verkuppeln.«

»Meine Mom ist nicht zu bremsen«, bemerkte Iona, die in diesem Moment auftauchte und sich zu ihnen an den Tisch setzte. »Tut mir leid, dass ich so spät komme. Worüber habt ihr geredet? Abgesehen von meinem Albtraum …«

»Du hast eine Mutter, die dich liebt und nur das Beste für dich will«, sagte Hayley mit einem frechen Lächeln. »Das ist doch kein Albtraum.«

Hayley hätte gern eine so enge Beziehung zu ihrer Mutter gehabt wie Io zu ihrer, dachte Cici.

»Von dir wird ja auch nicht erwartet, in zwei Wochen in die Hamptons zu fahren, um sogenannte Freunde der Familie kennenzulernen. Ich kenne alle Freunde unserer Familie, wen wird sie also außerdem eingeladen haben?«, fragte Iona. »Ich werde euch sagen, wen. Irgendeinen unverheirateten Kerl aus einer guten griechischen Familie. Bestimmt war sie wieder bei der Heiratsvermittlerin.«

Alfonso kam mit ihren Drinks, und Iona bestellte einen doppelten Espresso.

»Vielleicht ist die Heiratsvermittlerin ja genau das Richtige für dich«, sagte Cici. »Ich meine, wenn ich etwas von den diversen Reality-Shows gelernt habe, dann dass ...«

»Dass eine deiner besten Freundinnen dich den ganzen Tag über mit köstlichem Kaffeeduft quälen wird, wenn du nicht aufhörst, ihr einzureden, es wäre eine gute Sache, von einer Heiratsvermittlerin verkuppelt zu werden?« Iona sah sie grinsend an.

Cici lachte, schüttelte den Kopf und hob abwehrend die Hände. »Schon gut. Ich hör schon auf.«

»So ist's schon besser. Also, worüber habt ihr gesprochen?«, fragte Iona, während sie die kleinen Päckchen mit dem Süßstoff für ihren Espresso vor sich aufreihte.

»Hayley möchte, dass ich in ihre Wohnung ziehe, aber ich habe gerade einen Vertrag für ein Apartment unterzeichnet, also kann ich nicht«, sagte Cici. Dem Himmel sei Dank, dass sie den Vertrag schon gestern unterschrieben hatte. Nur so konnte sie sich aus dieser Situation retten. Sie wusste, dass ihre Freundinnen sie gernhatten, aber sie waren anders. Sie schienen die Probleme des Lebens mit links zu bewältigen, indem sie immer die richtige Entscheidung trafen. Ach was, selbst ihre schlechten Entscheidungen kehrten sich für sie ins Positive!

»Wow, da bist du gerade noch mal davongekommen«, sagte Iona.

Cici versetzte ihrer Freundin unter dem Tisch einen Tritt.

»Wovon redet ihr?«, fragte Hayley verwundert, nachdem sie einen Schluck von ihrem Cappuccino genommen hatte.

»Sie versucht, Garretts Freund Hoop aus dem Weg zu gehen.«

»Ja?« Hayley errötete.

»Ja.«

»Aber warum?« Hayley beugte sich vor, sodass ihr blondes Haar ihr halbes Gesicht verdeckte.

Cici senkte den Blick und suchte verzweifelt nach einem Weg, zu sagen, was sie zu sagen hatte, ohne wie eine Frau zu klingen, die etwas getan hatte, was sie bereute. Als sie herausgefunden hatte, dass sie schwanger war, hatte sie versucht, diese Tatsache zu akzeptieren. Dabei war sie eigentlich immer davon ausgegangen, dass sie niemals ein eigenes Kind haben würde. Cici hatte sich eher immer in der Rolle der coolen Tante gesehen.

»Ich halte es ganz einfach nicht für klug, mich mit jemandem einzulassen, der mit Garrett befreundet ist«, entgegnete sie. Tatsächlich hatte Hoop selbst das gesagt, als sie vor drei Monaten im Olympus Theater gewesen waren und sich lang und heiß geküsst hatten.

Nicht heiß genug für seinen Geschmack? Zu heiß? Cici hatte keine Ahnung. Sie wusste nur, dass er ein Taxi für sie angehalten und sie allein nach Hause geschickt hatte.

»Ist es wegen …« Hayley deutete auf Cicis Bauch.

»Wegen meiner Schwangerschaft? Ja, zum Teil. Lasst uns von etwas anderem reden. Von etwas Tollem für den Sommer im Candied Apple Café.«

Das Gespräch drehte sich danach nur noch ums Geschäft, und Cici war bester Dinge, als sie zu Ende gefrühstückt hatten und sie ihren Freundinnen zum Abschied zuwinkte. Sie selbst hatte eine Woche Urlaub, brauchte also nicht im Büro zu sein. In gewisser Weise war der Urlaub erzwungen. Da Hayley gerade aus dem Urlaub zurückgekommen war und Iona eine Woche in den Hamptons auf Long Island verbringen würde, hatten beide darauf bestanden, dass auch Cici eine Pause einlegte.

Sie hatte beschlossen, in Ruhe umzuziehen und sich an ihre Schwangerschaft zu gewöhnen. Immerhin würde ihr Leben sich bald für immer verändern.

Jason Hooper, allgemein Hoop genannt, hatte es verbockt. Und nicht zum ersten Mal. Immerhin war er dreiunddreißig und fünf Jahre lang ein Cop gewesen, bevor er seine Laufbahn aufgab, um Anwalt zu werden. Eine Jugend, die er in diversen Pflegefamilien verbrachte, hatte ihn zum

Einzelgänger gemacht. Er ließ zu, dass Leute in sein Leben traten, aber es dauerte immer eine ganze Weile, bevor er entschied, ob sie bleiben durften oder nicht. Und genau das war sein Fehler bei Cici gewesen. Er hatte Zeit zum Nachdenken gebraucht, um eine Pro-und-Kontra-Liste zu erstellen und herauszufinden, was es mit dieser Anziehungskraft zwischen Cici und ihm auf sich hatte.

Schwachkopf.

Er trank gerade Sodawasser – es schmeckte bitter nach Reue – und sah ihr dabei zu, wie sie mit ihren Freunden sprach und sich unter die Leute mischte, sodass er ihr nicht näher kommen konnte. Sie bediente die Gäste bei der Sommeranfangsparty im Candied Apple Café.

Manhattans derzeit schwer angesagter Laden für exquisite Schokoladenspezialitäten mit angeschlossenem Café war offensichtlich ein großer Erfolg, und wenn man nach dem Andrang der Gäste urteilen wollte, würde dieser Erfolg noch lange anhalten.

Cici Johnson mit ihrem halblangen welligen Haar, der dicken Hornbrille und üppigen Figur war die personifizierte Versuchung. Aber Hoops Erfahrung mit dem weiblichen Geschlecht war nicht die beste. Es lag ihm nichts an längeren Beziehungen, und es war ihm klüger vorgekommen, jegliche Komplikationen zu vermeiden, die seine Freundschaft mit Garrett beeinträchtigen könnten.

Idiot.

»Junge, du starrst sie ja an«, sagte Garrett Mulligan und reichte ihm ein Bier.

Hoop stellte sein Glas auf das Tablett eines gerade vorbeikommenden Kellners und nahm das Bier von Garrett an. Garrett war sein bester Freund und ein Cop. Sie kannten sich seit der Highschool, und er und seine Eltern waren im Grunde Hoops Familie. Garrett war der Grund, weswegen er es mit Cici vermasselt hatte.

»Es ist alles deine Schuld.«

»Und wieso?«

»Wenn du und Hayley nicht zusammen wärt, hätte ich mit Cici wie mit jeder anderen Frau ein flüchtiges Techtelmechtel haben und dann ruhig meiner Wege gehen können.«

»Wenn ich und Hayley nicht zusammen wären, hättest du sie überhaupt nicht kennengelernt.«

»Da ist was dran.«

Hoop trank einen Schluck Bier und sah sich im Raum um. Mit etwas Glück würde er vielleicht eine andere Frau entdecken, die sein Interesse weckte. Aber das war nicht der Fall. Offenbar sollte es für ihn doch Cici sein. In dem Moment, als er ihr gesagt hatte, dass er ihr nichts geben konnte, was über einige heiße Küsse hinausginge, hatte das Schicksal ihn offenbar spöttisch ausgelacht – denn seitdem war es ihm einfach unmöglich, sie zu vergessen.

»Und?«

»Was und?«

»Wirst du zu ihr gehen und mit ihr reden oder weiterhin hier rumstehen und die Leute mit deiner finsteren Miene verschrecken?«, fragte Garrett.

Die Party heute fand statt, um den Anfang des Sommers und eine neue Schokoladenspezialität im Candied Apple Café zu feiern – dem beliebten Café in der Fifth Avenue, das zu gleichen Teilen Garretts Verlobter Hayley, Cici und deren Freundin Iona gehörte.

»Könnte sein. Sie geht mir aus dem Weg. Ich habe sie schon ein Dutzend Mal angerufen.«

»Seit wann lässt du dich denn so leicht abwimmeln?«, meinte Garrett lachend.

Hoop dachte darüber nach, und dann leerte er sein Bier in einem langen Zug. Nein, er würde sich nicht abwimmeln lassen. Er konnte gar nicht. In den vergangenen drei Monaten seit ihrem ersten und einzigen Date war er mit anderen Frauen ausgegangen. Schon traurig, dass er auf den Tag genau sagen konnte, wie lange es her war, aber so war es nun mal. Immer wenn er eine andere Frau küsste, verglich er sie mit Cici. Immer wenn er eine andere Frau zum Lachen brachte, musste er daran denken, wie sehr ihm Cicis Lachen gefallen hatte. Vielleicht lag es einfach daran, dass er sich eingeredet hatte, sie wäre tabu. Das ließe sich leicht beheben, wenn er noch ein Date mit ihr haben könnte. Aber sie hatte ihn offensichtlich bereits abgeschrieben.

Und jetzt lechzte er geradezu nach ihr – na ja, nicht direkt lechzen, aber auch nicht sehr weit davon entfernt.

Er stellte die leere Bierflasche ab und bahnte sich einen Weg durch die Menge. Cici trug ein leichtes Sommerkleid, das sich um ihre aufregenden Rundungen schmiegte und bis knapp über die Knie reichte. Als Hoop näher kam, fiel ihm auf, dass sie eine dünne Goldkette trug und der Anhänger ihr nach hinten in den Nacken gerutscht war.

Sie sagte etwas, das er nicht hören konnte, der Mann, mit dem sie sprach, antwortete darauf, und sie lachte. Hoop spürte einen Stich der Eifersucht. Ein anderer Mann hatte sie zum Lachen gebracht.

Er wusste, dass er sich völlig unlogisch benahm. Schließlich war er es gewesen, der ihr einen Korb gegeben hatte, aber die Gefühle, die sie in ihm erweckte, waren eben auch völlig irrational.

»Cici«, sagte er leise, als er von hinten an sie herantrat und ihr die Hand auf den Rücken legte. »Es ist viel zu lange her, seit ich dich das letzte Mal gesehen habe.«

Sie spannte sich sofort an, und Hoop sah, dass sie eine Gänsehaut bekam. Abrupt drehte sie sich zu ihm um und schob ihre Brille höher. Ihre vollen Lippen waren leicht geöffnet, als wollte sie ihn zu einem Kuss einladen, aber Hoop wusste natürlich, dass es reines Wunschdenken war – und zwar seins und nicht Cicis.

»Hoop. Ich wusste gar nicht, dass du auch auf der Party bist«, sagte sie. »Kennst du Theo? Er ist Ionas Bruder.«

»Ja, ich kenne ihn.« Hoop hielt dem jungen Griechen die Hand hin. Ionas Bruder sah aus, als wäre er wie geschaffen für Hollywood und nicht für die Arbeit eines Barkeepers in einem Nachtclub drei Abende in der Woche oder für seinen Job als DJ, den er in seiner Freizeit ausübte. Theo schüttelte ihm die Hand und schlenderte kurz darauf zu einer anderen Gruppe weiter.

Cici machte einen Schritt zur Seite, weil Hoops Hand noch immer auf ihrem Rücken lag. »Wie geht es dir?«, fragte sie.

»Nicht schlecht. Und dir?« Small Talk. War er jetzt also schon so weit gesunken?

»Ganz gut. Hör mal, es ist mir wirklich sehr peinlich, dass ich dich nicht zurückgerufen habe«, fügte sie dann hinzu.

»Ach?«

»Ja. Es ist eine heikle Situation, findest du nicht? Unsere besten Freunde sind verlobt, und ich meide den Kontakt zu dir. Es ist nur so, dass es mir unangenehm war. Du weißt, nach jenem Abend, an dem wir alle zusammen ausgegangen sind.«

Hoop hatte befürchtet, dass das der Grund war. Er hatte sie zu entschieden zurückgewiesen. »Ich war es, der die Dinge in den Sand gesetzt hat, und ich würde mich glücklich schätzen, wenn du mir erlauben würdest, es wiedergutzumachen.«

»Aber wie?«, fragte sie.

»Drinks. Mehr nicht, nur Drinks.«

Wie viel lahmer konnte er eigentlich noch klingen? Aber dass er sie einfach nicht vergessen konnte, brachte ihn aus dem Gleichgewicht. Und er fragte sich, was sein Unterbewusstsein an ihr sah, das sein Bewusstsein nicht erkannte.

»Ich kann nicht. Ich bin … ich kann nicht«, sagte sie schnell und ließ ihn stehen, ohne ihn auch nur ein letztes Mal anzusehen.

Hoop war einen Moment vollkommen fassungslos.

Na schön, dachte er schließlich, aber etwas in ihm weigerte sich, sie einfach gehen zu lassen.

Also folgte er ihr kurz entschlossen auf die Terrasse, von der man einen guten Ausblick auf den Central Park hatte. Die Sonne ging gerade unter. Cici stand am Geländer des Balkons und hielt der lauwarmen Brise das Gesicht entgegen.

»Warum?«, fragte er von der Terrassentür aus.

»Warum was?« Cici hatte sich bei seinen Worten zu ihm umgedreht. Der Wind spielte mit ihrem Haar, und sie schob sich eine Strähne hinters Ohr.

»Wahrscheinlich sollte ich besser fragen: warum nicht?«

»Unsere Freunde sind jetzt miteinander verlobt, sie gehen nicht bloß miteinander aus wie vorher«, antwortete sie. »Es hat sich nicht wirklich etwas verändert, und ich möchte ihnen nicht aus dem Weg gehen müssen.«

»Und was wäre, wenn es mit uns beiden klappen würde?«, fragte Hoop und kam einen Schritt näher.

»Wenn du das wirklich glauben würdest, hättest du mich an jenem Abend im Olympus nicht weggeschickt«, sagte sie. »Lass uns einfach Freunde sein.«

»Freunde?«

»Das schaffen wir doch, oder?«

»Ja«, sagte er. Aber insgeheim sträubte sich alles in ihm dagegen. Die einzige Frau, die er nicht aus dem Kopf kriegen konnte, schickte ihn in die Friendzone. Es war verrückt. Er träumte sogar von ihr, und er dachte an sie, egal, wie langweilig oder wie spannend ein Meeting war. Wie sollte er jetzt also »einfach ein Freund« für sie sein?

Nach ihrem kurzen Urlaub und ihrem Umzug verbrachte Cici die folgende Woche damit, ihren Freundinnen aus dem Weg zu gehen und in ihrem Büro zu bleiben. Sie war für die Buchhaltung zuständig, war also gut beschäftigt. Die Tür zum Büro blieb geschlossen, aber Cici konnte dennoch das rege Treiben von Hayley und ihrem Personal in der Küche hören. Carolyn, die Assistant Managerin im Geschäft, brachte ihr von Zeit zu Zeit etwas zu essen und zu trinken – frische, in Schokolade getunkte Erdbeeren und Apfelschorle, die Cici erfrischte, während sie arbeitete.

»Dachte mir, du könntest das gut brauchen«, sagte Carolyn.

Sie war etwa eins fünfundsechzig groß und hatte ihr braunes Haar zu einem Pferdeschwanz gebunden. Ihr Lächeln war freundlich, und sie stellte sich bei ihrer Arbeit ausgesprochen klug an. Jedes Mal, wenn Carolyn hereinkam, fürchtete Cici, dass sie um eine Gehaltserhöhung bitten wollte.

»Danke, ich habe einen Riesendurst.«

»Gut. Hast du eine Minute?«, fragte Carolyn.

»Sicher. An deinem Gehalt können wir leider nichts machen«, sagte Cici lächelnd und nahm einen Schluck von ihrem kühlen Drink.

»Oh, darum geht's nicht. Ich habe mitgekriegt, dass du deine Wohnung in Queens untervermietest …«

»Ja, aber ich habe schon jemanden gefunden«, antwortete Cici. »Ich wusste nicht, dass du nach einer Wohnung suchst.«

»Tue ich auch nicht so richtig. Dachte nur, ich frage dich, wie hoch die Miete sein würde. Meine Wohnung ist sehr klein.«

»Ich werde mich umhören«, versprach Cici.

»Danke. Dann lasse ich dich jetzt weitermachen. Soll ich die Tür hinter mir schließen?«

»Ja, bitte. Ich brauche Ruhe bei der Arbeit.«

Aber das war gelogen. Sie versteckte sich. Cici wusste das sehr wohl, und sie vermutete, dass ihre Freundinnen es genauso gut wussten. Aber sie taten ihr den Gefallen und ließen ihr ihren Freiraum.

Sie war die Erste von ihnen, die ein Kind erwartete, und genauso wenig wie sie wussten sie, was auf sie zukommen würde. Ihre Mutter, der Cici noch immer nichts von der Schwangerschaft gesagt hatte, schickte ihr schon den ganzen Tag lang Nachrichten. Aus irgendeinem Grund hatte ihre Mom noch immer nicht völlig begriffen, dass ihre Tochter einen richtigen Job hatte und Rechnungen, die bezahlt werden mussten. Sie ging davon aus, dass Cici bei jedem Familienurlaub dabei war und für jedes noch so knapp angesetzte Familientreffen zur Verfügung stand.

Deswegen ignorierte Cici es jedes Mal, wenn ihr Handy summte. Sie wollte nicht noch ein Foto von ihrer strahlenden Mutter, ihrem Stiefvater und den Zwillingen, ihren beiden Halbbrüdern, auf den Stufen von Machu Picchu bewundern müssen.

Sie buchte die letzten Summen und nahm dann das Glas, um noch einen Schluck von ihrer Schorle zu trinken. Erst dann griff sie doch noch nach dem Handy und stellte erstaunt fest, dass die Nachricht nicht von ihren Eltern, sondern von Hoop kam.

Hallo, ich bin's, Hoop. Hayley hat mir deine Nummer gegeben. Ich habe zwei Tickets für das Yankee-Spiel am Freitag. Wie ich höre, bist du Baseball-Fan. Wollen wir hingehen? Nur als Freunde, versteht sich! :)

Cici lehnte sich zurück und sah zur Decke hinauf, die mit ihren Pseudo-Querbalken an ein altes französisches Bauernhaus erinnern sollte.

Baseball. Sie liebte es. Bevor die Zwillinge geboren waren, waren sie und ihr Stiefvater zu jedem Spiel gegangen. Ihre Liebe für Zahlen war ihr zugutegekommen, denn sie erinnerte sich an die Statistiken jedes Spielers. Vielleicht konnte sie sich nicht an andere Dinge erinnern, aber die Spielerstatistiken vergaß sie nie.

Also antwortete sie. *Okay.*

Prima. Wo wohnst du? Ich hole dich ab.

Cici überlegte kurz, dann schrieb sie: *Ich kann dich hier treffen.*

Freunde, okay?

Sie seufzte. Diese Freundschaftssache war nicht so leicht, wie sie gehofft hatte. Sie wollte Hoop zwar erlauben, sie zu sehen, aber sie musste ihn dennoch auf Armeslänge von sich fernhalten. Widerwillig antwortete sie: *Okay. Hier ist meine Adresse.*

Bis Freitag.

Ja, bis dann.

Cici stand auf und verließ ihr Büro, entschlossen, Hayley klarzumachen, dass sie gefälligst aufhören musste, Hoop und sie zu verkuppeln. Aber ihre Freundin war mit einem der neuen Lehrlinge für die Pralinen-Herstellung beschäftigt, also betrat Cici stattdessen den Laden.

Dort war für einen frühen Nachmittag ziemlich viel los, aber es war Ende Mai, und einige Touristen waren vor der Hitze geflohen und genossen die berühmten Candied-Apple-Café-Milkshakes.

Cici winkte dem Verkaufsleiter zu, während sie durch das Geschäft und auf die Straße ging. Sofort wünschte sie, sie hätte ihre Sonnenbrille mitgenommen, aber sie wollte nicht wieder hineingehen. Noch nicht.

Sie fühlte sich seltsam rastlos und auch ein wenig verängstigt, wie sie sich eingestand, als sie die Fifth Avenue mit ihren Läden und Unmengen von Touristen entlangging. Als sie die St. Patrick's Cathedral erreichte, stieg sie die Stufen hinauf und betrat die Kirche.

Hier war es kühl und still. Cici setzte sich auf eine der kalten Holzbänke im hinteren Teil der Kirche und schloss die Augen. Sie erinnerte sich noch genau daran, wie es früher hier gewesen war, und ihr war, als könnte sie jetzt noch die Hymnen von damals hören. Regungslos saß sie da und betete lautlos, wie sie es an den meisten Tagen tat.

Um Rat.

Den größten Teil ihres Lebens hatte sie damit zugebracht, eine Katastrophe nach der anderen zu bewältigen, die sie sich durch ihr impulsives Verhalten selbst eingebrockt hatte, und sie wusste, dass sie sich ändern musste. Sie wollte ihrem Kind das Beste im Leben bieten – angefangen mit einer guten Mutter.

Sie dachte nicht an den Mann, mit dem sie geschlafen hatte, oder an die Tatsache, dass er ihr gesagt hatte, er wolle nichts mit ihr oder ihrem Baby zu tun haben, als sie ihn angerufen und ihn über die neue Lage informiert hatte. Das lag alles in der Vergangenheit. Sie würde einen Weg finden, ihr Baby großzuziehen und es mit so viel Liebe zu überschütten, dass es sich immer geliebt fühlen würde.

Mehr konnte sie nicht tun.

Sie sagte die Gebete auf, die sie als Kind gelernt hatte. Nur die vertrauten Worte, die ihre innere Unruhe besänftigen würden. Nachdem sie geendet hatte, stand sie auf, steckte einige Geldscheine in die Sammelbüchse und ging wieder hinaus.

Irgendwie würde sie es schaffen müssen, in Hoop nur einen guten Freund zu sehen. Nicht mehr als das. Denn jedes Mal, wenn sie seinen Namen sah, überlief sie ein erregter Schauer, und sie wusste, dass das kein gutes Zeichen war.

Es war auch alles andere als klug, dass sie zugestimmt hatte, mit ihm zum Baseballspiel zu gehen. Bevor sie ihre Meinung ändern konnte, holte sie ihr Handy hervor und schrieb ihm, dass sie es nicht schaffen würde.

Im Moment konnte sie wirklich nicht noch mehr Komplikationen gebrauchen, und ihr war klar, dass Hoop eine besonders große darstellte. Schnell kehrte sie zu ihrer Arbeit zurück, heftete die Steuerunterlagen ab und verbrachte den Rest des Tages in ihrem neuen Apartment.

Sie wich Hayley aus, die versucht hatte, mit ihr über Hoop zu sprechen, und auch Iona, die mit ihr Babysachen einkaufen gehen wollte. Cici wusste nur, dass sie vor allem anderen erst einmal ihr inneres Gleichgewicht wiederfinden musste.

2. Kapitel

Cicis Apartment machte gute Fortschritte. Es war anders als das in Queens, und sie hoffte, dass es für das neue Leben mit ihrem Baby perfekt sein würde. Sie legte sich die Hand auf den Bauch, was allmählich zu einer Gewohnheit wurde, als könnte sie so eine Verbindung schaffen zu dem Kind, das bis jetzt mehr eine verschwommene Vorstellung als eine Tatsache für sie war.

Sie ließ sich langsam auf das zweisitzige, weich gepolsterte Sofa sinken und lehnte sich gegen das gemusterte Kissen. Die Füße auf dem Kaffeetisch, sah sie sich in der Wohnung um.

Nachdem sie so viel harte Arbeit hier reingesteckt hatte, fühlte sie sich unglaublich stolz und fand, dass sie das Apartment eigentlich verdient hatte. Eine elegant geschwungene Treppe führte in den oberen Stock, wo ihr Schlafzimmer und das Zimmer lagen, das sie zu einem Kinderzimmer umfunktionieren wollte. Das Gebäude stammte noch von vor dem Krieg und war inzwischen natürlich vollkommen renoviert worden. Im Wohnzimmer gab es einen Kamin mit Bücherregalen zu beiden Seiten, die Cici bereits mit ihren Lieblingsbüchern gefüllt hatte. Dazu gehörten auch geliebte Autoren aus ihrer Kindheit wie E. L. Konigsburg, Madeleine L'Engle und ihre Trixie-Belden-Sammlung. Und jetzt hatte sie angefangen, Dr.-Seuss-Bücher für das Baby anzuschaffen. Auf den übrigen Regalen standen ihre Liebesromane, Krimis und natürlich alle Harry-Potter-Bände.

Hier und da hatte sie auch Fotorahmen aufgestellt. In einem waren sie, Hayley und Iona zu sehen. Es war der Tag, als sie das Candied Apple Café eröffnet hatten. Schon vom Sofa aus konnte man deutlich ihre strahlenden Gesichter sehen. Die Freude und das Glücksgefühl, mit dem ihre Arbeit und die Freundschaft zu diesen tollen Frauen sie erfüllten, war etwas, das sie hoffentlich auch ihrem Kind würde geben können.

Mein Kind.

Manchmal kam es ihr vor, als wäre es nicht wirklich.

Sie hatte versucht, Rich – den Vater des Babys – noch einmal zu erreichen, aber er wollte wirklich weder mit ihr noch mit dem Kind etwas zu tun haben. Cici hatte Verständnis dafür. Selbst ihr, die schließlich das Baby in ihrem Bauch trug, fiel es schwer, sich vorzustellen, dass sie wirklich in absehbarer Zeit Mutter sein würde. Und wie Rich gesagt hatte – sie kannten sich wirklich kaum. Es war nur ein bisschen Sex während einer Hochzeitsparty gewesen, keine Bindung fürs Leben.

Cici ließ den Kopf gegen das Sofakissen fallen und sah zur Decke mit ihren kunstvollen Stuckornamenten hinauf. Plötzlich wurde ihr bewusst, dass es nicht wichtig war, wie schick dieses Apartment aussah, denn es änderte nicht das

Geringste an der Tatsache, dass in ihr trotzdem ein völliges Chaos herrschte.

Der Wecker ihres Handys ging los, und sie zuckte zusammen. Sie hatte Pläne für heute Abend. Shakespeare im Park, eins der schönsten Dinge am Sommer.

Cici zog ein fließendes Sommertop und dazu eine weiße Jeans an, die ihr dank der ständigen Morgenübelkeit sogar ein wenig zu weit war. Und dann beschloss sie, statt ihrer Kontaktlinsen eine getönte Brille aufzusetzen.

Sie warf einen Blick in den Spiegel. Heute war ihr lockiges Haar einmal nicht zu kraus. Zufrieden drehte sie sich zur Seite, steckte die Hände unter das Top und machte eine kleine Wölbung. So würde sie schon bald aussehen.

»Ich bereue nichts, Kleines«, flüsterte sie, und eine Welle der Zärtlichkeit überflutete sie. Zehn Wochen schwanger – und offensichtlich ganz allein mit ihrem Baby.

Keine Reue.

Cici verließ ihr Apartment und ging durch den Central Park zum Open-Air-Theater, wo sie sich ihren Platz suchte und sich setzte. Sie freute sich darauf, sich zu entspannen, an ihrem Smoothie zu nippen und sich von Beatrice und Benedict mitreißen zu lassen. Sie würde vergessen, dass sie fast drei Monate schwanger war und ganz allein.

»Verzeihung.«

Sie blickte auf, als ein Spätankömmling sich in der Reihe hinter ihr einen Weg zu seinem Sitz bahnte. Nichts war ärgerlicher als Leute, die zu spät zu einer Aufführung kamen.

Es war ja nicht so, dass die Anfangszeit nicht deutlich auf ihrem Ticket stand. Allerdings hatte Cici auch die Angewohnheit, immer zu früh zu kommen. Sie warf einen Blick auf den leeren Sitz neben sich.

Bitte lass niemanden mehr kommen.

Der Mann zu ihrer Linken stand auf. Offenbar wurde ihr der Wunsch, der Platz neben ihr möge frei bleiben, nicht erfüllt.

Also stand auch sie auf und sah mit einem Lächeln auf, das ihr allerdings sofort verging, als sie in jene vertrauten himmelblauen Augen blickte. »Hoop.«

»Cici«, erwiderte er. »Welch Überraschung, dich hier zu treffen.«

Ja, welch Überraschung.

Sie setzte sich, als er an ihr vorbei war, und holte wütend das Handy aus der Tasche. Wie hatte Hayley ihr das antun können?

»Gib Hayley nicht die Schuld daran«, sagte Hoop. »Ich habe sie dazu gezwungen.«

»Warum?«

»Ich hatte einfach das Gefühl, dass wir miteinander reden müssen«, sagte er. »Und ich habe schon einmal zu lange gezögert und alles vermasselt, also werde ich es dieses Mal … nicht tun. Ich erkläre dir alles nach der Aufführung. Ich habe uns einen Tisch in einem Restaurant hier in der Nähe reservieren lassen.«

»Ich weiß nicht, ob das eine gute Idee ist«, meinte Cici beunruhigt. Sie konnte jetzt keine neue Beziehung anfangen. Dazu war sie nicht in der richtigen Verfassung, und sie wusste ja nicht einmal, wie ihr Leben in sechs Monaten aussehen würde, wenn sie ihr Baby zur Welt brachte.

»Bitte, Cici. Gib mir eine Chance, mein Benehmen an jenem Abend wiedergutzumachen. Es war so klar, dass da etwas zwischen uns war, und das hat mir Angst gemacht«, sagte er.

Sie wollte ihn nicht Dinge sagen hören, die sie gern an ihrem ersten Abend gehört hätte. Ihr Blick wanderte zu der runden Bühne und weiter bis zum Belvedere Castle mit der im Wind flatternden Flagge. Wie sehr wünschte sie, sie könnte wirklich eine echte zweite Chance bekommen.

Wenn sie an jenem Abend im Februar nicht so aufgebracht gewesen wäre und entschlossen, sich zu beweisen, dass die Männer sie noch immer attraktiv fanden, hätte sie jetzt kein Problem gehabt, Hoop eine Chance zu geben. Aber sie hatte sich leider schon immer von ihrem Temperament mitreißen lassen.

Was Hoop jetzt auch sagen mochte, sie wusste, dass kein Mann das Kind eines anderen aufziehen wollte. Cici wusste es aus erster Hand. Ihr Stiefvater war zwar nett und freundlich zu ihr, aber er war ihr kein Vater. Jedenfalls nicht so wie für seine eigenen Kinder, Cicis Halbgeschwister. Und sie wollte mehr als das für ihr Baby – und auch für sich.

»Die Dinge … alles ist jetzt anders, Hoop.«

»Inwiefern?«

Sie sah wieder zur Bühne hinunter, als könnte sie Don Pedro durch Gedankenübertragung zwingen, endlich mit dem Stück zu beginnen. Aber ihnen blieben noch gute fünf Minuten, bevor es anfangen sollte.

Also holte sie tief Luft, aber auch das half nicht besonders. Cici nahm einen Schluck von ihrem Smoothie, und plötzlich legte Hoop die Hand auf ihre.

»Was ist es denn, das du mir zu sagen versuchst?«, fragte er.

»Ich bin schwanger.«

So. Sie hatte es gesagt.

»Was?«, stieß er hervor, lehnte sich in seinem Sitz zurück und versuchte, zu verarbeiten, was er gerade gehört hatte.

»Ich bekomme ein Baby«, fügte sie hinzu.

»Und der Vater? Ach du meine Güte, bist du mir deswegen aus dem Weg gegangen? Ich hätte dich nicht so drängen dürfen. Du hast mir gesagt, dass wir nur Freunde sein können, und jetzt bin ich hier und will wieder etwas mit dir anfangen.«

Sie sah ihn ernst an. »Der Vater spielt keine Rolle mehr. Es ist ziemlich peinlich, Hoop. Und um ehrlich zu sein, möchte ich nicht darüber reden.«

»Verständlich«, sagte er.

Im zunehmenden Dämmerlicht betrachtete Cici sein Gesicht. Hoop gehörte zu den Männern, die man fast schon klassisch schön nennen konnte, mit seinem energischen Kinn und den hohen Wangenknochen. Und es glomm eine Leidenschaft in seinen Augen, die sie nicht ganz erfassen konnte.

Er hatte im Olympus eine Entscheidung getroffen, als sie sich kennengelernt hatten, und die hatte zu ihrer heutigen Situation geführt – eine Situation, die niemand ändern konnte. Und selbst wenn, würde Cici sie gar nicht ändern wollen. Sie und ihr kleines Mäuschen würden ein tolles Team abgeben und aufeinander aufpassen. Nicht wie ihre Mutter, die ihren Stiefvater geheiratet und mit ihm eine neue Familie gegründet hatte.

Zumindest war das ihr Plan. Bis jetzt gab es nicht mehr als einen Entschluss, aber Cici war schon immer gut darin gewesen, die Dinge ins Rollen zu bringen, und das würde jetzt auch nicht anders sein.

Schwanger.

Er wusste nicht, wie er reagieren sollte. Es war das Letzte, was er erwartet hätte. Jetzt verstand er allerdings, warum sie ihn nicht hatte wiedersehen wollen. Aber er hatte ihr wenigstens seine Freundschaft angeboten. So viel würde er doch wohl noch fertigbringen, oder?

Er hatte keine Ahnung.

Ein Kind.

Kinder waren so eine Herausforderung.

Hoop ging ihnen, wann immer möglich, aus dem Weg. Er wusste, wie zerbrechlich ein Kind war. Familien gingen auseinander, Kinder kamen ins Heim, und wenn sie waren wie er damals, landeten sie in zahllosen Pflegefamilien, bevor sie ein wirkliches Zuhause fanden.

Er tat, was in seiner Macht stand, und arbeitete voller

Hingabe mit einer Organisation zusammen, die Pflegekindern dabei half, Halt zu finden inmitten des Chaos ihres Lebens, aber ein Date mit einer Frau, die schwanger war ...

Andererseits wollte sie ja gar kein Date mit ihm, also stand das sowieso nicht zur Debatte.

Wenn er ehrlich war, musste er zugeben, dass ihn die vielen verschiedenen Möglichkeiten zu reagieren ein wenig überwältigten. Das Einfachste von allen war, bis zum Ende des ersten Akts freundlich sitzen zu bleiben und dann einen Notfall vorzutäuschen und sich mit Anstand zu verabschieden. Aber er war ein Mann, dessen geliebter Pflegevater ihn dazu erzogen hatte, nicht den einfachsten Weg zu gehen, sondern den richtigen.

Hoop war in verschiedenen Pflegefamilien aufgewachsen, bis er schließlich bei den Fillions gelandet war. Der Vater der Familie war anfangs eher schroff zu ihm gewesen, und Hoop hatte sich zunächst wie auf Bewährung gefühlt: Entweder er kooperierte oder wanderte ins Gefängnis. Paps hatte ihn aber irgendwie erreichen und ihn auf den Weg führen können, der Hoop dorthin gebracht hatte, wo er sich jetzt befand.

»Du möchtest am liebsten das Weite suchen, stimmt's?«, fragte Cici. Ihr Blick war immer noch auf die Bühne gerichtet, aber Hoop wusste, dass ihre ganze Aufmerksamkeit ihm galt.

»Ja, stimmt. Aber ich werde es nicht tun.«

»Warum nicht?« Sie sah ihn jetzt an, und ihre blauen Augen hinter den Brillengläsern hatten einen misstrauischen

Ausdruck angenommen. Eine kleine Schweißperle formte sich auf ihrer Oberlippe.

Er beugte sich vor und wischte sie behutsam mit dem Daumen fort, und ein Schauer überlief ihn. Eindeutig gab es da eine starke Anziehungskraft zwischen ihnen, und wenn er nicht beschlossen hätte, es zu ignorieren, als sie sich das erste Mal begegneten, wäre vielleicht alles anders gekommen.

»Ich kann dich nicht vergessen, Cici«, gestand er. »Und vor dir davonzulaufen und vor dem, was zwischen uns sein könnte, hat mir auch das erste Mal nicht viel gebracht.«

»Ich bin nicht mehr dieselbe Frau wie bei diesem ersten Mal«, sagte sie.

»Natürlich nicht. Aber ich würde dich trotzdem gern besser kennenlernen.«

Sie seufzte.

Das klang nicht besonders vielversprechend für ihn. Nicht einmal nach einem gemeinsamen Abendessen nach der Vorstellung.

»Also sagst du Nein, nicht wahr?«

»Ja. Aber es liegt nicht an dir, sondern an mir. Wirklich, Hoop.«

»Haltet jetzt mal die Luft an da drüben. Die Aufführung fängt an.«

Cici errötete und sah zur Bühne hinunter, wo Don Pedro auftrat und »Viel Lärm um nichts« begann. Hoop wäre am liebsten mit ihr verschwunden, aber sie lehnte sich zurück, nahm einen Schluck von ihrem Smoothie und war ganz offenbar schon bald wie gebannt von dem Stück. Sie hielt den Blick fest nach vorn gerichtet und lachte hin und wieder, und obwohl es eins von Hoops Lieblingsstücken war, gelang es ihm nicht, sich auf das Bühnengeschehen zu konzentrieren. Stattdessen sah er Cici an.

Als die Aufführung vorbei war und die Besucher sich langsam zerstreuten, wandte Hoop sich schnell an Cici, bevor sie sich verabschieden konnte. »Da ist noch der Tisch, den ich reserviert habe.«

»Ich weiß. Und ich habe auch ziemlichen Hunger.«

»Dann komm mit, und iss etwas mit mir. Wir können uns unterhalten und uns ein wenig besser kennenlernen. Ich werde dich nicht drängen oder so was. Wir sind nichts weiter als ein Mann und eine Frau.«

»Aber wir sind nicht bloß irgendein Mann und eine Frau.«

Er ergriff ihre Hand, und gemeinsam gingen sie Richtung Central Park West und zum Restaurant. »Heute Abend schon. Nur heute Abend. Wir hatten schließlich nie ein richtiges Date.«

»Nein, das stimmt. Du hast mir wirklich gut gefallen.«

»Ich weiß. Ich glaube, das hat mich auch ein bisschen nervös gemacht«, gab er zu. Er wünschte, es wäre nicht so gewesen, aber er zog es vor, wenn die Dinge oberflächlich und unkompliziert blieben. Bei Cici allerdings hatte er schon damals das Gefühl gehabt, sie würde mehr als das verlangen.

»Und jetzt bist du nicht nervös?«

»Nein, heute nicht. Ich finde, es würde dir guttun, einmal auszugehen, und mir auch.«

»Schön, aber nur heute Abend. Nach dem Dinner nehme ich mir ein Taxi nach Hause.«

»Nach dem Dinner sehen wir, was passiert.«

Sie knabberte an ihrer Unterlippe und sah ihn misstrauisch an. »Was soll denn passieren?«

»Ich habe keine Ahnung, Cici. Du wirfst meine sorgfältig geschmiedeten Pläne jedes Mal über den Haufen, also weiß ich nicht, womit ich zu rechnen habe.«

»Nur ein Abendessen. Mehr nicht.«

Er nickte, aber er wusste, dass er mehr wollte. Während er mit ihr über das Stück plauderte, war ihm die ganze Zeit bewusst, dass sie etwas Besonderes war. Und dass nur ein Date mit ihr ihm niemals genügen würde.

Aber sie war zurzeit nicht in der Verfassung für mehr, und Hoop respektierte das. Er würde der Freund für sie sein, den sie brauchen würde, wie er sehr gut wusste. Er hatte ehrenamtlich mit Pflegekindern gearbeitet und auch mit deren Müttern und dabei versucht, Familienbande wieder zu kitten, die gerissen waren. Er wusste, wie kompliziert das Leben einer ledigen Mutter sein konnte, und wünschte sich für Cici Besseres.

»Warum siehst du mich so an?«

»Ich versuche mir klarzumachen, dass du einen Freund brauchst und keinen Liebhaber«, antwortete er.

Sie legte den Kopf leicht zur Seite und betrachtete ihn

kurz. »Lass uns mit der Freundschaft anfangen, und dann sehen wir weiter.«

»Nun gut, beste Freundin, warum liebst du Shakespeare?«, fragte er.

»Und du?«

»Als ich ein Teenager war, gab mir jemand den ›Sturm‹ zu lesen. Ich liebte die Story, und es gab mir abends was zu tun. Ich war eine Weile ein ziemlicher Unruhestifter und bekam schließlich Ausgehverbot. Und wenn ich mich nicht daran gehalten hätte, wäre ich ins Gefängnis gekommen.«

»Du warst ein böser Junge?«

»Ja, aber nicht so böse, wie ich hätte werden können. Und das klingt großartiger, als es war.«

»Ich war ein sehr braves Mädchen. Wenn es eine Regel gab, hielt ich sie ein. Tatsächlich brauchte ich nur zu vermuten, dass es eine Regel gab, um nicht dagegen zu verstoßen.«

»Das sehe ich«, sagte er. »Aber du hast auch eine wilde Seite.«

»Haben wir die nicht alle?«, sagte sie lächelnd.

»Da bin ich gar nicht so sicher. Ich zum Beispiel habe keine mehr.«

»Na ja, ich bin nicht besonders wild, weißt du. Es ist nur manchmal so, dass ich einen Punkt erreiche, an dem ich nicht mehr bereit bin, mich an irgendwelche Regeln zu halten. Und am Ende gehe ich so weit blauzumachen, um mir ein Baseballspiel anzusehen oder mit einem Typen in einer Bar zu flirten oder …« Sie wies auf ihren Bauch. »Oder mit einem Kerl zu schlafen, wenn es wirklich keine gute Idee ist.«

Er drückte ihr die Hand. »Ich hatte auch ein, zwei One-Night-Stands, als ich versucht habe, dich zu vergessen.«

»Wirklich?«

»Ja. Ich hatte das Gefühl, mich ablenken zu müssen, weil du mir einfach nicht aus dem Kopf gegangen bist. Aber ich schaffe es nicht, dich zu vergessen.«

Sie sagte nichts mehr, während sie den Park verließen und Hoop sie zu dem Restaurant führte, das er ausgesucht hatte. Es war ein Pop-up-Laden mit asiatischem Fusion-Food, der von Alfonso geleitet wurde, dem ersten Jungen, dessen Mentor Hoop gewesen war. Das war inzwischen fast zehn Jahre her. Alfonso war jetzt ein vielversprechender Koch, und Hoop platzte fast vor Stolz auf ihn.

»Ein Pop-up-Restaurant?«

»Ja. Macht es dir etwas aus?«

»Nein, überhaupt nicht. Iona möchte auch etwas in der Art für Weihnachten ausprobieren. Sie meint, wir könnten viel Geld verdienen, wenn wir mehr als nur einen Laden laufen hätten. Aber ich bin nicht ganz sicher, ob sie recht hat.«

»Nun, ich kenne den Koch hier, der den Laden außerdem leitet. Wenn du möchtest, kann ich euch vorstellen, und du plauderst mit ihm darüber.«

Das wäre eine gute Idee. Hoop wollte nicht, dass Cici sich von diesem Date unter Druck gesetzt fühlte. Ihr Gespräch eben hatte ihm gezeigt, dass er sich die Sache nicht gut überlegt hatte. Sicher, Cici war heute eine ganz andere Frau als bei ihrem Kennenlernen, aber er hatte auch nicht mehr in ihr gesehen als eine sexy Frau, von der er wie besessen war. Ihr Leben war kompliziert, und dennoch konnte er sich gut vorstellen, sich in sie zu verlieben. Aber er hatte sich geschworen, immer ledig zu bleiben.

Er hatte überhaupt keine Ahnung, wie eine gute Beziehung funktionierte. Bei anderen Paaren sah er zwar bestätigt, dass es tatsächlich auch gut hinhauen konnte, aber aus irgendeinem Grund wusste er, dass so etwas nichts für ihn war.

Cici brauchte einen Mann, der mehr haben wollte als einige Monate heißen Sex und eine nette Freundschaft, wenn er schließlich weiterziehen würde. Und Hoop war nicht so sicher, dass er mehr als das bewältigen konnte. Ach, zum Teufel, er wusste, dass er das nicht konnte.

Er führte sie die Stufen zum Restaurant hinauf, wo Alfonsos Partnerin Lulu sich um die Tische auf der Straße kümmerte.

»Hoop! Wie schön, dich zu sehen!«, rief sie und umarmte ihn. Sie war sehr zierlich und nur etwas über eins fünfzig groß. Das lange braune Haar trug sie in einem dicken Zopf, der ihr über den Rücken fiel. In der gepiercten Nase steckte ein kleiner, funkelnder Stein, und das ziemlich starke Make-up ließ Lulu exotisch aussehen.

»Ja, ich hatte ständig vor, bei euch vorbeizukommen, aber auf der Arbeit herrscht der blanke Wahnsinn«, entgegnete Hoop. »Das ist meine Freundin Cici.«

»Hallo, Cici. Freut mich, dich kennenzulernen«, sagte Lulu. »Fonz dachte, der Anwaltsberuf wäre eigentlich nichts für dich. Zu viel Büroarbeit«, fuhr sie an Hoop gewandt fort.

»Er hat recht, aber meine Arbeit gefällt mir, und so ist es nicht so schlimm.«

»Du klingst genau wie ich, Alter«, sagte Alfonso, der in diesem Moment aus dem hinteren Teil des Restaurants kam. Es war ein kleiner Raum, der nur Platz für zehn Gäste bot. Ein Paar saß in einer Ecke, und eine Gruppe von vier Leuten aß ihre Vorspeise in der Nähe des Fensters.

Hoop und Alfonso umarmten sich, und dann zog Hoop Cici näher heran und stellte sie vor. Er dachte daran, wie verloren er sich gefühlt hatte, als Paps damals in sein Leben getreten war. Es machte ihn sehr glücklich, dass er einem anderen Jungen, der sich in derselben Lage befunden hatte wie er damals, hatte helfen können.

Er hielt den Kontakt zu beiden Männern aufrecht und auch zu den übrigen Jungen, für die er den Mentor gespielt hatte, und es gefiel ihm. Und vor allem hatte es ihm bisher genügt.

Doch während Cici redete und er Lulu und Alfonso ansah, fragte er sich, ob ihm nicht vielleicht doch etwas Wichtiges entging.

»Bereit für euer Dinner? Ich habe ein neues Gericht kreiert, das euch umhauen wird«, sagte Alfonso aufgeregt.

»Ich bin bereit.«

»Ich auch«, sagte Cici.

Lulu führte sie zu einem Tisch, und als sie wieder allein waren, beugte Cici sich vor. »Du übernimmst also als Mentor Patenschaften bei *Big Brothers Big Sisters*?«

»Ja, es ist eine großartige Organisation.«

»Das hätte ich niemals gedacht«, sagte sie.

»Darf ich dich daran erinnern, dass wir uns in einem Club kennengelernt haben, Cici. Du hast nur den Partylöwen gesehen.«

»Das stimmt«, gab sie lächelnd zu. »Ich versuche, die beiden Männer unter einen Hut zu bringen.«

»Es sind keine zwei Männer, Cici. Ebenso wenig wie du zwei Frauen bist.«

»Du hast recht. Ich dachte an dich irgendwie nur wie an eine bestimmte Art von Mensch.«

»Was für eine Art?«

»Ich weiß nicht. Ich meine, du bist ein Ex-Cop, der Anwalt wurde, du bist ein Mentor für Jugendliche mit Problemen, und dir gefällt Shakespeare. Sieht so aus, als hätte ich ein etwas zu eindimensionales Bild von dir geschaffen.«

Er wusste nicht, was er darauf antworten sollte. Es war ihm sowieso nicht besonders angenehm, über sich zu reden, und zu seiner Erleichterung kam Lulu gerade mit ihrer Vorspeise – Frühlingsrollen. Während sie aßen, lenkte Hoop das Gespräch auf gefahrlose Themen wie Bücher und Musik. Und da hatten sie einige Dinge gemeinsam.

Obwohl er nie verstehen würde, warum Frauen Jane Austen so sehr liebten, konnte Cici überzeugende Argumente für die Anziehungskraft eines kultivierten Gentlemans hervorbringen. Es war ein amüsanter Abend, und Hoop hätte sich gern eingeredet, dass ihm dieser eine Abend genügen würde, aber wenn er ehrlich sein wollte, musste er sich eingestehen, dass das Zusammensein mit Cici ihm Appetit auf mehr gemacht hatte. Er wollte mehr. Er *brauchte* mehr.

Hoop wusste, dass er sie bitten würde, mit ihm auszugehen, bis er das wachsende Verlangen in sich befriedigen konnte. Er musste einfach.

3. Kapitel

Das Essen war köstlich, und eine Weile vergaß Cici alles andere, während sie speisten, über Bücher und Filme sprachen und welche Serien sie auf Netflix am liebsten sahen. Hoop hatte eine Schwäche für Krimis und Cici für Comic-Helden.

Sie bestellten das Dessert, und während sie darauf warteten, beugte er sich vor. Eine Strähne seines dunklen Haars fiel ihm in die Stirn, und er strich sie zurück. Im gedämpften Licht des Restaurants sah er jungenhafter aus. Er war immer so ernst, da war es interessant, diese andere Seite an ihm zu entdecken. Der Anflug von Bartstoppeln ließ ihn fast noch besser aussehen, und Cici spürte seine Anziehungskraft nur allzu deutlich. Tatsächlich hätte sie gar nichts dagegen gehabt, ihm über das Kinn zu streichen. Er hatte blaue Augen, nicht himmelblau, sondern eher graublau, so wie der Himmel bei Morgengrauen aussah. Und er hatte volle Lippen und ein Lächeln zum Verlieben.

Das Leben wäre so viel einfacher gewesen, wenn sie ihm niemals begegnet wäre. Hoop nahm einen Schluck Wasser und sah sie dann mit leicht hochgezogenen Brauen an.

»Erzähl mir von dem Typen.«

Er wirkte nicht so, als wollte er sie verurteilen. Wenn er

es doch tun sollte, würde Cici sofort aufstehen und gehen. Stattdessen klang er eher neugierig und freundlich.

Sie schloss die Augen und wünschte, sie hätte auf den Nachtisch verzichtet und sich schon vor zwei Minuten verabschiedet. Bevor er sich diese Frage einfallen ließ.

Der Vater ihres Babys war Schauspieler, wenn sie auch noch nie von ihm gehört hatte. Sie erinnerte sich noch vage an eine seiner nicht endenden Geschichten über einen Piloten, den er in einem Film erschossen hatte. Aber offen gesagt: Er hatte viel von sich gesprochen, und Cici hatte sich mehr auf den Champagner konzentriert als auf sein Gerede.

»Es gibt nicht wirklich viel zu sagen«, meinte sie.

»Seinen Namen vielleicht?«, fragte Hoop. »Sieh mal, wenn du nicht über ihn reden willst, dann ist das in Ordnung. Ich bin nur neugierig.«

Cici wollte kein Geheimnis um den Mann machen, also war es ihr egal, nur dass sie am liebsten so getan hätte, als wäre es nie passiert.

»Ich möchte deswegen nicht gern darüber reden, weil die ganze Sache völlig untypisch für mich ist. Ich bin eher durchorganisiert, verstehst du? Ich plane alles sorgfältig im Voraus und handle entsprechend.«

»Warum hast du es in dem Fall nicht getan?«

»Weil …« Sie nahm einen Schluck von ihrem Getränk und überlegte, ob sie ehrlich zu ihm sein sollte. Dann wurde ihr klar, dass sie nichts zu verlieren hatte. Das hier war kein Date, und sehr wahrscheinlich würde er ihr nach diesem Abend aus dem Weg gehen, also konnte sie es ihm ebenso gut sagen, ohne sich allzu große Sorgen zu machen.

»Die Wahrheit ist, dass du ... An jenem Abend im Olympus hast du mich verletzt. Ich dachte, es wäre da etwas zwischen uns, und als du mich klar und deutlich hast abblitzen lassen, erwachten wieder meine Zweifel an mir als Frau. Und auf der Hochzeit meiner Cousine flirtete einer der Trauzeugen mit mir – und ich war geschmeichelt. Er heißt Rich. Rich Maguire. Ich hatte zu viel Champagner getrunken und er auch. Am nächsten Morgen haben wir es beide bedauert. Ich habe das Weite gesucht, so schnell ich konnte.«

Hoop drehte die Gabel zwischen seinen Fingern und legte sie dann abrupt auf den Tisch. »Es war nie meine Absicht, dich zu verletzen. Entschuldige, Cici.«

»Schon gut«, sagte sie. »Ich glaube, es spielte wohl auch eine Rolle, dass Hayley jemanden gefunden hatte, mit dem sie ihr Leben verbringen will. Ich weiß nicht, aber manchmal lasse ich mich eben von einem Paar graublauer Augen durcheinanderbringen.«

»Ich bin nicht sehr gut in festen Beziehungen«, sagte er. »Ich bin in Pflegefamilien aufgewachsen, und es macht mich nervös, wenn etwas droht ernst zu werden. Ich habe zu große Angst davor, darauf zu vertrauen, dass alles gut geht. Und Garrett ist wie ein Bruder für mich. Ich wollte nicht ...«

Sie legte eine Hand auf seine. »Es ist okay. Wirklich.«

Hoop sollte sich keine Vorwürfe machen wegen jener Nacht. Wenn sie nicht zu der Hochzeit gegangen wäre, hätte sie sich vielleicht bald wieder von der Krise erholt. Aber stattdessen hatte sie mit Rich geschlafen. Daran ließ sich nichts mehr ändern.

»Ist er ganz sicher nicht mehr im Rennen? Oder braucht er nur etwas Zeit, um es zu verdauen?«, fragte Hoop.

»Nein, nein. Er sagte, ich könnte abtreiben oder das Baby behalten, ihm sei es völlig egal. Er hat eine Verlobte und kann eine derartige Komplikation nicht gebrauchen.«

»Ganz schön hart. Das hätte ich nicht erwartet.«

»Ich auch nicht. Aber fairerweise muss ich zugeben, dass wir uns überhaupt nicht kennen und es nur passiert ist, weil wir beide betrunken waren. Ich wollte ihn nur wissen lassen, dass ich schwanger bin, falls es für ihn eine Bedeutung gehabt hätte.«

»Es tut mir so leid«, sagte er.

»Das braucht es nicht. Mir gefällt die Vorstellung sogar, mein Mäuschen allein großzuziehen.«

»Mäuschen?«

»Ja, so nenne ich mein Baby.«

»Süß.«

»Ja, aber vor allem geschlechtsneutral, bis ich weiß, was es wird.«

»Willst du wissen, ob es ein Mädchen oder ein Junge wird?«, fragte Hoop.

Cici strich sich unwillkürlich mit der Hand über den Bauch. Irgendwie hatte sie das Gefühl, ein Mädchen zu bekommen. Ganz ehrlich, sie war viel besser im Umgang mit ihrem eigenen Geschlecht, und sie hoffte sehr, der liebe Gott wollte, dass sie Erfolg hatte als Mutter. »Vielleicht.«

Der Nachtisch wurde gebracht, und sie beäugte erwartungsvoll den wirklich sündhaft aussehenden Schokoladen-Lava-Kuchen. Sie steckte sich den ersten Happen in den Mund und schloss genießerisch die Augen. Hayley sagte immer, der erste Bissen Schokolade auf der Zunge sei der beste. Cici schmeckte heraus, dass man hier die gleiche Schokolade verwendete wie im Candied Apple Café. Sie ließ die satte Cremigkeit ihren Mund füllen, und als sie die Augen wieder öffnete, sah sie, dass Hoop sie mit einem seltsamen Gesichtsausdruck anstarrte.

»Alles okay?«

Er nickte, räusperte sich und streckte die Beine unter dem Tisch aus, sodass er mit einem Fuß gegen Cicis stieß.

»Äh ... hast du mit einem Anwalt über die Sache gesprochen?«, fragte er, kurz abgelenkt von ihrer Berührung.

»Nein. Sollte ich?« Im Moment war sie zu sehr damit beschäftigt, mit ihrer Morgenübelkeit fertigzuwerden und sich selbst in der Mutterrolle zu sehen. Rich hatte gesagt, dass er nichts mit dem Baby zu tun haben wolle, und darüber hinaus hatte Cici sich keine Gedanken gemacht.

»Ja. Ich rate dir nicht nur dazu, weil das Familienrecht mein Ressort ist, sondern auch aus Erfahrung. Wenn das Candied Apple Café weiterhin so gut läuft und in Zukunft noch besser und du zur Millionärin werden solltest, könnte er plötzlich wieder in deinem Leben auftauchen. Und du triffst besser auch einige Schutzmaßnahmen für das Baby, falls er oder sie später nachfragt, wer der Vater ist«, sagte Hoop und nippte nachdenklich an seinem Kaffee.

»Das habe ich alles noch gar nicht bedacht. Eigentlich habe ich noch ein bisschen mit den neuen Umständen zu kämpfen«, gestand sie. »Kennst du einen guten Anwalt, der das alles für mich regeln könnte?«

»Ja.«

»Muss ich raten, wer er ist?«, hakte sie nach, als er nicht fortfuhr.

Er zwinkerte ihr zu. »Mich. Das ist das, was ich tue. Aber da wir befreundet sind, werde ich dir den Namen einer Kollegin geben.«

»Wirklich? Ich wusste, dass du Anwalt bist, aber ich dachte eher, du wärst Strafverteidiger.«

»Warum?«

»Du kamst mir so taff vor, und ich wusste, dass du vorher ein Cop warst. Was hat dich denn zum Familienrecht gezogen?«

»Die Art, wie ich aufgewachsen bin, hat mir klargemacht, wie kompliziert Familienangelegenheiten sein können.«

Wieder legte sie eine Hand auf seine und drückte sie sanft. Er sprach so locker von seiner Jugend, als wäre nichts Besonderes gewesen. Aber sein Tonfall verriet ihn, und Cici erkannte, dass seine Vergangenheit nicht perfekt gewesen war.

Genau wie ihre. Beide stammten sie aus Familien, die alles andere als perfekt waren.

Sie waren sich nähergekommen, als sie am Anfang des Essens erwartet hatte, und ein Teil von ihr bereute es nicht, mit ihm ausgegangen zu sein. Aber ein anderer Teil von ihr war nicht sehr froh darüber, zu entdecken, dass ihre Bindung zu Hoop noch fester geworden war.

Hoop hatte nicht vorgehabt, über den anderen Mann zu sprechen, aber er war wütend auf sich und auch auf diesen Kerl. Er hätte seinem Instinkt folgen sollen, damals, als er Cici zum ersten Mal begegnet war. Doch stattdessen hatte er getan, was er für richtig hielt.

Was das Vernünftigste war.

Also saß er jetzt der Frau gegenüber, die er begehrte, hörte ihr zu, wie sie über Baseball-Statistiken redete, und geriet in immer größere Erregung. Und sie hatte ihn gefriendzoned. Wahrscheinlich das Klügste, was sie tun konnte. Er war für seinen scharfen Verstand bekannt, aber wenn es um Cici ging, schien er ihn ständig ausgeschaltet zu haben.

Er würde sich mit ihrer Freundschaft zufriedengeben müssen, weil es völlig gegen seine Natur war, eine Frau zu einer engeren Beziehung zu überreden. Und ausgerechnet bei Cici würde er nicht damit anfangen.

»Ich weiß, manche Leute sagen, Derek Jeter sei der Größte, aber wenn du dir die Statistiken ansiehst, ist er weder ein Babe Ruth noch ein Ty Cobb. Es ist fast, als würde er nicht einmal in der gleichen Liga spielen. Die heutigen Spieler sind einfach kein Vergleich zu denen, die den Sport überhaupt erst groß gemacht haben. Die haben Maßstäbe gesetzt, noch dazu in einer Ausrüstung, die unbequemer und schwerer war, weißt du?«

Ja, das wusste er sehr gut. Er wusste auch, dass ihn nichts so sehr anturnte, wie Cici über Baseball reden zu hören. Da sprach wieder diese Leidenschaft aus ihr, die ihm schon im Olympus im Februar aufgefallen war.

Reue schmeckt nicht gut zu Portwein, dachte er.

»Weswegen ich dich ja auch zum Baseballspiel eingeladen habe«, sagte er. »Wir könnten eine wirklich schöne Zeit zusammen haben.«

Sie lächelte, seufzte dann aber und beugte sich vor, stützte die Ellbogen auf den Tisch und den Kopf in die linke Handfläche. Dann sah sie ihn unter jenen dichten Wimpern und schönen Brauen so eindringlich an, dass Hoop plötzlich wie gefangen war von ihrem Anblick. Warum war ihm nie aufgefallen, wie rosig ihre Lippen waren? Oder dass ihr Mund zum Küssen wie geschaffen war?

»Ich versuche, mich meinem Baby zuliebe klug zu verhalten, Hoop. Ich habe nie damit gerechnet, Mutter zu werden – jedenfalls nicht so –, aber jetzt muss ich mich darauf konzentrieren. Und wenn ich ehrlich bin, lenkst du mich zu sehr ab.«

»Dann lassen wir uns was einfallen. Wir können doch bestimmt einen Weg finden«, sagte er. »Je mehr wir versuchen, es zu leugnen, desto stärker wird es werden, und wie peinlich wird ein Zusammentreffen mit Garrett und Hayley dann erst sein?«

Sie schüttelte den Kopf und nahm noch einen Schluck von dem grünen Tee, den sie nach dem Essen bestellt hatte. »Nein, es wird nicht funktionieren. Mir ist klar, worauf du hinauswillst, aber wir hatten unsere Chance, und jetzt habe ich dieses kleine Mäuschen. Ich kann nicht ...«

»Du kannst. Es ist ja nicht so, dass ich kein anständiger Typ wäre. Du hast mich jedenfalls so sehr gemocht, dass du mich im Olympus geküsst hast und noch einmal im Taxi, als ich dich nach Hause begleitete.«

Cici stellte die Tasse auf den Tisch und sah Hoop streng an. »Aber du mochtest mich nicht genug. Es tut mir leid. Ich will nicht die Komplizierte spielen, aber du hast mir weh-getan, Hoop. Du gabst mir das Gefühl, dass ich dir nicht genüge, und das hat mir nicht gefallen. Ich benehme mich dumm, wenn man mich verletzt.«

Ihre Worte schmerzten, aber nur weil er die Situation niemals aus ihrer Perspektive aus betrachtet hatte. Er hatte sie weggestoßen. Cici war bereit gewesen, ihm eine Chance zu geben, aber er hatte sich verhalten wie ... wie ein Idiot.

»Ich bin ein Dummkopf.«

»Zugegeben«, meinte sie lächelnd. »Nein, nur Spaß. Du bist kein Dummkopf. Ich finde sogar, dass du ein wirklich netter Mensch bist. Ein verantwortungsvoller Mann und guter Freund.«

Er hatte nicht geahnt, dass er sie verletzt hatte, aber jetzt ließ ihn der Gedanke nicht mehr los. Schlagartig war ihm klar geworden, wie arrogant es doch von ihm gewesen war, zu glauben, er könnte einfach dort mit ihr weitermachen, wo sie aufgehört hatten. Er schuldete ihr eine Wiedergutmachung. Sie musste erkennen, dass nicht sie das Problem war und dass sie wenigstens gute Freunde sein könnten. »Erlaube mir wenigstens, dein Freund zu sein, Cici. Lass mich dir beweisen, dass ich dir ein guter Freund sein kann.«

Sie schüttelte den Kopf. »Oh, nein. Du willst einfach nicht aufgeben, was?«

»Nein. Tut mir leid, ich bin nicht darauf programmiert, auf etwas zu verzichten, das mir sehr viel bedeutet.«

»Und ich bedeute dir sehr viel?«, fragte sie. »Wir kennen uns doch kaum.«

»Ich weiß. Aber ich glaube, wir können gute Freunde sein.« Wenigstens am Anfang. Sie würde ein Baby zur Welt bringen, und er wusste, wie zerbrechlich Familien sein konnten. Deshalb hatte er sich auf Familienrecht spezialisiert.

»Okay. Ich werde mit dir zum Baseballspiel gehen, und dann sehen wir weiter.«

Hoop war etwas zu früh gekommen. Cici hätte fast nicht die Tür geöffnet, aber sie hatte beschlossen, nie wieder vor etwas davonzulaufen, seit sie wusste, dass sie ihr kleines Mäuschen erwartete. Schließlich war es nur ein Baseballspiel. Keine große Sache, oder?

Also öffnete sie, und da stand er in seinem verwaschenen Yankees-T-Shirt, den Handschuh locker in einer Hand haltend. Seine Jeans war auch schon etwas älter und schmiegte sich ziemlich eng an seine Schenkel.

Cici seufzte. Er sah einfach zu gut aus. Es wäre nett gewesen, wenn wenigstens seine Nase gebrochen und nicht ordentlich wieder zusammengewachsen wäre oder wenn er einen kleinen Bierbauch gehabt hätte. Aber nein.

»Alles okay mit dir?«

»Was? Ja, entschuldige«, sagte sie hastig, zog die Tür hinter sich zu und schloss ab.

»Was trägst du denn da?«

»Mein Red-Sox-Shirt.«

»Das sehe ich. Aber warum?«

»Weil ich ein Fan der Red Sox bin. Ich bin in Connecticut aufgewachsen.«

»Das wird ziemlich peinlich werden«, sagte er lächelnd.

»Peinlicher als die Tatsache, dass ich schwanger bin?«, konterte sie mit einem Grinsen. Sie hatte beschlossen, dazu zu stehen. Das Gespräch mit Hoop neulich hatte ihr Klarheit verschafft. Sie würde das Baby bekommen, und sie würde, verdammt noch mal, die beste Mutter werden, die sie nur sein konnte!

Er warf den Kopf zurück und lachte. Cici lächelte, als ihr bewusst wurde, wie lange es her war, dass sie ihn hatte lachen hören. Es war an jenem Abend im Club gewesen. Vor der Schwangerschaft.

»Da ist was dran. Weißt du, ich habe Saison-Tickets«, sagte er. »Du wirst mitten unter Yankee-Fans sitzen.«

»Ich bin härter im Nehmen, als man mir vielleicht ansieht«, meinte sie neckend. »Außerdem wird meine Mannschaft eure fertigmachen, und ich bin gern bereit, ein großzügiger Sieger zu sein.«

Sie fuhren mit der Subway zum Yankee-Stadium, und auf dem Weg dorthin bekam Cici schon einige Kommentare zu hören. Allerdings gab es auch Red-Sox-Fans in der Bahn, aber sie und Hoop ignorierten alle.

»Das war vielleicht nicht die beste Idee für ein erstes Date«, sagte Hoop. »Aber du bist seit Langem das erste Mädchen, das ich kennengelernt habe, das auf Baseball steht.«

»Es ist eigentlich kein Date«, wandte sie ein, um ihn und auch sich selbst daran zu erinnern, dass sie nicht mehr als Freunde waren. »Und das kann nicht stimmen. Viele Frauen lieben Baseball.«

»Sie lieben auch Derek Jater, obwohl er sich zur Ruhe gesetzt hat, aber du kennst ja die Statistiken.«

»Ich liebe Zahlen«, sagte Cici, während sie das Stadion betraten und an mehreren Verkäufern mit Bauchläden vorbeikamen. Die Gerüche waren intensiv. Noch nie hatte sie sich so sehr nach einem Hotdog und einem Bier gesehnt. Sie wusste, dass sie auf das Bier verzichten musste, aber ein Hotdog mit Senf und Zwiebeln – das wäre jetzt der Himmel auf Erden.

Sie nahm an, dass diese Gelüste auch an der Schwangerschaft lagen, aber auch so brauchte sie eine Ablenkung. Baseball und Männer – zwei ihrer Schwächen. Sie hätte wirklich so klug sein sollen, nicht beides miteinander zu kombinieren.

»Willst du einen Hotdog?«, fragte sie.

»Ich würde lieber wissen, warum du Baseball liebst«,

antwortete Hoop, aber er ging auf einen der Verkäufer zu und stellte sich in die Schlange. »Ich kenne viele Leute, die gut mit Zahlen umgehen können, aber nicht verrückt nach Baseball sind.«

»Das ist zu persönlich.«

»Deswegen werden wir uns ja auch besser kennenlernen«, sagte er.

»Wirklich?« Aber dann erinnerte Cici sich an neulich Abend im Restaurant und wie sehr es ihr geholfen hatte, sich alles von der Seele zu reden.

»Ja, wirklich«, sagte er. »Was möchtest du auf deinem Hotdog haben?«

»Senf und Zwiebeln.«

»Etwas zu trinken?«

Bier. Aber das durfte sie natürlich nicht. Ihre Großmutter hatte ihr erzählt, dass sie getrunken und geraucht hatte während ihrer Schwangerschaft. Worauf Cicis Mutter immer trocken gescherzt hatte: »Sieh doch nur, wie normal ich geworden bin.« Aber Cici wollte kein Risiko eingehen. »Ich nehme ein Mineralwasser.«

»Wartest du dort drüben auf mich?« Er zeigte auf eine Stelle, wo sich noch nicht so viele Menschen versammelt hatten.

Sie ging hinüber und beobachtete Hoop von dort. Er war hochgewachsen und sah sehr gut aus, aber wichtiger war, dass er ein anständiger Mensch zu sein schien. Sie war noch nie besonders gut darin gewesen, Männer richtig einzuschätzen, das wusste sie. Und wenn man bedachte, dass ihr erster Eindruck von ihm völlig falsch gewesen war, hatte sie jetzt Angst, ihrem Instinkt zu trauen.

Sie hatte ihn gemocht, er hatte sie abblitzen lassen, sie hatte impulsiv reagiert. Unwillkürlich strich sie sich mit der Hand über den Bauch, wo ihr kleines Mäuschen war.

Hoop kam mit den Hotdogs zu ihr und führte sie zu ihren Plätzen, und Cici ignorierte die spöttischen Zurufe der anderen Zuschauer, während sie sich setzte. Sie lächelte nur und aß ihren Hotdog. Hayley hatte ihr ein paar Grünkohl-Chips gemacht, die Cici jetzt aus ihrer Tasche holte. Hayley wollte, dass sie sich gesund ernährte, und Iona war sicher, dass Cici nicht genug Sport trieb, und hatte sich angewöhnt, jeden Morgen vor der Arbeit vor ihrer Tür zu stehen und mit ihr durch den Central Park zu spazieren.

Cici seufzte und bot Hoop einen Grünkohl-Chip an.

»Auf keinen Fall. Es ist schon schlimm genug, dass ich neben einem Red-Sox-Fan sitze, ich werde nicht auch noch anfangen, Fake-Chips zu essen.«

»Sie schmecken besser, als du vielleicht glaubst.«

»Das liegt daran, dass sie vermutlich zumindest etwas besser als Pappe schmecken«, meinte er und trank einen Schluck von seinem Bier. »Nett hier, oder?«

Cici hatte sich oft einsam gefühlt in ihrem Leben, aber Hayley und Iona waren inzwischen wie Schwestern für sie. Zu ihrem Glück hatte einer ihrer Exfreunde sie alle drei gedatet. Ohne ihn hätte sie Iona und Hayley niemals kennengelernt und auch nicht das Candied Apple Café eröffnet.

Wie seltsam, dass etwas Gutes erwachsen war aus ihrem schlechten Geschmack, was Männer betraf.

»Ja, sehr nett«, antwortete sie. Aber sie sprach nicht vom Wetter oder vom Spiel, das gleich beginnen würde. Ihr wurde allmählich bewusst, dass Hoop nicht wie die anderen Männer war, mit denen sie bisher ausgegangen war. Er war ganz anders.

Am Anfang war es nicht leicht gewesen, das zu erkennen – wegen seines etwas zerzausten Haars und der Art, wie seine Jeans sich an seinen festen Hintern schmiegte –, aber Hoop war mehr als sein sexy Lächeln und die Art, wie er die Schmetterlinge in ihrem Bauch zum Flattern brachte. Er war außerdem ein guter Mensch, den sie unbedingt besser kennenlernen musste.

4. Kapitel

Am Ende des fünften Innings führten die Red Sox mit zwei Punkten, und Cici wurde keine besondere Herzlichkeit von den Zuschauern in ihrer Nähe entgegengebracht. Abgesehen von Hoop natürlich, der nicht aufhören konnte, sie anzulächeln.

Sie stand auf, um Beifall zu klatschen.

»Cici.« Er hatte sich ebenfalls erhoben.

»Ja?«

Er sagte nichts mehr, sondern beugte nur leicht den Kopf, und ihre Lippen berührten sich. Es schoss Cici heiß durch die Adern. Sie schloss die Augen und spürte seinen Atem auf ihren Lippen, bevor er sie küsste. Sanft drang er mit der Zunge ein, und Cici zog ihn dichter an sich und stellte sich auf die Zehenspitzen, um den Kuss zu vertiefen.

Hoop duftete nach Sommer, nach Sonnenschein und Bier und Hotdogs. Und nach seiner ganz persönlichen Note. Er drückte sie an sich, und sie hatte das wundervolle Gefühl, nicht mehr allein zu sein.

Verdammt noch mal. Sie wollte ihn ganz umschlingen, mehr von ihm spüren, alles von ihm nehmen, was er ihr nur geben konnte, und es für immer behalten. Aber sie war nicht sicher, ob das möglich war.

Er war stark, und sie wollte sich so gern etwas von seiner Stärke borgen. Sie wollte wissen, wie er es geschafft hatte, immer so gelassen zu bleiben, egal, was geschah.

Er umfasste leicht ihr Gesicht mit beiden Händen, und sie legte ihm die Arme um die Taille, als er schließlich den Kuss beendete. Sie sahen sich an, und Cici erkannte, dass sie Hoop haben wollte, sosehr sie auch versuchte, sich vom Gegenteil zu überzeugen.

Ihr Herz schlug schneller, sie bekam dort eine Gänsehaut vor Erregung, wo er sie berührte. Ein wenig benommen löste sie sich von ihm, trat zurück und spürte plötzlich, wie der Hotdog und die Chips von vorhin sich wieder einen Weg nach oben bahnen wollten. *Oh, nein.*

»Entschuldige«, sagte sie hastig und presste sich die Hand auf den Mund.

Sie schluckte und griff nach ihrer Wasserflasche. Ihre Morgenübelkeit wollte einfach nicht nachlassen. Sie wandte sich um, um den Gang hinunterzulaufen, aber die Leute versperrten ihr immer wieder den Weg.

»Ich muss mich gleich übergeben!«, schrie sie, und wenn es ihr nicht so schlecht gegangen wäre, hätte sie lachen müssen darüber, wie schnell die Yankee-Fans jetzt zur Seite sprangen. Sie erreichte gerade rechtzeitig die Toiletten, bevor sie alles von sich gab, was sie heute zu sich genommen hatte.

Als endlich nichts mehr in ihrem Magen zu sein schien, ging Cici zum Becken, benetzte sich das Gesicht mit Wasser und spülte sich den Mund aus. Ihr war noch nie so bewusst gewesen, wie sehr sie diesen Teil der Schwangerschaft hasste. Sie fühlte sich ganz schwach und wollte sich nur irgendwo zusammenrollen und sich von ihrer Mutter verhätscheln lassen. Aber das war leider nicht möglich. Sie musste wieder zu Hoop zurück. Da fiel ihr auf, dass sie ihre Tasche im Stadion gelassen hatte.

»Mäuschen, du folterst mich«, flüsterte sie stöhnend.

Als sie ins Freie trat, lehnte Hoop an der Zementwand gegenüber vom Ausgang. Er hielt ihre Tasche in der einen Hand und eine Wasserflasche in der anderen. Die Füße an den Knöcheln gekreuzt, stand er da und lächelte ihr zögernd zu, sobald er sie entdeckte.

»Einige Yankee-Fans meinten, du hättest es verdient, weil du so laut gejubelt hast«, sagte er. »Ein paar besonders unfreundliche unter ihnen behaupteten, mein Kuss sei schuld.«

»Nein, es war ganz bestimmt nicht dein Kuss«, sagte sie mit einem matten Lächeln. Sie klang ein wenig heiser, und er stieß sich von der Wand ab und reichte Cici die Wasserflasche. Sie nahm einen Schluck, und er gab ihr einen Kaugummi. Hoop war so aufmerksam, so fürsorglich.

Wie konnte sie auch nur daran denken, sich mit ihm einzulassen? Und würde er es jetzt überhaupt noch wollen? Ständige Übelkeit war nur der Anfang. Ihr Körper würde sich verändern, und wenn die Dinge stimmten, die sie in ihrem Schwangerschaftsratgeber gelesen hatte, dann waren die Veränderungen nicht immer angenehm.

»Es tut mir leid.«

»Wieso?«

»Ich kann dir das nicht antun. Du wirst nicht mit einer schwangeren Frau befreundet sein wollen, Hoop. Glaub mir, von jetzt an wird es nur schlimmer.«

Er legte ihr die Hand auf den Rücken und rieb ihn sanft. »Zu spät. Ich lasse nicht zu, dass du jetzt kneifst. Wir haben bereits beschlossen, es zu versuchen.«

»Ja?«, entgegnete sie skeptisch. Sie konnte sich zwar nicht an eine solche Abmachung erinnern, aber sie war auch noch nicht bereit, ihn aufzugeben.

»Und du scheinst mir auch nicht zu den Menschen zu gehören, die schnell die Flinte ins Korn werfen. Immerhin hast du dein Team mitten im Feindgebiet aus voller Kehle angefeuert.«

Sie lächelte, obwohl ihr gar nicht danach zumute war. Und dann fragte sie sich, warum eigentlich nicht? Musste sie sich dafür bestrafen, dass sie sich in Hoop geirrt hatte? Versuchte sie deswegen, irgendeinen Vorwand zu finden, nicht mit ihm zusammen zu sein?

Seufzend lehnte sie die Stirn an seine Brust und schlang die Arme um ihn. Cici merkte, dass sie ihn überrumpelt hatte, denn er ließ die Hände sinken, doch dann legte er die Arme um sie.

Sie hielt ihn fest, sagte aber nichts, sondern ließ sich einfach von diesem Mann trösten, aus dem sie nicht ganz schlau wurde. Und in diesem Moment wollte sie auch nicht darüber nachdenken oder sich Sorgen um die Zukunft machen. Dazu war ihr wirklich zu elend zumute. Im Moment brauchte sie nur eins – Hoop.

Als sie den Kopf hob und in seine strahlend blauen Augen sah, strich er ihr sanft eine Strähne hinter das Ohr. Dann verschränkte er die Finger mit ihren und wandte sich zum Ausgang. »Lass uns gehen.«

»Wohin?«

»Irgendwohin, wo wir allein sein können«, sagte er.

Cici wollte die Frau sein, die Hoop in ihr sah. Eine starke Frau, die die richtigen Entscheidungen traf und es der ganzen Welt gegenüber eingestand, wenn sie es einmal nicht getan hatte.

Sie hatten ein Taxi zum *Red Rooster* in Harlem genommen, weil Cici hungrig war, und zu ihm zu fahren wäre eindeutig eine sehr schlechte Idee gewesen. Der Kuss hatte etwas in ihm verändert, und als ihr plötzlich übel geworden war, hatte es ihm ziemlich abrupt wieder ihre besonderen Umstände in Erinnerung gebracht.

Cici brauchte einen Freund, und er hatte ihr versprochen, genau das für sie zu sein. Nun, dieses Versprechen nahm er nicht auf die leichte Schulter. Seine Hormone taten zwar ihr Bestes, ihn davon zu überzeugen, wie angenehm es doch sein würde, ein Freund mit ganz besonderen Vergünstigungen zu sein. Aber er wusste, dass sie nur einen Freund haben wollte. Sie war ganz allein mit einem Baby. Und Hoop wusste, wie verletzlich sie das machte. Er hatte es als Erwachsener erlebt und als Kind am eigenen Leib erleiden müssen.

Außerdem hatte sie ein wenig von ihrer Energie verloren,

nachdem sie sich hatte übergeben müssen. Und wer konnte es ihr schon verdenken? Also saß er ihr an einem Ecktisch gegenüber und sprach über Baseball.

»Du bist ja wirklich ein leidenschaftlicher Fan«, sagte er und nahm einen Schluck von seinem Eistee. Er brauchte etwas, das ihn abkühlte, aber es lag nicht an der Hitze in der Stadt, dass ihm so heiß war. Es lag an Cici.

Ständig musste sie sich eine widerspenstige Locke hinter das Ohr stecken. Diese Locke. Sie hatte sich so seidenweich angefühlt. Genau wie Cicis Lippen. Er wollte sie wieder küssen, aber er musste cool bleiben. Heute hatte sie Kontaktlinsen getragen, und ihm war aufgefallen, wie besonders hübsch ihre Augen waren.

Trotzdem musste er ihren Wunsch respektieren, dass sie nur Freunde sein konnten. Sie brauchte jetzt vor allem Fürsorge und Verständnis von ihm und das Gefühl von Sicherheit. Bisher war Hoop nicht sehr oft mit schwangeren Frauen in Berührung gekommen. Eine seiner Schwestern bei den Fillions hatte im letzten Jahr ein Baby zur Welt gebracht, aber sie lebte jetzt mit ihrem Mann in Florida, also hatte Hoop sie während ihrer Schwangerschaft nicht zu Gesicht bekommen.

Aber Cici war anzusehen, wie sehr es sie erschöpfte. Sie war blass und aufgewühlt gewesen, als sie aus der Toilette kam. Und die Art, wie sie ihn umarmt hatte – sie brauchte ihn.

Noch nie hatte jemand ihn wirklich gebraucht. Er wusste zwar, dass die Kinder und Jugendlichen, deren Mentor er war, seine Hilfe zu schätzen wussten, aber sie brauchten ihn nicht so sehr wie Cici. Bei Cici war es etwas anderes.

»Ja, wenn es um die Red Sox geht, bin ich fast schon übertrieben treu«, gab sie lächelnd zu. »Ein Jahr bin ich sogar zum Frühlingstraining gegangen.«

»Nur ein Jahr?«, fragte er neckend. »Wie kannst du dich dann einen treuen Fan nennen?«

»Na schön, Schlaumeier. Wie oft warst du bei einem Frühlingstraining dabei?«

»Ein Mal, und das nur, weil meine Schwester gerade ein Baby bekommen hatte und wir alle nach Florida reisten«, erklärte er.

»Schwester? Ich dachte, du bist adoptiert. Haben deine Eltern ... was war mit deinen Eltern?« Sie stahl ihm einen Pommes vom Teller.

»Lisa ist meine Schwester, aber nicht meine leibliche. Wir sind nur zusammen bei den Fillions aufgewachsen. Habe ich dir von ihnen erzählt?«

»Nein. Was ist mit deiner echten Familie passiert?«, fragte sie. »Wenn ich dir zu neugierig werde, musst du mir nur sagen, dass ich mich um meinen eigenen Kram kümmern soll. Ich glaube, es liegt daran, dass ich zu oft mit Iona zusammen bin.«

Er strich sich nachdenklich mit der Hand über die Brust. Seine echten Eltern. Jeder fragte nach ihnen. »Ich habe keine Ahnung. Soviel man überhaupt erfahren konnte, war meine Mutter ein Teenager. Sie brachte mich ...« Er zuckte die Achseln. »... irgendwo zur Welt und setzte mich dann in einem Krankenhaus ab, bevor sie für immer verschwand. Sie gab mir keinen Namen oder sonst irgendwas.«

Cici drückte ihm die Hand. »Das tut mir leid. Ich habe meinen Dad auch nie kennengelernt, also kann ich ein wenig verstehen, was es bedeutet, seine Eltern nicht zu kennen.«

»Es ist nicht nur das«, meinte er. Aber sie hatten ein Date, und er wollte die Stimmung nicht vermiesen, indem er davon erzählte, wie viele Jahre er sich minderwertig gefühlt hatte. Jetzt ging es ihm besser. Er hatte sich klargemacht, dass es seine Mutter war, die ein Problem gehabt hatte, und dass er nichts dafürgekonnt hatte. Trotzdem wünschte er oft, er könnte sie finden und ihr zeigen, wovor sie davongelaufen war.

»Ich kann es mir nicht einmal vorstellen«, sagte sie leise. »Wie bist du zu deinem Namen gekommen?«

»Das Krankenhaus, in dem sie mich zurückließ, befand sich in der Hooper Street. Und eine der Schwestern war der Ansicht, ich sähe aus wie ein Jason. Immerhin mussten sie irgendwas in die Formulare schreiben. Später als Cop habe ich Recherchen angestellt und alles über die Rechtslage in meinem Fall herausgefunden. So bin ich auch dazu gekommen, mich für Jura zu interessieren.«

Er nahm noch einen Schluck von seinem Tee, der ihm aber jetzt zu süßlich schmeckte, und so schob er ihn beiseite. Immer wenn er über seine Vergangenheit sprach, fühlte er sich irgendwie eigenartig.

»Ich habe mit einer Mitarbeiterin über deine Situation gesprochen, und wenn du nächste Woche Zeit hast, wäre es schön, wenn du im Büro vorbeikommen und sie treffen könntest. Dann bekommst du die Papiere, die du an deinen … Ich weiß nicht, wie ich ihn nennen soll.«

Cici errötete. »Der Daddy des Babys? Samenspender?«

»Nein, bestimmt nicht«, sagte er. »Sagen wir, Mr. Maguire. Sobald er die Papiere unterschreibt, wirst du abgesichert sein, und, um ehrlich zu sein, er auch. Auf diese Weise kannst auch du nicht irgendetwas von ihm verlangen.«

»Das würde ich niemals tun«, sagte Cici.

»Ich weiß. Aber es wird ihn beruhigen und bereitwilliger die Papiere unterschreiben lassen«, erklärte Hoop. Er hatte viele Fälle wie Cicis vertreten und wusste, dass es nicht immer reichte, einen Vertrag zu unterzeichnen, aber es gab beiden Beteiligten eine gewisse Ruhe. Und vor allem wollte er sichergehen, dass Cici geschützt war.

»Gut. Ich möchte es einfach hinter mich bringen«, sagte sie. »Ich denke, sobald das geregelt ist, kann ich richtig anfangen, über das Baby nachzudenken.«

»Was denn zum Beispiel?«, fragte er. Er wusste nicht, was ein Kind oder eine alleinerziehende Mutter brauchen würden. Cici war ziemlich auf sich allein gestellt, und er fragte sich jetzt, ob es für seine Mutter ähnlich gewesen war. Hatte sie einen Freund gehabt, mit dem sie reden konnte? Wahrscheinlich würde er es nie erfahren, das wusste er, aber trotzdem hätte es ihn brennend interessiert.

»Zum Beispiel, wie ich das Kinderzimmer gestalte. Und dann muss ich einen Kindergarten finden und mich auf die Warteliste setzen lassen.«

»Du hast das Kind ja noch nicht mal geboren«, sagte er lachend, aber er wusste von einer seiner Mitarbeiterinnen, wie schwierig es war, einen Platz in einem guten Kindergarten zu finden.

»Du kannst dir nicht vorstellen, wie viele Dinge ich entscheiden muss«, sagte sie stöhnend.

»Allein?«, fragte er behutsam.

»Ich habe es meiner Mutter und meinem Stiefvater noch nicht gesagt. Ich meine, Hayley und Iona waren beide großartig, aber diese Dinge muss ich allein regeln.«

»Ich kann mich im Büro nach einer Liste mit den besten Kindergärten erkundigen«, schlug er vor. »Vielleicht könnte dir auch jemand eine Empfehlung schreiben.«

»Würdest du das tun?«

»Ja, natürlich. Wir sind doch Freunde, und du wirst viele Freunde brauchen.«

Sie nahm einen Schluck Wasser. Jetzt war sie wirklich satt. Sie lehnte sich auf ihrem Stuhl zurück und betrachtete Hoop. Der Kuss … Sie hatte den Gedanken daran verdrängt, seit sie das Stadion verlassen hatten, weil sie sich zwingen wollte, in Hoop nur einen Freund zu sehen, aber er hatte sie bis Innerste aufgewühlt. Völlig unerwartet, weil sie eigentlich davon ausgegangen war, während der Schwangerschaft kein Interesse an Sex zu haben. Und weil doch ihr ganzes Leben Kopf stand.

Aber es war ganz und gar nicht so.

»Alles okay?«, fragte er.

»Ja.« Sie wünschte, er hätte sie nicht dabei ertappt, wie

sie ihn anstarrte. »Ich dachte nur gerade, dass ich vielleicht eine Art Selbsthilfegruppe mit anderen alleinerziehenden Eltern gründen sollte. Ich erinnere mich noch, wie einsam wir waren, als ich jung war und meine Mom Steve, meinen Stiefvater, noch nicht kennengelernt hatte.«

»Das wird dir nicht passieren.«

»Nein. Ich dachte immer, bevor ich ein Kind bekäme, hätte ich alles sorgfältig durchgeplant. Mein Dad war bei den Sondereinsatzkräften, seine Arbeit war also sehr gefährlich. Ich meine, mir ist natürlich klar, dass sie nicht hatten wissen können, dass er getötet werden würde. Aber ich dachte immer, wenn ich mich nur klug verhalten würde, könnte ich es richtig machen.«

»Richtig?«, wiederholte er. »Ich bin nicht sicher, dass ich dich verstehe.«

»Ach, nur dass ich einen netten Kerl kennenlernen und Kinder mit ihm bekommen würde, die wir gemeinsam großziehen würden. Keine Scheidung, keine riskanten Jobs. So würden die Kinder geborgen und geliebt aufwachsen, ohne größere Aufregungen.«

Cici wurde bewusst, wie das klingen musste und dass sie vielleicht zu viel gesagt hatte. »Entschuldige. Ich glaube, das gute Essen steigt mir zu Kopf. Es schmeckt großartig hier.«

Er verschränkte die Arme vor der Brust und zog eine Augenbraue hoch. »Ja, das stimmt. Ist das deine Art zu sagen, dass du genug hast von diesem Gespräch?«

»Ja«, gab sie zu. Sie wollte nicht darüber nachdenken, dass ihr Kind irgendwann würde wissen wollen, wer sein

Vater war. Und sie würde ihm sagen müssen, dass Rich nichts mit ihnen zu tun haben wollte. Gott, das würde wirklich schwierig werden. Wenn sie sich mit Hoops Anwaltsfreundin traf, würde sie sich erkundigen, ob man eine Klausel einsetzen konnte für den Fall, dass das Kind den Vater kennenlernen wollte.

»In Ordnung«, sagte er. »Was möchtest du jetzt machen?«

»Ich glaube, ich möchte nach Hause, Hoop.« Sie musste über vieles nachdenken, und sie wollte versuchen, den unglaublichen Kuss von vorhin zu vergessen. »Das Spiel war toll. Ich wünschte nur, mir wäre nicht übel geworden.«

»Ich auch. Aber jetzt scheint es dir besser zu gehen«, sagte er. »Ich bin froh. Weißt du, wie lange die Morgenübelkeit anhält? Meine Schwester sagte, bei ihr seien es vier Monate gewesen.«

»Ich glaube, es ist bei jeder Schwangerschaft anders.« Sie hatte sich auf einigen Websites informiert, und ihre Ärztin hatte ihr geraten, auf die Veränderungen ihres Körpers zu achten und sich keine Sorgen zu machen. »Ich hoffe wirklich, es hört bald auf.«

»Das glaube ich dir gern.« Er machte dem Kellner ein Zeichen.

Cici griff in ihre Tasche, und Hoop räusperte sich.

»Was ist?«

»Du hast doch sicher nicht vor, für das Essen zu zahlen«, sagte er.

»Und wenn doch?«

»Es ist ein Date, Cici. Das heißt, dass die Rechnung auf mich geht.«

»Wir leben im einundzwanzigsten Jahrhundert, Hoop. Eine Frau kann auch zahlen«, beharrte sie, aber eigentlich wollte sie ihn nur necken. Sie fand es nett, wenn ein Mann für sie im Restaurant zahlte.

»Nun, in der Hinsicht bin ich ein bisschen altmodisch.«

»Und in welcher Hinsicht noch?«, fragte sie. »Du wolltest mich bei mir zu Hause abholen. Auch in der Hinsicht?«

»Wahrscheinlich. Für mich war es einfach nur höflich, dich abzuholen. Du erinnerst dich, als ich sagte, dass ich als Teenager ständig in Schwierigkeiten war?«

»Ja.«

»Tja, ich verbachte viel Zeit damit, zu lesen, und dabei habe ich so einige Dinge aufgeschnappt, die … ich weiß auch nicht, die irgendwie Eigenschaften des Mannes widerspiegelten, der ich einmal werden wollte. Natürlich beeinflusste mich auch Mr. Fillion, mein Pflegevater, aber bevor ich zu ihnen kam, musste ich mein eigenes männliches Vorbild finden.«

Cici hätte gern den kleinen Jungen von damals in die Arme genommen. Hoop hatte vieles durchgemacht, während er aufwuchs, und es bestärkte sie noch einmal darin, ihr Kind vor ähnlichen Schwierigkeiten zu bewahren. »Bist du deswegen Mentor bei *Big Brothers Big Sisters*?«

»Zum Teil. Wir brauchen alle jemanden, den wir um Hilfe bitten können«, antwortete er und reichte dem Kellner seine Kreditkarte.

Cici wartete, bis sie wieder allein waren, weil das Gespräch zu privat für Zeugen war. Und es machte ihr außerdem Spaß, ihn ein wenig schmoren zu lassen.

»Aber darüber können wir uns länger bei unserem nächsten Date unterhalten«, sagte er.

»Wieso glaubst du, dass es ein zweites Date geben wird?«

»Das hier ist doch ganz nett gewesen«, meinte er lächelnd. »Und du magst mich.«

Er hielt ihr die Hand hin, um ihr aufzuhelfen, und Cici schüttelte lächelnd den Kopf, während sie ihm zur Tür folgte. Oh ja, sie mochte ihn sogar sehr.

5. Kapitel

Drei Tage waren vergangen, und sie hatte noch immer nichts von Hoop gehört. Sie war in seinem Büro gewesen und hatte die Anwältin getroffen, die er ihr empfohlen hatte, und hatte insgeheim gehofft, ihn dort zu sehen. Aber er war nicht da gewesen. Im Nachhinein hatte sie überlegt, dass es besser war, wenn er in seiner Funktion als Anwalt nichts mit der Angelegenheit zu tun hatte.

Er gab ihr Freiraum, damit sie selbst die Natur ihrer Beziehung bestimmen konnte. Allerdings hatte er ein zweites Date vorgeschlagen.

Und jetzt …

Nichts.

Cici gewöhnte sich inzwischen an ihre neue Routine – Arbeit, Übelkeit, Sorge darüber, wie sie es ihren Eltern beibringen sollte, dass sie schwanger war. Sie wusste, dass ihr Stiefvater enttäuscht sein würde, aber was das anging, hatte sie das Gefühl, schon seit Jahren nichts mehr getan zu haben, das ihm gefallen hätte.

Sie rieb sich den Nacken, lehnte sich in ihrem Sessel zurück, starrte auf den Bildschirm ihres großen Computers und hoffte auf eine Antwort. Im Moment war sie dabei, eine Entscheidungsmatrix anzufertigen. Sie hatte keine mehr benutzt, seit sie mit Iona und Hayley das Candied Apple Café eröffnet hatte.

Ihre Tür, angelehnt, aber nicht geschlossen, wurde im nächsten Moment aufgestoßen, und das Klingeln von Lucys Halsband teilte Cici mit, dass Hayleys Zwergdackel mal wieder unterwegs war. Sie schaute nach links, von wo die kleine Hündin schwanzwedelnd zu ihr aufsah.

»Was möchtest du denn?«, fragte Cici in dem Singsang, den sie bei jedem Kind oder Hund anschlug.

Die Hündin stellte sich auf die Hinterbeinchen und bewegte wild die Vorderpfoten. Cici schüttelte den Kopf und drehte ihren Sessel zu Lucy herum, die wieder auf alle viere ging und näher trottete.

Gehorsam nahm Cici sie hoch, und Lucy legte Cici die Pfoten auf die Brust und leckte ihr das Kinn. Kichernd kraulte Cici dem Hündchen den Rücken. Wenn es doch nur ebenso leicht wäre, Menschen glücklich zu machen.

Eine Nachricht erschien auf ihrem Bildschirm, und Cici öffnete sie. Lucy drehte sich dreimal und ließ sich dann zufrieden auf Cicis Schoß plumpsen.

Es war eine Nachricht von Iona an sie und Hayley.

IONA: *Lunch, Bryant Park, in 30 Minuten. Keine Ausreden.*

HAYLEY: *Ich brauche noch 45 Minuten, um mit den Bonbons hier fertig zu werden.*

CICI: Ich kann früher kommen. Lucy ist bei mir. Okay, wenn ich sie mitbringe?

HAYLEY: Dahin ist der kleine Frechdachs also verschwunden. Sie hat vorhin noch brav in ihrem Bett geschlafen.

IONA: Ich seh dich also in 30 Minuten, Cici?

CICI: Ja.

Cici stellte ihren Computer auf Energiesparmodus, bevor sie Lucys Leine, ihre zusammenklappbare Wasserschüssel und Leckerlis von Hayley holen ging.

»Ich bin so neidisch, dass du jetzt gehen kannst«, sagte Hayley. »Ich brauche unbedingt eine Pause.«

»Alles okay?«

Hayley zuckte mit den Schultern und strich sich eine blonde Strähne hinter das Ohr. »Ich bin heute ein bisschen griesgrämig.«

»Warum denn?«

»Sag ich dir beim Lunch. Erzählt euch nicht zu viel, bevor ich da bin«, sagte Hayley und drückte sie kurz an sich.

»Nein, werden wir nicht«, versprach Cici.

Sie verließ den Laden durch den Hinterausgang und ging die Straße zur Fifth Avenue hinauf. Einen Moment blieb sie stehen und sah zu den Gebäuden empor. Der Weg von der Fifth Avenue zum Bryant Park würde ungefähr zwanzig Minuten dauern, also war sie nicht in allzu großer Eile. An der Fifth Avenue angekommen, wandte sie sich Richtung Madison Square Park. Es war ein warmer, sonniger Tag, und der Spaziergang an der frischen Luft tat Wunder für ihre Laune. Sie tauschte Brille gegen Sonnenbrille und schlenderte mit Lucy weiter, die die ganze Zeit über von den Vorübergehenden angelächelt wurde. Wann immer jemand auch nur einen Hauch von Interesse an ihr zeigte, blieb die kleine Hundedame stehen und erlaubte ihm, sie zu streicheln. Im Park gab Cici ihr etwas zu trinken, während sie selbst einen Schluck von der Wasserflasche in ihrer Tasche nahm.

Sie holte tief Luft. Die Stadt roch nach ... na ja, nach einer Großstadt eben. Hier im Park überwog zwar der Duft nach üppigem Grün, aber der Geruch nach der allgegenwärtigen Industrie lag trotzdem genauso in der Luft. Cici stand da und machte sich bewusst, wie viel Zeit sie darauf verschwendet hatte, sich Sorgen zu machen, und dass sie es jetzt wirklich sein lassen sollte.

Sie musste aufhören zu glauben, dass sie irgendetwas ändern könnte. Das war ihr noch nie gelungen. Sie würde auch in Zukunft nicht zu den Leuten gehören, die immer die »richtigen Entscheidungen« trafen, welche das auch sein mochten, weil sie nun einmal nicht so war. Sie folgte ihrem Bauchgefühl, und das hatte sie manchmal in Schwierigkeiten gebracht, aber es hatte auch zu einigen ihrer besten Entscheidungen geführt. Eine davon war das Candied Apple Café. Und dieses Baby würde auch eine sein.

Lucy zog an der Leine, gern bereit weiterzugehen, und Cici verschloss fest den Deckel der Wasserflasche, bevor sie sie in ihre Tasche fallen ließ und sich wieder in Bewegung setzte.

Zufrieden stellte sie fest, dass ihre Schritte federnder zu sein schienen als noch vor wenigen Minuten. Sie selbst zu sein war so ungefähr das Einzige, was sie schon immer gut gekonnt hatte. In der Schule, als es alles andere als cool gewesen war, gut in Mathe zu sein, hatte sie trotzdem leidenschaftlich gern gerechnet. Während die Mädchen in ihrer Klasse Baseball langweilig fanden und es für vollkommen absurd hielten, die Statistiken der Spieler auswendig zu können … nun, zum Teufel mit ihnen. Aber als Cici hatte feststellen müssen, dass sie von dem einen Mann schwanger war, aber in einen anderen verliebt – das hatte sie denn doch umgeworfen.

Sie hatte vergessen, wer sie war.

Aber eine Mom zu sein bedeutete nicht unbedingt, sich selbst zu verlieren. Sie würde es nicht zulassen, dass es jemals dazu kam. Schließlich war sie alles, was dieses kleine Würmchen hatte. Na gut, außer vielleicht noch zwei Tanten in Gestalt von Hayley und Iona und ihre Eltern natürlich. Ihr Stiefvater und ihre Mutter würden vielleicht nicht gerade begeistert darüber sein, wie es zu der Schwangerschaft gekommen war, aber Cici wusste, dass sie das Baby lieben und willkommen heißen würden.

Wie war es aber mit Richs Familie? Cici war ihnen auf der Hochzeit nicht begegnet, aber ihre Cousine hatte erwähnt, dass er aus einer wohlhabenden Familie stammte. Würden sie am Leben ihres Enkelkindes teilhaben wollen? Und was genau würde sie zu ihnen sagen, wenn sie ihnen begegnete?

He, Sie kennen mich nicht, aber ich habe mich von Ihrem Sohn auf einer Hochzeit abschleppen lassen, und jetzt erwarte ich Ihr Enkelkind. Wohl kaum.

Aber darüber würde sie sich später Gedanken machen.

Und ganz plötzlich wurde es ihr klar: Sie hatte sich für sich selbst geschämt. Aber bis jetzt hatte sie sich das nicht eingestanden.

Cici blieb an der Ecke stehen und schlang sich die Arme um den Bauch, während sie sich der Wahrheit des Gedankens stellte. Auf keinen Fall würde sie sich für ihr Baby schämen.

Lucy sah zu ihr auf und winselte auf eine Art, die wie eine Frage klang. »Es geht mir gut«, sagte sie.

Und als sie ihren Weg in Richtung Bryant Park fortsetzte, wurde ihr klar, dass es ihr wirklich gut ging. Jetzt, da sie den Grund für ihre schlechte Stimmung kannte, konnte sie etwas dagegen unternehmen.

Hoop lehnte sich in seinem Sessel zurück und sah aus dem Fenster, von dem er eine Sicht auf den Wolkenkratzer nebenan hatte. Es war heiß, und die Klimaanlage in diesem Gebäude arbeitete auf Hochtouren, um die Temperatur im angenehmen Bereich zu halten. Hoop hätte gern behauptet, dass es die Hitze war, die ihn von der Arbeit ablenkte, aber in Wahrheit ging ihm Cici nicht aus dem Kopf.

Er hatte ihr den Freiraum gegeben, den sie brauchte – und den auch er brauchte, wenn er ehrlich war. Sich auf Cici einzulassen war kompliziert. Vor allem weil er sowieso kein Talent für Beziehungen hatte. Und es war kein Therapeut nötig, um Hoop zu erklären, dass der Grund dafür in seiner nomadenhaften Kindheit lag. Er hatte gelernt, dass alles von vorübergehender Natur war, aber ein Baby brauchte Beständigkeit. Leider fand Hoop sich dafür völlig ungeeignet.

Es klopfte an der Tür.

»Herein.«

Sein Chef Martin Reynolds öffnete die Tür. Martin war sechzig Jahre alt, machte aber eher den Eindruck eines Vierzigjährigen. Er trainierte zweimal täglich im Fitnessstudio des Büros und war stolz auf seine Gesundheit.

»Haben Sie eine Minute?«, fragte er. Er trug einen Hugo-Boss-Anzug und sein graumeliertes Haar modisch kurz. Martin hatte sich in einem aufsehenerregenden Sorgerechtstreit in den Achtzigern einen Namen gemacht, in dem zwei Milliardäre miteinander vor Gericht standen. Hoop bewunderte und respektierte ihn.

Und er fragte sich, was er von ihm wollte. Vorhin erst hatte Hoop im Vorstandssitzungssaal im zwanzigsten Stockwerk mit Martin gesprochen, und noch nie war einer der Partner in sein Büro gekommen.

»Ich habe sogar zehn«, antwortete Hoop. »In dreißig Minuten muss ich mich mit einem Klienten treffen.«

»Perfekt.« Martin trat ein, setzte sich in den Besuchersessel und schlug ein Bein lässig über das andere.

Die alte Angst, dass alles in seinem Leben nur von kurzer Dauer war, stieg wieder in Hoop auf, und er begann zu schwitzen, als ihm klar wurde, dass sein Chef hier war, um ihm schlechte Nachrichten zu überbringen. Seine letzten beiden Fälle hatten der Kanzlei einen netten Profit eingebracht und seine Klienten zufriedengestellt. Aber vielleicht hatte er nicht hart genug gearbeitet.

»Obwohl Sie erst seit zwei Jahren in unserer Kanzlei sind, sind wir alle beeindruckt von Ihrer Arbeitsmoral und der Art, wie Sie Ihre Fälle handhaben«, fing Martin an.

»Danke, Sir«, erwiderte Hoop. »Ich liebe meine Arbeit.«

»Das dachte ich mir schon«, meinte Martin lächelnd. »Sie erinnern mich ein wenig an mich in Ihrem Alter.«

»Inwiefern?«, fragte Hoop, denn so viel wusste er von Martins Leben, dass ihm klar war, es ließ sich kaum mit seinem vergleichen.

»Jura war auch nicht meine erste Wahl.«

»Waren Sie vorher ein Cop?« Es fiel ihm schwer, sich Martin als Cop vorzustellen, aber er war tough und besaß einen ausgeprägten Gerechtigkeitssinn.

Martin lachte. »Überhaupt nicht. Ich war Verkäufer bei einer großen Ladenkette und arbeitete in der Firmenzentrale im Fashion District.«

»Wow. Das war wirklich eine große Veränderung«, meinte Hoop.

»Sagt man das auch immer zu Ihnen?«

»Ja, das stimmt«, gab Hoop zu.

»Haben Sie das Gefühl, dass es eine große Entscheidung war?« Martin beugte sich vor.

Hoop schüttelte den Kopf. »Mir war einfach nur klar, dass es das war, was ich machen wollte. Die Arbeit bei der Polizei gefiel mir zwar anfangs auch, zumindest größtenteils, aber nach einer gewissen Zeit hat es mir nicht mehr gereicht.«

»Wie finden Sie es, jeden Tag hierherkommen zu müssen?«, fragte Martin.

»Ich liebe es.« Hoop hatte nicht lange gebraucht, um zu erkennen, dass er im Familienrecht seine Bestimmung gefunden hatte. Seine Pflegemutter hatte ihm immer gesagt, dass er eines Tages herausfinden würde, worin der Sinn seines Lebens bestand, aber Hoop hatte daran gezweifelt. Er hatte so viele Fragen gehabt, dass er stets mit sich hatte kämpfen müssen: Woher kam er, und wer war er wirklich? Der Zufall hatte ihm geholfen, die richtige Entscheidung zu treffen.

»Gut. Ich bin froh, das zu hören. Jameson zieht sich Ende des Jahres zurück. Dadurch wird eine Position als Juniorpartner frei, Hoop. Sind Sie interessiert?«

»Ja«, antwortete er, ohne überlegen zu müssen. »Ich werde Sie nicht enttäuschen.«

»Da bin ich mir sicher. Ihre Sekretärin soll sich mit meiner in Verbindung setzen, um ein wöchentliches Meeting zu vereinbaren.«

»Ja, Sir«, sagte Hoop aufgeregt.

»Haben Sie zurzeit viele Fälle?«, fragte Martin.

»Mein Terminkalender ist voll, aber nicht völlig ausgelastet.« Hoop hatte eine Achtzig-Stunden-Woche, aber er wollte die Juniorpartnerschaft unbedingt und war bereit, Opfer zu bringen und alles zu tun, was nötig war, um den nächsten Karriereschritt zu machen. Allerdings hatte er nicht geglaubt, dass er schon so schnell eine Chance bekommen würde.

»Ich möchte damit anfangen, Sie einigen unserer größten Klienten vorzustellen, und mit Ihnen gemeinsam an ein paar Fällen arbeiten, damit Sie Ihr Ansehen innerhalb der Kanzlei noch weiter heben können. Ich werde Ihnen die Akten der Fälle von meiner Sekretärin kopieren und bringen lassen, damit Sie sie studieren können.«

»Klingt großartig.«

»Freut mich zu hören«, sagte Martin. »So, ich muss auch schon weiter. Es wäre mir lieb, wenn unser Meeting jeweils montags stattfinden könnte.«

»Ich werde es Abby so einrichten lassen, Sir.«

»Die Arbeit wird hart werden«, meinte Martin und erhob sich. »Aber ich bin davon überzeugt, dass Sie ihr gewachsen sind.«

Martin verließ das Büro, und fast im gleichen Moment sprang Hoop aus dem Sessel auf. *Juniorpartner!* Er machte eine triumphierende Faust und fing an, um den Schreibtisch herumzutanzen, als die Tür geöffnet wurde. Hoop hielt mitten in einem ausgelassenen Hüftschwung inne, als er Abby entdeckte.

»Ähm … Mr. Reynolds sagte, Sie möchten, dass ich einige Termine festlege?«

»Ja, das möchte ich. Sie stehen möglicherweise vor dem nächsten Juniorpartner«, sagte Hoop breit lächelnd.

Abby schloss die Tür hinter sich und eilte auf Hoop zu, um ihn abzuklatschen. »Wunderbar! Aber es bedeutet noch mehr Arbeitsstunden für uns.«

»Das stimmt, Abby. Können Sie das schaffen?« Aber er wusste, dass sie es konnte. Abby und er waren ein gutes Team.

Sie nickte. »Unbedingt. Was kommt also zuerst?«

»Sie müssen mich irgendwie jede Woche montags für ein Meeting mit Martin und seiner Sekretärin in Martins Terminkalender quetschen. Wie heißt sie noch mal?«

»Kelsey.«

»Danke, Abby«, sagte Hoop und merkte sich den Namen. »Sein Büro wird uns einige Akten von Martins Fällen schicken, bei denen ich mich auf den neuesten Stand bringen muss. Schaufeln Sie mir bitte Zeit dafür frei, damit ich daran arbeiten kann.«

»Verstanden, Boss. Ihr nächster Termin kommt fünf Minuten später.« Abby reichte ihm einen Ordner und verließ das Büro.

Hoop wusste, dass sehr viel harte Arbeit von ihm verlangt werden würde, wenn er den Job haben wollte, aber er war bereit dazu. Ihm blieben noch fünf Minuten, also nahm er den Telefonhörer ab und wählte die Nummer seiner Eltern. Sie würden beide noch arbeiten, also sprach er auf den Anrufbeantworter.

»Mom, Pops. Ich bin's, Hoop. Ich bin Kandidat für eine Juniorpartnerstelle. Dachte, das würdet ihr gern erfahren. Hab euch lieb.«

Die Leute standen Schlange vor dem Candied Apple Café, als Cici und Hayley von ihrem Lunch zurückkamen.

»Ich würde sagen, deine neuen Geschmackssorten sind der Hit«, sagte Cici, als sie näher kamen.

»Sieht so aus. Ich denke, dass wir aus unseren Trüffelpralinen nun auch einen Milkshake gemacht haben, ist ein weiterer Grund für diesen Andrang. Es ist heute so heiß«, fügte Hayley hinzu. Sie hakte sich bei Cici unter und blieb abrupt stehen. Lucy trabte sofort wieder zurück an Hayleys Seite, stellte sich auf die Hinterbeine und sah zu ihrem Frauchen hoch.

»Kannst du das fassen?«, fragte Hayley. »Mir kommt es so vor, als wäre es erst gestern gewesen, dass wir im ›Sant Ambroeus‹ gesessen, einen Espresso getrunken und darüber gesprochen haben, unsere Talente zusammenzuwerfen.«

Cici erinnerte sich sehr gut. Damals hatten sie alle drei als Angestellte gearbeitet und waren nicht wirklich glücklich mit ihrem Job gewesen. Cici hatte es übergehabt, in einer großen Buchhaltungsfirma Tag für Tag in ihrer kleinen Zelle von einem Büro zu sitzen. Sosehr sie Zahlen auch liebte, hatte die Umgebung, in der sie arbeiten musste, etwas Seelentötendes an sich gehabt. Ihren Job zu verlassen war ihr damals zwar auch riskant vorgekommen, aber sie bereute es auf keinen Fall.

Wieso denn auch, nachdem sie mit dem Candied Apple Café so erfolgreich waren? Mit dem Baby würde es ähnlich sein.

»Logisch, dass wir erfolgreich sind. Frauenpower und so.

Aber verdammt noch mal, das ist wirklich größer, als wir alle es uns erträumt hätten«, sagte Cici.

»Stimmt.« Hayley nickte. »Ich möchte irgendwie einfach nur hier stehen und den Anblick genießen.«

»Ich auch, aber Io wird uns ermorden, wenn wir kein kleines Video machen, um es ins Netz zu stellen.«

»Soll ich?«, fragte Hayley.

Cici hätte nichts dagegen gehabt, aber Hayley war unglaublich schüchtern und hasste es, im Vordergrund zu stehen. »Nein, ich mach das schon. Wie sehe ich eigentlich aus?«

»Hinreißend wie immer.«

»Ich bin sicher, ich bin ganz verschwitzt von unserem Spaziergang«, sagte Cici.

Hayley holte ein Feuchtigkeitsspray aus der Tasche und besprühte Cici kurz damit, bevor sie sich selbst erfrischte. »Wirklich, ich will nicht komisch klingen, aber du strahlst richtiggehend. Ich nehme an, das liegt an den Hormonen. Ich bin irgendwie neidisch.«

»Das brauchst du wirklich nicht zu sein. Du hast einen wunderbaren Verlobten. Wenn du ihm sagen würdest, dass du dir ein Baby …«

»Hör auf. Kein weiteres Wort. Ich bin noch dabei, mich daran zu gewöhnen, mit Garrett als Paar zusammenzuleben. Wir brauchen noch etwas Zeit, bevor wir den nächsten Schritt wagen.«

»Ich wollte dich nicht drängen.« Aber insgeheim wünschte sie sich schon, dass Hayley schwanger würde, damit sie gleichzeitig Mütter sein könnten.

»Ich weiß. Es ist nur, dass die Sache mit Garrett mir manchmal ein wenig zu schnell geht. Ich ziehe es vor, die Dinge in aller Ruhe zu planen.«

»Ich versteh schon«, sagte Cici. »Wäre das Leben nicht leichter, wenn wir unser Privatleben ebenso planen könnten wie unsere Arbeit im Candied Apple Café?«

»Oh ja«, meinte Hayley lachend. »Soll ich dich filmen, während du mit den Kunden redest?«

»Ja, bitte.« Cici seufzte. »Nein, ich bringe sie zum Plaudern, aber vorher mache ich noch ein kleines Intro. Oder besser noch, lass es uns zusammen machen.«

»Äh … wie?«

»Du brauchst mit niemandem zu sprechen. Nur in die Kamera.«

Cici streckte den Arm aus und richtete die Handykamera auf Hayley und sich. Hayley hatte recht, ihre Haut sah wirklich gut aus. Beide schnitten eine Grimasse, während sie ein Selfie schossen, und dann drückte Cici ihre Freundin an sich. »Ich bin so froh, dass wir befreundet sind.«

»Ich auch.«

»Okay, bereit? Ich fange an und übergebe dann an dich. Ich werde nicht mehr sagen, als dass wir hier vor dem Laden stehen, und dich dann bitten, über die neuen Geschmacksrichtungen und die Milkshakes zu reden.«

»Ich bin so weit. Über Schokolade könnte ich den ganzen Tag lang reden.«

»Ich weiß. Schließlich verbringe ich fast jeden Tag mit dir.«

»Frechdachs.«

»Wer schließt hier wieder von sich auf andere?«, sagte Cici lachend. »Aufnahme in drei, zwei, eins …«

Cici nahm sich und Hayley beim Plaudern auf, dann schlenderte Hayley mit Lucy zum Eingang der Küche, während Cici sich mit den wartenden Kunden unterhielt. Seit dem Valentinstag und der Einführung der Lovebox hatten sie viele neue Kunden, regelrechte Fans, dazugewonnen.

Cici versetzte es einen kleinen Stich, während sie den Geschichten der Kunden, unter denen einige Paare waren, lauschte. Sie wollte auch jemanden haben, mit dem sie ihr Leben teilen konnte. Keinen Mann, den sie gefriendzoned hatte und der offenbar ganz zufrieden mit dieser Situation war.

Sie rieb sich den Nacken und ermahnte sich, dass sie keinen Mann brauchte, um ein erfülltes Leben zu führen. Trotzdem konnte sie die Sehnsucht in sich nicht ignorieren. Sie interessierte sich für einen Mann, mit dem sie sehr wenig gemeinsam hatte.

Und war Schokolade nicht die Lösung zu allem? Nun, sie aß täglich Schokolade mit ihren Freundinnen. Sie betrat den Laden, genoss die kühle Luft, die die Klimaanlage spendete, und winkte Carolyn zu, während sie durch den Verkaufsraum und in das Café ging und von dort in ihr Büro.

Sie setzte sich auf ihren Schreibtischstuhl, stöpselte das Handy ein, um die Videos herunterzuladen, und während sie sich und Hayley betrachtete, wurde ihr klar, dass sie ein gutes Leben hatte. Die Sehnsucht nach einem Partner würde allmählich nachlassen. Schließlich war sie dabei, sich das Leben aufzubauen, von dem sie geträumt hatte. Sie besaß ein erfolgreiches Geschäft und ein tolles Apartment in der City, und bald würde sie ihr kleines Mäuschen haben.

Zärtlich strich sie sich über den Bauch und versuchte, eine Art Zen-Verbindung zu ihrem Baby zu spüren. Sie hatte gelesen, dass einige Frauen so etwas erlebten, aber sie selbst fühlte nichts. Das machte ihr ein wenig Sorge.

Sie hatte so viel Zeit damit zugebracht, über die Konsequenzen für ihr Leben nachzudenken, dass sie ganz vergessen hatte, sich mit ihrem Kind zu befassen. Seufzend beugte sie sich vor, die Arme auf dem Schreibtisch und den Kopf auf den Armen.

Nein, tadelte sie sich in Gedanken. Sie würde nicht anfangen, sich wegen irgendetwas Vorwürfe zu machen. Sie war die beste Mutter, die dieses kleine Mäuschen haben konnte, verflixt noch mal, und von jetzt an würde sie sich auch entsprechend verhalten.

6. Kapitel

Jeder in der Arbeitswelt freute sich auf das Wochenende. Cici bildete da keine Ausnahme. Na ja, das stimmte nicht ganz. Sie hatte Wochenenden immer gehasst. Selbst als Kind wäre sie lieber zur Schule gegangen. Um beschäftigt zu sein, irgendetwas zu tun zu haben, das sie von zu Hause fernhalten würde.

Ihre Mutter hatte sich Mühe gegeben, aber nachdem die Zwillinge geboren waren, fühlte Cici sich nicht mehr wohl zu Hause. Sie kam sich fehl am Platz vor und glaubte zu stören.

Ihr Stiefvater hatte es versucht, so viel musste Cici ihm lassen. Er war niemals gemein zu ihr gewesen und kein Widerling wie manche Stiefväter. Er war nur ganz einfach … nicht ihr Dad. Es war ernüchternd gewesen, als es ihr im Alter von dreizehn Jahren bewusst geworden war. Bis zu dem Tag war sie ein Einzelkind gewesen, und ihre Familie hatte nur aus ihnen dreien bestanden. Cici hatte Steve »Dad« genannt, weil ihr eigener Vater im Einsatz für sein Land gestorben war. Aber in jenem Sommer hatte ihre Mutter die Zwillinge erwartet. Sie und Steve hatten mit Cici Baseball gespielt, auf der hinteren Veranda Eis gemacht und das Zimmer für die Zwillinge vorbereitet. Und dann wurden die Jungs geboren.

Und alles war ganz anders geworden.

Cici rieb sich wieder den Nacken und stand vom Sofa auf, wo sie ohne besonderes Interesse ferngesehen hatte. Hayley fragte Cici immer nach Ideen für neue Geschmackskombinationen, und da Cici zugebenermaßen keinen besonders abenteuerlichen Gaumen hatte, sah sie sich Kochshows an, um sich inspirieren zu lassen.

Aber heute Morgen war sie nicht bei der Sache.

Ihre Gedanken drehten sich ständig um Hoop und um die Tatsache, dass es weder ihm noch dem Baby gegenüber fair wäre, etwas mit ihm anzufangen. Nicht einmal eine Freundschaft.

Sie hatte schon einmal erlebt, dass ein Mann sich unmerklich verändert hatte, aber auf eine sehr verheerende Art, was sie anbetraf. Dabei war Steve ihr sieben Jahre lang ein wunderbarer Vater gewesen, bevor seine leiblichen Kinder geboren wurden.

Cici wusste natürlich, dass es einen Unterschied gab zwischen einem Stiefkind und einem leiblichen. Sie hatte es am eigenen Leib erfahren müssen, und sie schwor sich, ihr eigenes Kind niemals in eine solche Situation zu bringen.

Immer war sie felsenfest davon überzeugt gewesen, sie würde schon die richtige Entscheidung treffen und Kinder mit einem Mann bekommen, der immer bei ihr bleiben würde. Und sollte er sterben, so wie ihr eigener Vater, dann hatte sie sich geschworen, niemals ein zweites Mal zu heiraten. Doch stattdessen begann sie ihr Leben als Mutter ganz allein.

Erst jetzt fiel ihr auf, dass sie weinte.

Schwangerschaftshormone. Sie musste ein wenig rausgehen – raus aus diesem Luxusapartment, das sie ausgesucht und sorgfältig eingerichtet hatte, um sich zu beweisen, wie weit sie es gebracht hatte. Aber heute fühlte es sich an wie ein Käfig, den sie sich selbst erbaut hatte – und darin ein Leben führte, das nicht wirklich ihrs war.

Sie ging ins Schlafzimmer, zog ihr Nachthemd aus und schlüpfte in ein Paar Khakishorts und ein ärmelloses Top, zog Sandaletten an und griff nach ihrer Sonnenbrille. Sie würde spazieren gehen, bis sie sich wieder im Griff hatte. Oder bis sie irgendetwas anderes aus dieser düsteren Stimmung riss.

Als Letztes nahm sie noch ihre Handtasche und vergewisserte sich, dass sie die Kreditkarte dabeihatte. Nichts half mehr als ein kleines Frustshoppen, wenn man schlechte Laune hatte. Entschlossen verließ sie die Wohnung und wartete auf den Aufzug.

Als die Tür aufglitt, wurde Cici von plötzlicher Erregung gepackt, die sie hastig unterdrückte.

»Hoop.«

»Cici, ich hatte gehofft, dich zu überraschen, aber wie es scheint, bist du auf dem Weg nach draußen«, sagte er.

Er trug eine Jeans und ein T-Shirt, auf dem ein Dinosaurier ein Hündchen in den Armen hielt. Sie wunderte sich, wieso er sich gerade das ausgesucht hatte. Aber es schmiegte sich sehr vorteilhaft an seine breite Brust, und er duftete gut. Wie ein frischer Sommertag. Sein verdammtes Aftershave.

Cici schloss kurz die Augen und öffnete sie wieder. Es ging einfach nicht. Sie hatten sich auf Freundschaft geeinigt, und mehr würde es auch nicht werden. Ein Kuss würde nichts daran ändern. Vor allem weil sie nicht eine Beziehung eingehen würde, die verheerende Auswirkungen auf ihr Kind haben könnte.

»Was ist? Ich wollte gerade ein bisschen shoppen gehen«, sagte sie lächelnd und betrat den Aufzug.

Hoop drückte auf den Knopf für das Erdgeschoss. Dabei berührte er sie mit dem Ellbogen, und Cici erschauerte. In ihrem Schwangerschaftsratgeber hatte sie gelesen, dass ihre Lust auf Sex zunehmen würde, und es hätte sich wirklich in keinem schlechteren Moment bewahrheiten können. Sie musterte ihn unter halb gesenkten Lidern – vor allem seinen Mund, während er sprach, wobei sie gar nicht hörte, was er sagte. Wie weich seine Lippen gewesen waren …

Er wusste, wie man eine Frau küsste, und sie erinnerte sich noch genau an seinen Geschmack. Wie war es nur möglich, dass ein Mann so gut schmecken konnte? Bei keinem anderen Mann, mit dem sie ausgegangen war, war ihr dergleichen aufgefallen. Warum bei Hoop?

»Was denkst du also?«, fragte er, als die Aufzugtür aufging und er Cici ein Zeichen machte, als Erste hinauszugehen.

»Worüber?«

»Hast du mir nicht zugehört?«

»Doch, so ungefähr. Aber durch die Schwangerschaft bin ich manchmal ein bisschen unkonzentriert«, flunkerte sie.

Das hatte wirklich im Buch gestanden und gab eine wunderbare Ausrede ab.

»Ich habe dich gefragt, ob du mit mir, Alfonso und seiner Freundin den Nachmittag verbringen möchtest. Wir fahren mit meinem Boot raus. Alfonso wird sich um das gute Essen kümmern, denn wir hatten die Idee, auf dem Boot ein Picknick abzuhalten.«

Cici sah ihn an und dachte, wie sehr sie wünschte, sie könnte ihn vergessen. Sie wollte vor der Vergangenheit fliehen und eine neue Zukunft finden. Aber ihr wurde klar, dass sie zuerst das Heute klären musste. Heute wollte sie allerdings nur aufhören, zu grübeln und zu analysieren. Ihre größte Stärke wurde zu einer Last, die sie nicht länger tragen wollte. Für eine Weile brauchte sie Abstand zu allem. Und es war Juni. Wer hätte an einem so schönen Sommertag einer Einladung zu einem Bootsausflug widerstehen können?

Sie jedenfalls nicht.

»Sehr gern. Aber ich bringe den Nachtisch mit. Schließlich arbeite ich für eines der besten Cafés der Stadt. Es wäre eine Sünde, wenn ich nicht das Dessert beisteuern würde.«

»Das klingt perfekt. Wir fahren nicht vor zwei Uhr, wenn du also nichts gegen Gesellschaft hast, trage ich gern deine Einkaufstüten, während du shoppst.«

Mit sieben Jahren war Hoop bereits in sein fünftes Heim in ebenso vielen Jahren umgezogen. Er hatte allmählich angefangen, sich an das Nomadenleben zu gewöhnen. Weder war er einer der Unruhestifter gewesen noch eins der Kinder, die sofort adoptiert wurden. Er war eher normal, durchschnittlich gewesen.

Während er Cici ins Bonpoint folgte, einem schicken, exklusiven Kindermodeladen, überlegte er, dass es gar nicht so schlecht war, durchschnittlich zu sein. Cici hielt gerade einen weißen Baby-Overall hoch, der für beide Geschlechter gedacht war.

Hoop erkannte plötzlich, worauf er sich da einließ. Er sollte sich aus dem Staub machen. Cici würde ja nicht einmal überrascht sein. Zwar hatte er ihr gesagt, dass sie nur Freunde sein würden, aber insgeheim hatte er doch auf mehr gehofft. Er wollte mehr von ihr, aber ihre zukünftigen Lebensumstände wurden ihm immer klarer.

Cici plauderte mit den Verkäufern und ließ sich Babysachen zeigen. Hoop hatte noch nie Berührungspunkte mit einem Baby gehabt. Die Familien, bei denen er untergebracht gewesen war, hatten nie lange ein Baby bei sich aufnehmen müssen. Es waren die älteren Kinder, die keiner wollte.

Seine Ma – so nannten sie alle Mrs. Fillion – hatte gesagt, dass die meisten Paare einfach nicht wussten, was sie sich entgehen ließen. Kinder in Hoops Alter konnten laufen, sprechen und allein ins Bad gehen – alles Pluspunkte ihrer Ansicht nach.

Hoop war der Mentor vieler Kinder, deren Eltern keine Zeit für sie hatten, aber das hier war etwas anderes. Schon jetzt träumte er von Cici. Während er ihr dabei zusah, wie sie sich von der Verkäuferin beraten ließ, ging eine Veränderung in ihm vor, und er wusste, wenn er Cici weiterhin sehen wollte, musste er ehrlich sein.

Mit Cici natürlich, aber auch mit sich selbst.

Wenn er mehr als Freundschaft von ihr wollte, dann musste er begreifen, dass ihr Leben ihr nicht mehr ganz allein gehörte. Es würde bald ein Baby da sein, und keiner wusste so gut wie er, wie leicht man das Leben eines so kleinen Geschöpfes zerstören konnte.

Die Tatsache, dass es das Baby eines anderen Mannes war, machte ihm nichts aus. Er kannte seinen eigenen Vater nicht, und er liebte seine Pflegeeltern, als wären sie seine leiblichen Eltern. Garrett war für ihn wie ein Bruder, obwohl sie nicht blutsverwandt waren. Wenn Hoop etwas gelernt hatte, dann dass Blut nicht die einzige Bindung war, die zählte.

Das Problem mit Cicis Schwangerschaft war, dass er nicht wusste, ob er bereit war, Vater zu sein, wenn er dauerhaft mit ihr zusammen sein sollte – und davon waren sie noch weit entfernt. Aber bevor er etwas mit ihr anfangen konnte, musste er die Folgen abwägen. Er musste wenigstens über eine feste Beziehung nachdenken, wenn er weiterhin mit ihr ausgehen wollte. Darauf musste er nicht jetzt schon die Antwort wissen, aber bald würde der Moment kommen.

»Was meinst du?«, fragte Cici ihn und hielt ein niedliches kleines T-Shirt an ihren Bauch. Er war noch immer flach. Man sah ihr noch nicht an, dass sie schwanger war.

»Mir gefällt es«, antwortete er und meinte nicht nur das T-Shirt, sondern auch Cici und ihre Schwangerschaft. Er wollte eine eigene Familie haben. Nicht, dass sie überhaupt auch nur schon einmal darüber geredet hätten, aber der Gedanke hatte irgendwie Wurzeln geschlagen. Wie es aussah, wollte er Teil dieses neuen Anfangs sein.

Er wischte sich die plötzlich feuchten Handflächen an der Jeans ab, und dann trafen sich ihre Blicke.

»Alles okay?«, fragte Cici.

Er zuckte mit den Schultern. »Ich brauche etwas frische Luft. Ich warte draußen auf dich.«

Ohne auf ihre Antwort zu warten, lächelte er ihr nur kurz zu und verließ dann das Geschäft.

Draußen war es heiß, und er holte seine Sonnenbrille hervor, bevor er auf den Bürgersteig trat und sich an die Wand lehnte. Er starrte auf die Familien und Touristen, die an ihm vorbeirauschten, aber nahm sie nicht wirklich wahr. In Gedanken war er noch immer bei Cici. Wenn es sein Kind wäre, wäre er bei ihr gewesen, um ihr beim Aussuchen zu helfen, doch weil sie »nur Freunde« waren und er nicht wusste, wie sich ihre Beziehung zueinander entwickeln würde, hatte er es für richtig gehalten, sie sich selbst zu überlassen.

Er wusste nicht genau, wie er ein netter Kerl sein und gleichzeitig bekommen konnte, was er wollte. Aber es gab keine einfache Antwort. Was er auch tat, er konnte es sich trotzdem sogar noch mehr mit Cici verderben als sowieso schon, es für sich und seinen Freund noch peinlicher machen und Cici am Ende noch mehr begehren, als er sich selbst eingestehen wollte.

Die Tür ging auf, und Hoop sah auf, als Cici mit einer großen Tüte in der einen Hand und ihrer Sonnenbrille in der anderen vor ihm stehen blieb.

»Dir dämmert's allmählich, stimmt's?«, sagte sie.

»Was soll mir dämmern?«

»Dass es schwierig ist, mit mir befreundet zu sein, wenn ich das Baby habe und meine Zukunft völlig auf den Kopf gestellt ist.«

»Ja, aber es ist nicht das Baby, das mich stört, Cici. Ich selbst bin das Problem. Ich will dir ein guter Freund sein, aber ich begehre dich zu sehr. Wenn ich in deiner Nähe bin, fällt es mir schwer, die Hände bei mir zu behalten. Und ich weiß, dass sich das nur legen wird, wenn ich einige Stunden mit dir im Bett verbringe. Aber was kommt danach?«

»Tja, ich habe keine Ahnung. Meinst du, eine Nacht wäre genug?«, fragte sie.

»Das ist es ja, was mich so schafft. Ich kann es dir einfach nicht sagen, und wenn wir miteinander schlafen, wird es in Zukunft zu peinlichen Situationen führen«, meinte er. »Ich habe es völlig verkorkst im Februar.«

»Wir waren beide schuld«, widersprach sie. »Aber lass uns den Tag zusammen verbringen und sehen, ob wir nicht wenigstens Freunde sein können. *Wirkliche* Freunde. Und dann denken wir über alles andere nach.«

Im New Yorker Hafen herrschte Hochbetrieb mit den vielen Vergnügungsdampfern, die nach Ellis Island und zur Freiheitsstatue fuhren. Cici saß auf einer gepolsterten Bank auf einem Chris Craft Corsair mit Coupédach. Sie kannte sich nicht mit Booten aus, aber Hoop schwärmte regelrecht von diesem hier. Begeistert hatte er ihr die Kabine unter Deck und den Motor gezeigt. Sie würden auf dem Bug der Jacht picknicken, sobald sie vor Anker gegangen waren.

Es war ein angenehmes Wochenende im Juni. Auf dem Wasser herrschte Betrieb, aber nicht so viel, dass man sich hätte gestört fühlen können. Cici hatte allein dagesessen, auf das Wasser hinausgeblickt und zu viel gegrübelt. Der Einkaufsbummel im Bonpoint hatte Spaß gemacht, bis sie nach Beendigung ihrer Einkäufe aus dem Geschäft gekommen war und Hoop beobachtet hatte. Die Dinge zwischen ihnen veränderten sich und würden es weiterhin tun, wenn sie nichts dagegen unternahm.

Sie hatte ihn gern.

Es machte Spaß, mit ihm zusammen zu sein, er war unglaublich sexy, und sie verstanden sich eigentlich sehr gut.

All das waren nur Pluspunkte.

Wenn sie nicht schwanger gewesen wäre, hätte sie nichts lieber getan, als ihn zu daten, herauszufinden, wie es zwischen ihnen laufen würde. Und wenn es dann am Ende aus gewesen wäre, weil sie es noch nie geschafft hatte, eine dauerhafte Beziehung mit einem Mann zu führen, hätte sie sich über die schönen Erinnerungen freuen können.

Aber sie war nun mal schwanger.

Und dann war da noch Hayley.

Sie und Garrett planten ihre Hochzeit für den Valentinstag im nächsten Jahr, und Hoop und sie würden beide eingeladen sein. Cici war ziemlich sicher, dass es zwischen Hayley und Garrett wahre Liebe war. Sie würden den Rest ihres Lebens miteinander verbringen, und das bedeutete, wenn sie mit Hoop schlief und sich dann von ihm trennte, würde sie womöglich auch Hayley verlieren.

Nicht weil Hayley sie aus ihrem Leben verbannen würde, sondern weil Cici selbst sich zurückziehen würde. Und das wäre sehr kompliziert, denn sie waren nicht nur Freundinnen, sondern auch Geschäftspartnerinnen. Es gab keinen Aspekt ihres Lebens, der nicht mit Hayleys verquickt gewesen wäre.

»Wasser?«, fragte Hoop, als er sich zu ihren Füßen setzte.

Sie sah über die Schulter, wo Alfonso und Lulu am Ruder standen.

»Ja, danke«, sagte sie.

Er reichte ihr die Flasche, feucht und kalt, weil sie gerade aus der Kühlbox gekommen war.

Aber Cici fühlte sich in Hoops Nähe komplett anders. Ihr war viel zu heiß, und sie wusste nicht, wie sie ihre Gefühle in den Griff kriegen sollte. Irgendein Weg musste ihr einfallen.

Sie stöhnte leise auf.

»Was ist?«

»Nur was du selbst schon gesagt hast. Wir sollten auf keinen Fall so oft zusammen sein.« So, sie hatte es laut ausgesprochen, und jetzt musste sie sich nur noch daran halten. Und nicht schwach werden.

»Einverstanden. Aber da gibt es ein Problem«, sagte er, hob ihre Beine an und rutschte näher zu ihr, legte sich ihre Beine auf den Schoß und nahm ihr die Wasserflasche ab. Während er einen tiefen Schluck trank, sah Cici, wie seine Kehle sich bewegte, und dann schob er sich die Brille auf die Stirn und sah Cici eindringlich mit seinen blaugrauen Augen an.

»Was für ein Problem?«, fragte sie. Ihr Mund fühlte sich plötzlich ganz trocken an, und im Grunde achtete sie gar nicht auf seine Worte. Er hatte sich das Hemd ausgezogen, sobald sie den Jachthafen verlassen hatten, und Cici konnte seine braungebrannte Brust sehen und seinen flachen Bauch, der zwar muskulös war, aber nicht so wie auf einem mit Photoshop bearbeiteten Foto eines Models. Hoop sah wie ein echter Mann aus, wie jemand, den man berühren konnte.

Und genau das wollte sie auch am liebsten tun. Mit den Fingern über die Härchen auf seiner Brust streichen und ihnen folgen bis zu der Stelle, wo sie unter seinem Hosenbund verschwanden.

»Ich mag dich«, sagte er. »So, es ist gesagt. Ich möchte nicht aufhören, mit dir zusammen zu sein, Cici.«

Sie musste schlucken. »Aber …«

»Egal. Seit Februar gehst du mir einfach nicht aus dem Kopf. Und seit es mir vor zwei Wochen bei Shakespeare im Park endlich gelungen ist, dich zu küssen, habe ich nicht aufhören können, an dich zu denken. Tatsächlich weiß ich jetzt, nachdem wir etwas zusammen unternommen haben, dass du genauso großartig bist, wie ich gedacht habe. Ich weiß, dass ich dich weiterhin sehen will. Ich weiß, dass ich dich besser kennenlernen will.«

»Was hatte dann die Panikattacke bei Bonpoint zu bedeuten?«, fragte sie. »Das vergisst du praktischerweise, was?«

»Das war nur meine Sorge, dass ich es mit deinem Kind verkorkse. Aber Tatsache ist, dass ich nicht aufhören werde, etwas für dich zu empfinden, wenn wir uns nicht mehr sehen. Es wird nichts daran ändern, dass ich dich mag und du mir wichtig bist.«

Er hielt inne, und sie wusste, dass sie nun an der Reihe war, aufrichtig zu ihm zu sein. Aber sie hatte Angst. Ihm war oft wehgetan worden in seinem Leben, das nicht selten einsam gewesen war, und er hatte sich dennoch zu einem Mann entwickelt, den sie bewunderte. Er war ehrlich gewesen, also schuldete sie ihm ebenfalls Ehrlichkeit.

Doch sie hatte Angst.

Vor Hoop? Vielleicht.

Vor der Zukunft? Auf jeden Fall.

Davor, ein weiteres Risiko einzugehen? Oh ja.

Es war die Angst, die sie schweigen ließ. Cici traute sich nicht, sich noch einmal auf ihn einzulassen. Für ihn mochte es ja so gewesen sein, als hätten die Musik, die Stimmung und das gemeinsame Tanzen sie zusammengebracht, aber für Cici war es eine animalische Anziehungskraft gewesen.

Weil ihr das als etwas ganz Besonderes erschienen war, hatte sie Hoop gebeten, den nächsten Schritt zu wagen, und er hatte abgelehnt.

Jetzt bat er sie um dasselbe, und sie hatte Angst, Ja zu sagen. Denn sie wusste, dass sie noch nie irgendeinem Mann genügt hatte. Weder ihrem Dad noch ihrem Stiefvater, noch einem der Typen, die sie gedatet hatte. Und auch Rich nicht.

Warum sollte es bei Hoop anders sein?

Wenn sie nicht schwanger gewesen wäre, hätte sie vielleicht den Mut aufgebracht, es trotz aller Bedenken zu versuchen, weil sie Hoop wollte. Sie wollte ihn sehr.

Aber jetzt musste sie an das Mäuschen denken, und die Zeit, in der sie dämliche Entscheidungen traf, musste endgültig hinter ihr liegen.

Hoop legte ihr die Hand auf den Schenkel und streichelte sie sanft. Ein Schauer durchfuhr sie. Seine Nähe und sein prächtiger Körper ließen sich jetzt einfach nicht mehr länger ignorieren.

Ach, verdammt.

Dämliche Entscheidungen gehörten wohl doch nicht ganz der Vergangenheit an.

»Okay. Lass es uns versuchen.«

7. Kapitel

Der Nachmittag ging, der Abend kam, und Cici war noch immer nicht sicher, wozu sie sich jetzt eigentlich einverstanden erklärt hatte. Eine Sache war klar – Hoop schien ihre Zustimmung so zu deuten, dass sie jetzt ein Paar waren.

Er hatte den Arm um sie gelegt, während sie auf der Bank nebeneinandersaßen, und das Picknick genossen, das Alfonso vorbereitet hatte. Es war köstlich, und obwohl sie es morgen vielleicht bereuen würde, aß sie, bis sie nicht mehr konnte.

»Warum kochen?«, fragte sie. »Hayley, meine Geschäftspartnerin im Candied Apple Café liebt es, Desserts zu machen. Sie sagt, sie kann den Geschmack der verschiedenen Zutaten schon schmecken, wenn sie nur daran schnuppert.«

Alfonso lachte leise. »Für mich war Essen immer gleichbedeutend mit Familie. Ich glaube, ich bin Hoop das erste Mal bei ihm zu Hause bei einer seiner Grillpartys begegnet. Alles Wichtige in meinem Leben geschah, während ich aß.«

»Du hast Grillpartys gegeben?«, fragte Cici.

Hoop zuckte mit den Schultern. »Manchmal. Viele von den Kindern und Jugendlichen, die ich begleite, haben hart arbeitende Eltern und nicht die Gelegenheit, so etwas einmal kennenzulernen. Ich sorge gern dafür, dass unsere Zusammenkünfte etwas Besonderes sind.«

»Und Essen bringt die Menschen zusammen«, sagte Alfonso. »So habe ich auch Lulus Herz gewonnen.«

»Er ist ein großartiger Koch, aber er sieht auch umwerfend aus in seiner weißen Jacke und Schürze«, sagte Lulu lachend.

»Kochen Sie, Cici?«, fragte Alfonso.

»Überhaupt nicht. Ich kann essen, aber kochen? Nein. Ich habe nicht die Geduld dafür. Aber ich hoffe, eines Tages wenigstens einige Gerichte hinzukriegen, da ich ein Kind erwarte.«

Alfonso sah kurz Hoop an und wandte sich dann wieder an Cici. »Ich könnte Ihnen eine Menge leichter Gerichte beibringen. Gute, gesunde Hausmannskost.«

»Das würde mich freuen. Ich könnte dann … haben Sie schon jemanden, der Ihre Geschäftsbücher führt?«, fragte Cici. Sie war niemandem gern etwas schuldig. Wenn Alfonso so nett war, sie das Kochen zu lehren, würde sie sich freuen, ihm auf andere Weise zu helfen.

»Ja, aber ich könnte jemanden brauchen, der mir mit meiner Steuererklärung hilft«, meinte Alfonso.

»Tun Sie's nicht, Cici. Dieser Mann glaubt, Buchhaltung bedeutet, alle Quittungen in einen Karton zu stopfen. Sie werden den ganzen Tag beschäftigt sein«, sagte Lulu lächelnd.

»Ich bin gern bereit, es zu versuchen, wenn der Kochunterricht gut ist. Außerdem kann ich Ihnen ein System einrichten, das Ihnen die Steuererklärung in Zukunft sehr viel leichter machen wird.«

»Abgemacht«, sagte Alfonso. »Ich kann anfangen, wann immer Sie wollen.«

»Ich schicke Ihnen eine SMS.«

»Er ist sehr gut«, meinte Hoop, nachdem sie die Nummern ausgetauscht hatten.

»Kannst du denn kochen?«, fragte sie.

»Er ist gar nicht so schlecht, wenn Sie ein Gericht mit Ei haben wollen oder Fleisch auf dem Grill«, warf Alfonso ein.

»Ich dachte, du hast mein Huhn Satay vielversprechend gefunden.«

»Weil ich nett sein wollte, Hoop. Ich wollte deine Fähigkeiten am Herd nicht niedermachen, aber die Dame muss wissen, dass du eher der Mann fürs Frühstück und Grillen bist.«

Cici lächelte. Hoop vermittelte den Eindruck, alles zu können, und nichts schien ihn aus der Ruhe zu bringen. Da war es beruhigend zu wissen, dass er nicht in allem perfekt war.

»Worüber lächelst du?«, fragte er gespielt böse.

»Ich dachte nur, dass du doch nicht perfekt bist.«

»Natürlich bin ich nicht perfekt.«

»Du wirkst aber immer so, als wäre für dich nichts unmöglich«, sagte Cici.

»Das stimmt.« Lulu nickte. »Als Alfonso uns einander vorgestellt hat, war ich ganz eingeschüchtert.«

Hoop sah sie an. »Du weißt, ich denke, dass du ideal bist für Alfonso. Kein Grund, eingeschüchtert zu sein. Ich singe ständig dein Loblied. Schließlich hast du diesen Verrückten hier gebändigt.«

»Es war ein harter Kampf«, scherzte Lulu.

»Ich dachte, so übel bin ich gar nicht gewesen«, verteidigte Alfonso sich.

»Er war der Meinung, nach einem Monat hätte man schon eine Langzeitbeziehung«, sagte Lulu zu Cici.

Cici entging natürlich nicht, dass Lulu und Alfonso sich nur neckten und dass Hoop im Grunde ein Teil ihrer Familie war. Aber Lulu und Hoop verbündeten sich gegen Alfonso, also beschloss sie, sich auf seine Seite zu schlagen.

»Das hat vielleicht mehr mit der Schwierigkeit zu tun, den passenden Partner zu finden, als mit Alfonso«, verteidigte sie ihn.

»Vielleicht. Ich war in einer Beziehung und Alfonso in einer seiner sogenannten Langzeitbeziehungen, als wir uns begegneten«, sagte Lulu.

Alfonso legte Lulu den Arm um die Taille und hob sie von der Bank hoch und auf seinen Schoß. Er küsste sie mit unverhohlener Leidenschaft, und als sie den Kuss beendeten, waren beide rot im Gesicht.

»All das änderte sich, als wir uns kennenlernten. Es ist etwas ganz anderes, wenn man den richtigen Partner findet«, sagte Alfonso leise.

Den Richtigen.

»Glaubst du, es gibt einen für jeden von uns?«, fragte Hoop, nachdem Lulu und Alfonso unter Deck verschwunden waren.

Cici sah auf. Sie hatte viele Männer gedatet, und keiner von denen war der richtige gewesen. »Ich habe keine Ahnung. Um ehrlich zu sein, habe ich länger nicht mehr nach einem Ausschau gehalten.«

»Nein?«

»Du etwa? Ich meine, ich hatte viel zu tun mit der Eröffnung unseres Cafés, und es ist schwierig, gleichzeitig eine Beziehung zu haben, denn die braucht viel Energie. Und da scheint es einfacher zu sein, die Dinge so laufen zu lassen. Ruhig und ohne Komplikationen.«

Mehr als einmal hatte sie überlegt, ob sie etwas Ernsthaftes eingehen sollte, aber als sie Hoop begegnet war, war es ganz eindeutig für sie gewesen. »Als wir uns an jenem Abend im Club begegneten, hielt ich dich sofort für einen tollen Typen. Ein Mann, mit dem ich auch eine ernsthafte Beziehung eingehen würde. Aber dann …«

Sie verstummte. Sie wollte nicht preisgeben, wie durcheinander sie war und dass sie eigentlich dachte, sie wäre nicht gut genug für einen Mann wie Hoop, der sein Leben im Griff hatte. Fast ihr ganzes Leben hatte sie damit zugebracht, vor ihren Fehlern davonzulaufen. Aber dies einem Mann gegenüber eingestehen, dessen einziger Fehler bisher darin bestand, dass er nicht besonders gut kochen konnte? Nein, das kam nicht infrage.

»Dann habe ich alles kaputtgemacht«, fuhr Hoop für

sie fort. »Ich bin nicht ohne Fehler, Cici. Im Gegenteil. Ich habe eine fantastische Familie, und ich weiß, ich sollte dankbar für sie sein. Und ich bin es auch. Aber dann frage ich mich, warum ich dankbar sein muss für etwas, das alle anderen als selbstverständlich ansehen.«

Sie lehnte sich zurück und starrte ihn an. Das, was er empfand, erinnerte sie an ihre Reaktion, wenn sie es Steve in einer Situation übel nahm, dass er die Jungs mehr liebte als sie. Er hatte sie niemals schlecht behandelt, aber sie wollte nun einmal mehr. Und hier war Hoop, der nichts gehabt hatte.

»Das ist nur natürlich«, sagte sie.

Er zuckte mit den Schultern. »Ich weiß nicht. Ich meine, alle sagen, ich hätte Glück gehabt, bei den Fillions zu landen, und ich weiß, es stimmt. Aber verdammt noch mal, ab und zu hätte es gutgetan, mich darüber beschweren zu dürfen, dass Mom wieder einmal mir an etwas die Schuld gab. Aber irgendjemand erinnerte mich immer daran, wie besonders gut sie zu mir war, obwohl sie es nicht hätte sein müssen.«

Cici hörte den Schmerz in seiner Stimme, und unwillkürlich rutschte sie dichter an ihn heran, legte die Arme um ihn und drückte ihn fest an sich. »Nicht leicht, erwachsen zu sein.«

Er lachte und zog sie noch dichter an sich. »Eine Sache daran gefällt mir allerdings sehr.«

»Welche?«, fragte sie.

»Diese.« Er küsste sie.

Er schmeckte nach Sonnenschein und Meer, und Cici schloss die Augen und musste an die Hochzeit ihrer Cousine denken. Der Geruch nach Salz und Meer hatte in der Luft gelegen in jener Nacht. Aber sie war betrunken gewesen von zu viel Champagner und auf der Suche nach etwas, das ihr helfen sollte, sich besser zu fühlen.

Im Nachhinein konnte sie sagen, dass Richs Küsse eher langweilig gewesen waren.

Hoop war ganz anders. Bei ihm hatte sie das Gefühl, beim richtigen Mann gelandet zu sein. Sie öffnete den Mund und wagte sich mit der Zungenspitze vor, weil sie noch mehr von ihm spüren wollte. Hoop stöhnte leise auf und presste Cici an sich. Sie schlang die Arme um ihn und schmiegte sich eine kleine Ewigkeit an ihn, wie ihr schien, bevor sie sich von ihm löste und ihn ansah. Seine Lippen waren leicht geschwollen, seine Wangen gerötet.

Er sagte nichts, und sie war froh darüber. Sie hatte Angst, nervös drauszuplappern und etwas zu sagen, was sie bedauern würde.

Hoop hatte nicht so ernst werden wollen, aber manchmal, wenn er wie heute als perfekt oder fehlerlos beschrieben wurde, bekam er das Gefühl, an seine Grenzen zu geraten. Es war unmöglich für ihn, weniger zu sein als das, wozu Mom ihn erzogen hatte. Er musste ein guter Mann sein. Er wusste, wie man Eier kochte, weil sie es ihm gezeigt hatte, und Pops hatte ihm das Grillen beigebracht.

Aber sie hatten auch auf vielen Regeln bestanden und verziehen einem keine Fehler. Mom hatte ihm gesagt, dass die meisten Leute, denen er begegnen würde, nur darauf warten würden, dass er versagte – einfach wegen seiner Geschichte. Sie hatte ihn ermahnt, das niemals zu vergessen. Und er tat es auch nicht. Er arbeitete mit *Big Brothers Big Sisters* zusammen und verbrachte ein wenig Zeit mit Jungen wie Alfonso, die niemanden hatten, der sie das hätte lehren können.

Nur weil die Gesellschaft davon ausging, dass man als Waise oder als Kind einer problematischen Familie nichts anderes werden konnte als ein Versager, bedeutete es nicht, dass diese Kinder keine Chance hätten.

Er begehrte Cici, und sie weckte den Wunsch in ihm, ein besserer Mensch zu sein. Aber Hoop wusste, dass er mehr als das für sie sein wollte. Er wollte nicht bloß ein guter Freund für sie sein, ein netter Kerl, den sie gefahrlos treffen konnte. Denn seine Gefühle für sie waren alles andere als harmlos.

Hoop wollte alles über sie wissen, sie bis ins Innerste mit all ihren angeblichen Fehlern kennenlernen und ihr seine offenbaren. Er wollte keine perfekte Beziehung mit ihr führen, weil es so etwas nicht gab. Denn er hatte die Fillions oft genug streiten hören, um zu wissen, dass Liebe nicht bedeutete, dass die ganze Zeit über Harmonie und Romantik herrschte.

Eigentlich wollte er alles gleichzeitig, wenn er ehrlich war. Also spielte er ihr den lieben Kerl vor, der nicht zugab, dass er eifersüchtig war auf Rich Maguire, einen zweitklassigen Schauspieler, der Cici geschwängert und ihr dann den

Rücken zugedreht hatte. Eifersüchtig und wütend. Ebenso wütend wie er auch auf sich selbst war – und ein kleines bisschen auf Cici.

Aber er würde nichts davon sagen. Nicht zu ihr und nicht jetzt. Vielleicht niemals.

»Du küsst sehr gut«, stellte sie schließlich fest.

Er hätte sie nicht küssen dürfen, aber die Versuchung war einfach zu groß gewesen. »Du auch.«

»Verrat mir etwas, worin du nicht perfekt bist«, sagte sie, als sie wieder zurück im Jachthafen waren. Alfonso und Lulu waren nach Hause gegangen, und Hoop hatte Cici gefragt, ob sie noch bleiben wollte. Sie saßen auf dem Boot und blickten auf die Skyline Manhattans. Hoop dachte, was für ein Glück er hatte, in dieser Stadt zu leben. Die Aussicht war atemberaubend.

Er konnte sich wirklich glücklich schätzen.

Das wusste er, aber es war manchmal einfacher vorzugeben, dass das Leben schwierig war. Er war der jüngste Junge bei den Fillions gewesen. Nach ihm hatten sie kein weiteres Kind adoptiert. Seine Geschwister behaupteten alle, dass er verwöhnt worden wäre, weil er das Baby war. Und bis zu einem Punkt stimmte das auch. Die Fillions hatten sich um ihn gekümmert und ihn sehr gut behandelt. Ein Grund dafür war wohl, dass er schon älter gewesen war, als er zu ihnen kam, und sie versucht hatten, wiedergutzumachen, was er zuvor erlitten hatte.

»Musst du wirklich so lange nachdenken, bis dir etwas einfällt?«, fragte Cici lächelnd.

Er schüttelte den Kopf. »Nein. Ich war zum Beispiel kein sehr guter Cop.«

»Wirklich?«

Er nickte, und sie sah ihn an, als würde sie nicht ganz schlau aus ihm. »Warum nicht? Du scheinst zu den Männern zu gehören, die gern ihr Bestes geben.«

»Ja, das stimmt auch. Aber ich hasste es, wenn Verbrecher glaubten, sich alles erlauben zu dürfen, nur weil sie meinten, das Leben schulde ihnen etwas.«

»Das glaube ich«, sagte sie. »Wobei man dir sicher etwas schuldig geblieben ist.«

»Nein, niemandem schuldet man etwas. Wir müssen alle irgendwie unseren Weg finden, arbeiten und unser Leben leben. Ich meine, das ist alles. Ich habe bloß kein Mitleid gehabt, wobei einige der Leute, die ich festnahm, wirklich alles getan hatten, was sie konnten, bevor sie dann doch auf die schiefe Bahn gerieten.«

Es wehte eine sanfte Brise heran, und ihnen stieg der Duft von Gegrilltem in die Nase. Cici steckte sich die Strähne, die sich immer wieder löste, hinters Ohr. »Gut, dass du klug genug warst, den Beruf zu wechseln.«

»Ja, das war sehr gut«, erwiderte Hoop. Jetzt bekam er sogar die Möglichkeit, Partner zu werden. Er bedauerte seine Entscheidung nicht, und Martins Angebot war wie eine Bestätigung.

»Wie bist du gerade auf Jura gekommen?«

»Pops ist Anwalt, und als ich ein Wochenende zu Hause war und darüber sprach, etwas Neues anzufangen, schlug er vor, mich beurlauben zu lassen und in der Zeit ein Praktikum zu machen. Das erste fand in seiner Kanzlei statt, und ich stellte fest, dass es mir gefiel. Ich konnte den Menschen helfen, die es wirklich nötig hatten. Familienrecht ist schwierig, und zwar besonders für Menschen, die das Gefühl haben, niemals die Chance bekommen zu haben, die für sie richtigen Entscheidungen zu treffen.«

»So ähnlich wie ich«, sagte sie.

»Fühlst du dich wie in einer Falle?«

Sie zuckte mit den Schultern und kaute auf der Unterlippe, während sie mit dem Anhänger ihrer Kette spielte. Ihr Blick schweifte zur Skyline von Manhattan, und sie sagte nichts. Hoop fragte sich gerade, ob sie ihm noch antworten würde, da sah sie ihn an. In ihren Augen lag eine Ernsthaftigkeit, die er noch nie an ihr bemerkt hatte.

»Nein. Es ist seltsam, weil ich eigentlich nicht geplant hatte, ein Kind zu bekommen, aber als ich von dem Mäuschen erfuhr«, sie tätschelte ihren Bauch, »begann ich einfach, mich zu verändern. Es war, als hätte ich einen Grund gefunden, um endlich erwachsen zu werden, weißt du?«

Nein, nicht richtig. Aber Hoop konnte sehen, was das Baby mit ihr gemacht hatte. Vor ihrer Schwangerschaft hatte er Cici eigentlich kaum gekannt, aber ihm gefiel die Frau, zu der sie jetzt geworden war.

Cici wusste, dass es höchste Zeit für sie war zu gehen, aber sie wollte noch nicht. Sie wollte bei Hoop bleiben und herausfinden, ob seine Küsse und Liebkosungen halten würden, was sie bisher versprochen hatten. Allerdings war sie sicher, dass sie sich da keine Sorgen zu machen brauchte. Aber sie wollte auch noch in der Sonne sitzen bleiben und den schönen Tag mit ihm noch ein wenig länger genießen. Und dann wollte sie auch sehen, wie er reagieren würde.

War er aufrichtig, wenn er sagte, dass er ihr ein Freund sein und an ihrer Seite bleiben würde, was auch geschehen mochte, oder war das nur Gerede?

Es sah so aus, als meinte er es ehrlich. Sie wusste inzwischen, dass Hoop ein Mann war, der zu seinem Wort stand. Aber keiner von ihnen beiden konnte auch nur erahnen, wie es laufen würde, wenn das Baby erst mal auf der Welt war. Darüber hinaus hatte Rich die Verzichtserklärung noch nicht unterschrieben. Außerdem würde Hoop bald Juniorpartner sein, und das würde den größten Teil seiner Zeit in Anspruch nehmen.

Jetzt etwas mit ihm anzufangen wäre keine gute Idee.

Nach allem, was er ihr heute enthüllt hatte, glaubte sie, dass er nicht mit ihr spielen wollte. Aber sie hatte sich schon einmal geirrt und war noch immer unsicher, gerade weil sie Hoop sogar inzwischen noch lieber mochte als am Anfang. Jetzt wurde ihr bewusst, wie oberflächlich ihre Gefühle gewesen waren, als sie voller Enttäuschung zur Hochzeit ihrer Cousine gefahren war. Damals hatte sie nicht einmal die Hälfte von dem gewusst, was Hoop ausmachte.

»Warum siehst du mich so an?«, fragte er, als er mit neuen Drinks für sie beide zurück aufs Deck kam. Er trank etwas, das nach Whisky pur aussah, und sie selbst trank Wasser, als hätte sie gerade einen Marathonlauf hinter sich, und tat so, als würde ihr Alkohol nicht fehlen.

Verflixt. Sie hatte gehofft, er würde sie einfach in die Arme reißen, sodass ihr das Nachdenken erspart geblieben wäre. Zumindest für den Moment. Aber jetzt war es zu spät, sie war schon dabei, darüber nachzugrübeln, was geschehen könnte.

Ihr war gar nicht klar gewesen, wie oft sie sich eine derartige Entscheidung mit einem Drink erleichtert hatte. Zu viel Champagner war daran schuld gewesen, dass sie schwanger geworden war.

»Ich versuche zu entscheiden, ob ich nach Hause gehen oder bei dir bleiben soll.« Die Worte waren ausgesprochen, aber Cici bereute es nicht. Als Hoop langsam näher zu ihr rückte, war es vielmehr so, als würde endlich alles, was sie sich von diesem Abend erhofft hatte, wahr werden.

Hoop trug Shorts, die seine langen, sonnengebräunten Beine sehen ließen. Er hatte die Sonnenbrille hochgeschoben und lächelte Cici an. Es war ein vieldeutiges Lächeln, und die Art, wie er sie ansah, ließ sie erschauern. Auf sehr angenehme Weise. Wie bei ihrem ersten Kuss. Cici kannte alle Gründe, die dafürsprachen, dass sie besser sofort das Boot verließ, aber keiner davon war von Bedeutung.

Selbst die Für-und-Wider-Liste, die sie in Gedanken aufgestellt hatte, konnte jetzt nichts mehr ändern. Ihr Instinkt sagte ihr, dass Hoop der Mann war, mit dem sie zusammen sein wollte. Und zwar jetzt.

»Und wie läuft's?«, fragte er auf seine drollige Art, wenn er versuchte, lässig zu erscheinen.

»Es ist härter, als du vielleicht denkst«, sagte sie.

Er warf den Kopf in den Nacken und lachte. »Nein, ich weiß genau, wie hart es ist.«

Cici schüttelte den Kopf. »Hör auf. Sonst muss ich mich auf dich setzen, um es selbst herauszufinden.«

»Komm her, Cici«, sagte er, legte die Brille aufs Deck und streckte die Hand aus.

Es war eine große, starke Hand. Cici hörte auf zu grübeln. Warum versuchte sie, die Situation zu analysieren? Darin war sie sowieso nie besonders gut gewesen. Hoop war keine Zahl auf einem Spreadsheet. So oft sie auch versuchte, es sich auszureden, es würde nicht klappen.

Es war zu anstrengend gewesen vorzugeben, ihn nicht zu begehren. Je mehr sie über ihn erfuhr, desto aufregender erschien er ihr. Und während all diese Gedanken in ihrem Kopf herumwirbelten, stellte sie ihr Glas ab und stand auf. Elegant wie immer, stolperte sie über ihre eigenen Füße und fiel auf Hoop, statt sich auf aufreizende Weise auf ihn zu setzen, wie sie eigentlich vorgehabt hatte.

Er ächzte leise, als er sie auffing, und sie fing an zu lachen. War es nicht wieder typisch, dass sie, gerade wenn sie besonders anmutig sein wollte, das genaue Gegenteil davon war? Schließlich war sie doch nicht immer ein solcher Trampel.

Hoop musste auch lachen. »Wenn es etwas gibt, das uns beschreibt, dann dieser Moment«, sagte er.

»Wieso?«

»Weil er nicht perfekt war, genau wie wir. Ich nehme an, das bedeutet, dass wir echt sind.«

»Glaubst du?«

»Ja. Ich versuche immer, so zu sein, wie mich eine Frau haben will, aber bei dir versage ich schon in der ersten Sekunde. Kein einziges Mal habe ich es richtig angestellt, dich in die Arme zu nehmen. Und doch bist du jetzt hier, und das … das reicht mir vollkommen.«

»Mir auch.«

8. Kapitel

Hoop drückte Cici fester an sich, als er eigentlich wollte. Er wollte gelassener sein und so tun, als hätte sie nicht bereits einen Platz in seiner Seele gefunden. Aber das wäre eine Lüge gewesen. Sie war so süß, unbeholfen und absolut anbetungswürdig, dass sie ihn verzaubert hatte, ohne sich groß darum bemühen zu müssen.

Sie lag an seiner Brust und sah ihn mit ihren blauen Augen an, und er entdeckte Aufregung in ihnen. Er hob die Hände und umfasste ihr Gesicht, strich ihr das Haar zurück und dachte, wie sehr sein Leben sich doch verändert hatte, und Cici war sich dessen nicht einmal bewusst.

Sie fuhr sich mit der Zungenspitze über die weichen pinkfarbenen Lippen, und er wusste, wie wundervoll sie sich anfühlten. Er wurde hart, als sie sich auf seinem Schoß bewegte, um es sich bequemer zu machen.

»Dass ich auf dich gestürzt bin, hat deine Stimmung offensichtlich nicht zerstört«, sagte sie mit einem nervösen Lachen. Es sah Cici so gar nicht ähnlich, dass er auch lächeln musste.

»Nichts könnte die jetzt noch zerstören«, sagte er. »Ich habe dich den ganzen Tag über angesehen und begehrt. Und ich hoffte, dass ich nichts Dummes sagen würde, um dich zu verscheuchen.«

»Du bist kein dummer Mann, Hoop«, entgegnete sie, hielt sich an seinen Schultern fest und setzte sich rittlings auf seine Schenkel. »Ich möchte nur nicht, dass du bereust ...«

Er legte ihr einen Finger an die Lippen. »Nein, sag es nicht. Wir haben versucht, vernünftig zu sein, seit wir uns begegnet sind, und weißt du was?«

Sie schüttelte den Kopf.

»Wir tanzen trotzdem noch umeinander herum und begehren uns mehr und mehr. Jedenfalls ist das bei mir so.«

»Bei mir auch«, sagte sie. »Du hast recht. Es wäre albern, zu verzichten und zu versuchen, uns für immer und ewig aus dem Weg zu gehen.«

»Ich weiß. Ich habe sehr oft recht«, meinte er lächelnd.

»Gar nicht wahr«, protestierte sie. »Du hast gerade den größten Teil des Nachmittags damit zugebracht, mir all deine Fehler aufzuzählen.«

»Verdammt. Stimmt.«

»Ja. Also weiß ich jetzt, dass du nicht perfekt bist«, sagte sie und streichelte geistesabwesend seinen Nacken.

Bis zu diesem Moment hatte er nicht geahnt, dass eine so harmlose Berührung ihn so anturnen könnte. Aber ihre Finger strichen über seinen Nacken, und ihm war, als würde sie auf dieselbe Weise seinen voll erregten Schwanz streicheln.

»Perfekt wird überbewertet«, sagte er heiserer, als ihm lieb war. Aber diese Frau hatte eine unglaubliche Wirkung auf ihn, und er schämte sich nicht, es sie wissen zu lassen.

»Genau. Ich bin auch mangelhaft«, sagte sie. »Bevor du mich nackt siehst, solltest du wissen, dass ich einen kleinen Bauch habe. Ich sehe nicht aus wie ein Model.«

»Und ich habe keinen Waschbrettbauch«, meinte er. »Willst du mich deswegen weniger?«

»Ich will dich, weil du mich mit deinen Küssen wahnsinnig machst und weil du besser schmeckst als fast alles, was ich je probiert habe – einschließlich Schokolade.«

»Warum glaubst du also, ich würde erwarten, dass du wie ein Model aussiehst?«, fragte er. Ihre Worte schienen sein Blut noch mehr zu erhitzen – noch nie hatte er eine Frau so sehr begehrt wie sie.

Sie zuckte mit den Schultern. »Männer sind da anders.«

»Jungs sind vielleicht so oberflächlich. Männer nicht. Schling die Beine um mich.«

»Warum?« Aber sie rutschte schon näher heran, wobei sie sich mit ihrem Schoß an ihm rieb, und er stöhnte auf.

»Ich trage dich nach unten, wo ich dich lieben werde.«

»Oh«, sagte sie.

Oh, mehr nicht.

Sie legte die Stirn an seine Brust, schlang ihm die Arme um die Schultern und die Beine um seine Taille. Behutsam stand Hoop auf und hielt sie mit beiden Armen fest, während er den Weg zur großen Koje unten im Bug der Jacht hinter sich legte. Die Koje nahm die gesamte Länge des Raums ein. Hoop legte Cici in der Koje ab und trat einen Schritt zurück.

Cici stützte sich auf die Arme und lehnte sich leicht

zurück, während sie zu Hoop aufsah. Der Rock ihres Sommerkleids war an ihren Schenkeln hochgerutscht, und Hoop stellte fest, dass sie sehr schöne Beine hatte. Eigentlich war ihm das schon vorher aufgefallen, denn an dem Abend, als sie im Olympus tanzen waren, hatte sie einen wirklich sehr kurzen Rock getragen.

»Du hast schöne Beine.«

Sie ließ eine Augenbraue in die Höhe schnellen. »Danke.«

Lahm, Hooper, wirklich lahm.

Er wollte sich von seiner besten Seite zeigen, aber Cici brachte ihn vollkommen durcheinander. Einfach alles an ihr brachte ihn völlig aus dem Gleichgewicht.

Hastig schleuderte er seine Bootsschuhe von sich und kletterte neben Cici auf die Matratze. Sie drehte das Gesicht zu ihm, und als er sich gleichzeitig vorbeugte, stießen sie mit der Stirn gegeneinander. Cici lachte wieder so nervös wie vorhin, und Hoop strich ihr mit dem Daumen über die Lippen.

»Warum sind wir nur so unbeholfen?«, fragte sie.

Er zuckte mit den Schultern. Auf keinen Fall würde er ihr verraten, dass er sie so sehr wollte, dass er Angst hatte, etwas falsch zu machen. Wie zum Beispiel zu früh zu kommen. Und das konnte sehr gut passieren, weil er nur neben ihr auf dem Bett zu sitzen brauchte, um fast schon schmerzhaft hart zu sein. Und sie duftete so wundervoll und legte die Hand so auf seinen Schenkel, dass ihre Finger seinem Schwanz gefährlich nahe kamen. Was seine Lage ganz und gar nicht erleichterte.

»Wir müssen es beide wirklich wollen«, sagte er schließlich.

»Ich ja. Ich kann nicht aufhören, an dich zu denken«, erwiderte sie, und mit der freien Hand schob sie sein T-Shirt hoch. Ihre Finger fühlten sich kühl an, als sie sie langsam über seine Haut gleiten ließ. Dann strich sie über seine Brust und zog den Stoff seines T-Shirts damit weiter nach oben.

Hoop griff nach dem Saum, zog es sich kurzerhand über den Kopf und warf es achtlos beiseite. Sein Blick fiel auf seinen Bauch. Er war zwar nicht schlaff, aber auch nicht muskelbepackt. Hoop trainierte, wenn er die Zeit dazu fand, aber neben der Arbeit und seinem Bedürfnis in letzter Zeit, Cici so oft wie möglich zu sehen, war er nicht oft dazu gekommen, ins Fitnessstudio zu gehen.

Sie sah ihn an.

»Was?«

»Du atmest nicht«, sagte sie.

»Ich wünsche mir nur gerade, ich wäre in den letzten Wochen öfter im Fitnessstudio gewesen«, gab er zu.

Sie stieß ihn sanft nach hinten, und er ließ es zu. Auf die Arme gestützt, saß er leicht nach hinten gebeugt vor ihr, und Cici setzte sich wieder rittlings auf ihn, die Hände auf seinen Schultern.

»Hör auf. Wir sind beide normale Menschen, keine heißen Hollywoodstars. Wir sind echt«, sagte sie.

Sie strich flüchtig mit dem Mund über seinen, sodass er verlangend die Lippen öffnete, und Cici drang mit der

Zunge ein. Hoop hielt sie am Hinterkopf fest, um den Kuss zu vertiefen. Er war ihr völlig verfallen, und während ihr Kuss immer wilder wurde, hörte er ganz auf zu denken und überließ es seinem Körper, die Führung zu übernehmen. Viel zu lange hatte er darauf gewartet, sie endlich in den Armen zu spüren.

Mit beiden Händen schlüpfte er unter ihr Kleid und spürte ihre festen, glatten Schenkel, die er genüsslich streichelte und dabei immer höher rutschte, bis er ihren Po umfasste und sie fest an sich presste. Er glitt unter den weichen Stoff ihres Slips und strich über ihre zarte Haut.

Cici bog sich ihm heftig entgegen und löste sich keuchend von seinem Mund. Ihr Gesicht war gerötet, ihre Augen funkelten vor Lust. Schnell fasste sie nach dem Saum ihres Kleids und zog es sich über den Kopf. Darunter trug sie nur einen schmalen Bandeau-BH, den Hoop leicht mit einer Hand öffnen und zur Seite schleudern konnte. Cici stemmte die Hände in die Seite und sah ihn an, aber er war zu sehr vom Anblick ihrer Brüste fasziniert, um es zu bemerken. Sie waren voll und hatten rosafarbene Brustspitzen, die sich unter seinem Blick aufrichteten. Langsam hob Hoop die Hand und fuhr mit einem Finger über eine Knospe.

Leise stöhnend nahm er sie in den Mund und begann daran zu saugen und sie tiefer in den Mund zu ziehen. Er spürte, wie Cici seine Schultern fester umfasste und auf seinem Schoß hin und her zu rutschen begann.

Indem er ihre Hüften packte, drängte er sie, sich noch

heftiger an seinem Schwanz zu reiben. Inzwischen war er fast unerträglich hart, und voller Ungeduld versuchte er, den Reißverschluss seiner Shorts zu öffnen, doch Cici kam ihm zuvor.

Sie zog den Reißverschluss herunter und fing an, ihn über den Stoff seiner Boxershorts zu streicheln. Schwer atmend löste er den Mund von ihrer Brust und hob Cici von seinem Schoß hoch, um sich hastig auszuziehen. Dabei sah er zu ihr hinüber, während sie schnell ihren Slip abstreifte und sich vollkommen nackt neben ihn kniete.

Sie raubte ihm den Atem. Ihre Haut war leicht gebräunt, und sie hatte wirklich nur einen winzigen Bauch. Sein Blick wanderte tiefer zu den hellbraunen Härchen zwischen ihren Schenkeln.

Er begann sie zu streicheln und folgte dabei dem Weg, den sein Blick genommen hatte – zuerst ihre Schultern, dann ihre Brüste –, und verteilte dann unzählige Küsse auf ihrer Haut, knabberte sanft an einer Brustspitze. Mit der Hand glitt er bis zu ihrem Bauchnabel und umspielte ihn dann mit der Zungenspitze, während seine Hand tiefer rutschte.

Unwillkürlich spreizte Cici die Schenkel, und er hob den Kopf, um sie anzusehen, als er sie an ihrer intimsten Stelle berührte. Sie war feucht, und er streichelte sie zunächst zart, bevor er über ihre Beine strich und erst dann wieder zurückkehrte. Jetzt tippte er mit der Fingerspitze zart gegen ihre empfindliche Perle.

Cici stöhnte laut auf, spreizte die Schenkel noch weiter

und umfasste ihn gleichzeitig. Sie strich über seinen harten Schaft, und Hoop begann ebenfalls zu stöhnen. Sie fühlte sich so gut an. Er schloss die Augen und versuchte, sich zusammenzunehmen, um es in die Länge zu ziehen, aber stattdessen nahm ihr Duft ihm noch den letzten Rest seiner Selbstbeherrschung – der frische Frühlingsduft ihres Haars, die moschusartige Note ihrer Erregung und ein schwacher Geruch nach Meer und warmer Haut.

Hoop öffnete die Augen und drückte Cici sanft auf den Rücken. Sie legte sich hin, und er liebkoste sie weiterhin zwischen den Beinen, während er ihre Brust mit den Lippen reizte. Mit dem Schwanz stieß er gegen ihren Schenkel, und er fing an, sich an ihr zu reiben.

Cici bog sich ihm hilflos entgegen und drückte die Schenkel an ihn, je größer ihr Verlangen wurde. Hoop spürte, dass ihre Bewegungen immer drängender wurden, je näher sie dem Höhepunkt kam. Ihre Hand schloss sich härter um seinen Schwanz.

Hoop entzog sich ihr hastig, um nicht sofort zu kommen, hob den Kopf von ihrer Brust und sah Cici an, als sie sich unter seinen Liebkosungen aufbäumte und erstickt seinen Namen schrie. Er beugte sich über sie und küsste sie, und sie erwiderte seinen Kuss wild. An seine Schultern geklammert, bewegte sie sich immer schneller über seinen Fingern, wieder und wieder, bis sie in seinen Armen erzitterte und er keuchend den Mund von ihrem löste.

Schwer atmend sah sie ihn an, und er entdeckte einen Ausdruck in ihren Augen, der ein nie gekanntes Gefühl in ihm weckte. Ihm wäre lieber gewesen, wenn das zwischen ihnen etwas rein Körperliches gewesen wäre, aber er konnte einfach nicht vergessen, dass es Cici war, die bei ihm war. Er nahm ihr Gesicht in beide Hände, strich ihr das Haar aus den Augen und lehnte die Stirn an ihre. Die Spitze seines Schwanzes war jetzt zwischen ihren Schenkeln.

Doch Hoop zögerte noch. Er sah in diese wunderschönen blauen Augen und wusste, dass nach diesem Moment alles anders sein würde.

Er würde nicht mehr vorgeben können, dass sie nur ein hübsches Mädchen war, mit dem er schlafen wollte. Oder die Freundin eines Freundes, zu der er sich hingezogen fühlte. Danach würde er wissen, wie es war, sich von ihr umschlungen zu fühlen, und er wusste, dass er es niemals würde vergessen können.

Doch er drang in sie ein und nahm sie, und am liebsten wäre er sofort ganz in ihr versunken, aber er ließ sich Zeit, zwang sich, sehr langsam Zentimeter für Zentimeter einzudringen, bis er sie vollständig ausfüllte.

Sie stöhnte leise. Ihre Augen waren geschlossen, und ein kleines Lächeln umspielte ihre Lippen. Sie schlang ihm die Beine um die Hüften und verschränkte sie auf seinem Rücken, sodass er noch tiefer in sie stoßen konnte, während sie sich ihm voll und ganz hingab.

Dann zog er sich zurück und wollte eigentlich das langsame Tempo beibehalten und es sich in aller Ruhe steigern lassen, aber Cici hob sich ihm entgegen, und er konnte nicht anders, als hart zuzustoßen. Eine Hand unter ihrem Po, presste er sie an sich, während er sich schneller und schneller in ihr verlor.

Cici kam seinen Stößen mit derselben Wildheit entgegen, und Hoop spürte ein Prickeln, aber er wollte nicht vor ihr kommen. Er wollte zuerst das Pulsieren ihrer Ekstase spüren. Geschickt schob er eine Hand zwischen ihre erhitzten Körper, fand ihre Perle und begann sie zu reizen. Cici bohrte ihm die Fingernägel in den Rücken, und er hörte sie heiser aufstöhnen, als sie kam. Er konnte nicht aufhören, sich wieder und wieder in ihr zu versenken, bis auch er erschauerte und sich in ihr verströmte. Erst nach mehreren Stößen war er so weit und sank behutsam auf sie hinab, unendlich erschöpft und zutiefst befriedigt.

Sein Kopf ruhte auf ihrer Schulter, und Cici hielt ihn fest und strich ihm mit den Händen über den Rücken. Hoop schloss die Augen und wünschte, dieser Moment würde niemals enden, damit er an nichts anderes denken musste. Aber schon hatte sein Kopf sich eingeschaltet. Konnte er sie bitten, die Nacht bei ihm zu bleiben? Erwartete sie es sogar vielleicht?

Und wenn er sie bat und sie Nein sagte?

Warum wollte er überhaupt noch einmal mit ihr schlafen? Weil ein einziges Mal nicht genügte.

Er musste sie für sich beanspruchen. Sie sollte ihm gehören, und das musste er klarstellen, wie er es schon vor Monaten im Olympus hätte tun sollen.

Sie erwartete das Kind eines anderen Mannes, und er wusste, dass ihn das nicht stören sollte. Vernünftig besehen, tat es das auch nicht. Aber trotzdem wünschte er insgeheim, dass das Baby von ihm wäre.

Er war in einer ganz schön schwierigen Situation. Noch nie hatte er so für eine Frau empfunden.

»Hoop?«

»Hm?«

»Danke«, sagte sie leise.

Er hob den Kopf und sah sie an. »Warum dankst du mir?«

»Das eben war ganz schön spektakulär.«

»Für mich auch«, gab er zu. Sie lehnte in den Kissen, und Hoop legte sich jetzt neben sie und zog sie an sich.

Sie schmiegte sich an ihn, legte den Arm über seine Brust und ein Bein über seine Schenkel. Dann gähnte sie herzhaft.

Hoop drückte sie an sich. »Ich glaube, jetzt sind wir eindeutig mehr als Freunde.«

»Das ist wahr. Und es fühlt sich gar nicht kompliziert an«, meinte sie mit schläfriger Stimme.

Er hielt sie fest, während sie einschlief. Aber insgeheim sagte er sich, dass sie es nur deswegen nicht kompliziert fand, weil sie erschöpft war vom Sex, der Sonne und ihrem ersten gemeinsam verbrachten Tag. Er stellte sich vor, dass sie beim Aufwachen von denselben Sorgen geplagt werden würde wie er.

Er hatte sie gern. Sehr sogar. Er war nicht sicher, ob er wusste, was Liebe überhaupt war, oder ob er irgendwann Liebe für Cici empfinden würde, aber im Moment wollte er sie in den Armen halten und beschützen.

Er wollte die ganze Welt wissen lassen, dass sie ihm gehörte. Und dieser Wunsch, sie zu besitzen, machte ihm Sorge. Schon von Kindheit an hatte er gewusst, dass alles im Leben unsicher war. Menschen kamen und gingen. Man konnte nichts dagegen tun.

Aber er wollte Cici behalten.

Natürlich war sie kein Gegenstand, aber etwas tief in ihm wollte sie festhalten und nie wieder loslassen, wenn er auch ahnte, dass seine starken Gefühle sie erschrecken würden. Zum Teufel, er selbst war erschrocken darüber.

Nein, er musste ihr Freiraum lassen und auch sich selbst.

Er musste sich normal verhalten und herausfinden, wie er vorgeben konnte, dass der Sex zwar fantastisch gewesen war, aber nicht sein Leben verändert hatte. Weil er nicht wusste, ob es auch für Cici so großartig und bedeutungsvoll gewesen war.

Sie hatte allerdings gesagt, dass der Sex spektakulär gewesen war, und das war schon mal ein Schritt in die richtige Richtung.

Die Geräusche, die vom nächtlichen Hafen in die Koje drangen, lullten Hoop ein, bis er schließlich mit einem zufriedenen Lächeln einschlief. Er hielt Cici die ganze Nacht fest an sich gedrückt, aber als er erwachte, lag er allein im Bett.

Das kalte Licht des Morgengrauens erfüllte die Koje, und als er sich umsah, war nichts von Cici zu sehen. Er lauschte, ob sie sich noch auf dem Boot befand, aber kein Geräusch war zu hören. Also stand er auf, zog seine Shorts an und lief an Deck, um sich zu vergewissern, dass er allein war.

Ja, er war allein. Sein Herz schlug schnell, und er war ein wenig wütend, weil sie auf diese Weise gegangen war.

Ohne eine Nachricht, ohne ein Wort.

9. Kapitel

Cici war schon am Ausgang des Jachthafens angekommen, als ihr Zweifel über ihre Flucht kamen.

Ja, Flucht war das richtige Wort. Sie war davongelaufen. *Schon wieder.*

Das war ihre Art, mit Problemen fertigzuwerden, denen sie sich noch nicht traute, die Stirn zu bieten. Sie holte ihre Sonnenbrille aus ihrer großen Tasche und setzte sie auf.

Eigentlich hatte sie sich vorgenommen, nach Hause zu gehen, doch je weiter sie sich vom Boot entfernte, desto weniger wollte sie allein sein. Sie ging in ein Café und bestellte einen Kräutertee für sich und einen Kaffee für Hoop. Dann kaufte sie noch eine Auswahl verschiedener Gebäcksorten und kehrte entschlossen zum Jachthafen zurück.

Letzte Nacht war das erste Mal seit Langem gewesen, dass sie mit einem Mann geschlafen hatte, ohne vorher getrunken zu haben. Kein Alkohol hatte ihr die Hemmungen genommen oder sie davon überzeugt, dass sie das Richtige tat. Sie hatte sich bewusst dafür entschieden, mit Hoop zu schlafen.

Und genau deswegen war sie auch davongelaufen.

Sie hatte so herrlich friedlich geschlafen wie seit Ewigkeiten nicht mehr. Natürlich hätte sie behaupten können, dass das an Hoop lag, aber insgeheim wusste sie, dass sie ganz einfach völlig erschöpft gewesen war. Von der Schwangerschaft und dem langen Tag in der Sonne, aber auch davon, dass sie so lange versucht hatte, Hoop zu widerstehen.

Er war ein sehr leidenschaftlicher Liebhaber gewesen. Auch jetzt noch überlief es sie heiß, wenn sie an ihn dachte.

Sie ließ sich Zeit und blieb schließlich stehen, als sie das Boot erreicht hatte.

»Lazy Sunday«. Was für ein Name für ein Boot. Sie fragte sich, ob er es so getauft hatte oder ob es schon so geheißen hatte, als er es kaufte.

»Du bist wieder da.«

Wenn das nicht wieder typisch war. Natürlich war er aufgewacht und hatte gemerkt, dass sie weg war. Offensichtlich war nichts einfach, wenn es um sie beide ging.

»Ja.« Sie schob sich die Sonnenbrille auf den Kopf und sah ihn an. Er trug nur seine Shorts, die ihm tief auf den Hüften saßen, und hatte die Arme vor der Brust verschränkt. Aus der Entfernung konnte sie seinen Ausdruck nicht lesen, aber nach seiner Körpersprache zu urteilen, war er eindeutig verärgert.

Jetzt erst wurde ihr klar, dass sie nicht die Einzige war, die verletzt werden konnte. Sie hatten gestern zwar gescherzt, dass er nur wenige Fehler hatte, aber er war ebenso empfindsam wie sie, wenn es um ihre Beziehung ging.

»Kann ich wieder an Bord kommen?«, fragte sie.

»Klar.«

Vorsichtig ging sie die schmale Gangway hinauf, dabei war es gestern kein Problem gewesen, das Boot zu betreten. Aber es reichte, Hoop so nahe zu sein, um sie erzittern zu lassen, sodass sie fürchtete, sie könnte stolpern oder ausrutschen.

Und das durfte sie auf keinen Fall. Nicht solange sie schwanger war.

Hoop nahm ihr den Karton mit den heißen Getränken ab, als sie es aufs Boot geschafft hatte. »Möchtest du in der Kombüse essen oder hier oben?«, fragte er.

»Unten, denke ich.« Der Hafen wurde allmählich belebter, und sie fühlte sich ziemlich durcheinander. Sie konnte unmöglich die Gleichgültige spielen nach dem, was gestern Nacht passiert war. Dabei war es nicht wichtig, dass sie beschlossen hatte, sie selbst zu sein. Was das anging, gab sie sich große Mühe. Aber sie hatte nicht daran gedacht, dass sie jedes Mal, wenn sie einfach nur sie selbst war, für gewöhnlich einen Fehler machte und dann die Folgen ausbaden musste.

Und genau das war es, was ihr heute Morgen so zu schaffen machte. Die Nacht mit Hoop hatte sich nicht angefühlt wie ein Fehler.

Trotzdem wünschte sie sich mehr für Hoop, als sie ihm geben konnte. Ein Mann, der wie er aufgewachsen war, verdiente eine Frau, mit der er eine eigene Familie gründen konnte. Cici war sicher, dass er ein sehr hingebungsvoller Familienvater sein würde, wenn die richtige Zeit gekommen war.

Sie folgte ihm hinunter in die Kombüse, und er setzte sich

auf die gebogene Bank hinter dem Tisch. Cici nahm ihm gegenüber Platz, legte die Tüte mit dem Gebäck auf den Tisch und riss das Papier auf, damit er sehen konnte, was sie mitgebracht hatte.

Plötzlich protestierte ihr Magen, nicht aus Nervosität, sondern weil es wieder Zeit für ihre Morgenübelkeit war. Vielleicht hatte sie ein wenig zu lange mit dem Frühstück gewartet.

Sie griff nach einem schönen Buttercroissant, brach ein Stück ab und wollte gerade hineinbeißen, als ihr Magen wieder rebellierte. Sofort ließ sie das Croissant fallen, sprang auf und lief zur Toilette, wobei sie gegen die Übelkeit anschluckte und versuchte, sich noch zurückzuhalten.

Und dann war ihr, als würde sich ihr Innerstes nach außen stülpen. So schlimm war es seit über einer Woche nicht mehr gewesen. Aber wahrscheinlich lag es an den aufgewühlten Gefühlen, die sie plagten.

Sie spürte ein feuchtes Tuch im Nacken, und als sie sich wieder aufrichtete, stand Hoop da und reichte ihr ein Glas Wasser. Cici spülte sich den Mund und spuckte aus, bevor sie die Wasserspülung betätigte. Als sie in den Spiegel sah, stand Hoop immer noch hinter ihr. Er schien besorgt zu sein und mitfühlend.

»Entschuldige«, sagte sie. »Ich muss ganz früh am Morgen etwas essen, sonst …«

»Schon gut. Kannst du denn jetzt etwas zu dir nehmen?«

»Erst mal eine Weile nicht. Aber ich glaube, ich bin bereit für meinen Tee.«

Er drückte ihr beruhigend die Schulter und ging zum Tisch zurück. Cici wusste nicht, wie es geschehen war, aber etwas hatte sich zwischen ihnen verändert. Während sie dasaß, an dem Tee nippte und Hoop zuhörte, wie er Geschichten über den Hafen erzählte, wurde ihr bewusst, dass es keine Gereiztheit und keine Angst mehr zwischen ihnen gab. Ihr Übelkeitsanfall hatte ihnen beiden über die Befangenheit hinweggeholfen, die sie heute Morgen vielleicht noch empfunden hatten.

Interessant.

Er war wütend gewesen, als er allein aufgewacht war, kein Zweifel. Aber sie war zurückgekommen und hatte außerdem noch Kaffee mitgebracht. Und sie hatte ihn daran erinnert, dass sie schwanger war und im Augenblick körperlich und gefühlsmäßig vieles durchmachte, das neu für sie war.

Es war genau das, was er gebraucht hatte, um wachgerüttelt zu werden und zu erkennen, dass er und Cici sich auf unbekanntem Terrain befanden. Der Sex mit ihr war umwerfend gewesen, wie er schon seit Langem vermutet hatte, aber zwischen ihnen war mehr als nur Verlangen.

Cici bedeutete ihm mehr. Er empfand mehr für sie als für irgendjemanden sonst, wollte sie glücklich machen und sie beschützen. Sie sollte ihm gehören. Und doch gab es etwas tief in ihm, das er nicht ändern konnte.

Er war ein moderner Mann und verstand gut, dass sie selbstständig sein wollte und ihm nicht wirklich gehören konnte, aber trotzdem drängte ihn irgendein Urinstinkt, sie ganz für sich zu beanspruchen.

Inzwischen sah sie ihn leicht amüsiert an, und plötzlich fühlte er sich, als könnte er es mit der gesamten Welt aufnehmen. Er hatte sie dazu gebracht, sich zu entspannen. Na ja, er und ihre Übelkeit. Wer hätte gedacht, dass man sich nur zu übergeben brauchte, um die Spannung in der Luft zu beseitigen?

»Was ist?«

»Nichts. Mir gefällt nur, wie sehr du die Stadt liebst.«

Er zuckte mit den Schultern. »Sie war das Einzige, was in meinem Leben eine Konstante darstellte. In welcher Pflegefamilie ich auch landete, ich konnte immer hierher zum Hafen kommen und die Boote betrachten. Und das Meer beruhigt mich.«

»Ist dein Sternzeichen Fische?«

»Was hat das damit zu tun?«

»Meine kleinen Brüder sind beide Fische, und meine Mom setzte sie früher immer in die Badewanne, wenn sie durchdrehten. Beruhigte sie jedes Mal.«

»Ja, ich bin ein Fisch«, meinte er verblüfft. »Ich habe das Meer und mein Sternzeichen niemals in Verbindung gebracht.«

»Für alles gibt es ein erstes Mal«, sagte sie und nahm einen kleinen Bissen vom Croissant.

Er sah ihr zu, während sie sorgfältig kaute und dann schluckte, schon bereit aufzuspringen, sollte ihr der Bissen nicht bekommen.

Ein kleines Lächeln erschien um ihre Mundwinkel. »Alles gut. Gott sei Dank. Ich glaube, ich könnte es nicht mit meiner Würde vereinbaren, wenn mir schon wieder vor dir übel würde.«

»War doch nicht so schlimm«, sagte er.

»Für dich vielleicht nicht«, meinte sie augenzwinkernd. »Ganz im Ernst, Hoop, es tut mir leid.«

»Alles okay, Cici. Morgenübelkeit gehört nun einmal dazu.«

»Nicht das. Sondern dass ich einfach verschwunden bin.«

Er lehnte sich in die Polster zurück. »Ja, warum hast du das getan?«

Er hatte gerade eine Plundertasche gegessen und leerte seinen Kaffeebecher. Cici hatte außerdem eine große Zimtrolle und ein Éclair gekauft, und er hätte sich gern noch eins genommen, aber Cici war schwanger, und er erinnerte sich gut, dass seine Schwester während ihrer Schwangerschaft ständig hungrig gewesen war. Also wartete er.

»Alles erschien heute Morgen plötzlich ganz anders, und ich war nicht sicher, ob du wolltest, dass ich bleibe. Oder ob ich bleiben wollte. Ich wurde ziemlich nervös und beschloss, lieber zu gehen«, gestand sie.

»Du hast mir gefehlt, als ich aufwachte«, sagte er sanft. »Ich bin froh, dass du zurückgekommen bist.«

Er wusste nicht, was es war an ihr, aber Cici brachte ihn dazu, Dinge zu sagen, die er normalerweise für sich behalten hätte. Aber bei ihr war das anders. Er wollte, dass sie wusste, wie tief sie ihn berührte.

»Ich auch«, sagte sie. »Isst du nichts mehr?«

»Ich warte auf dich. Mein Schwager hat mich davor gewarnt, je zwischen eine werdende Mutter und ihr Essen zu geraten.«

Wie er gehofft hatte, lachte sie. »Na ja, ich kann sowieso nur eins davon essen.« Sie nahm das Éclair und er die Zimtrolle.

»Ich wüsste gern mehr über deine Familie«, sagte Cici. »Mein Stiefvater hat immer sehr deutlich zwischen mir und meinen Halbbrüdern unterschieden. Ich fühlte mich niemals wirklich wie seine Tochter. Aber deine Familie war nicht so, oder?«

»Überhaupt nicht. Wir waren alle gleich«, sagte Hoop. »Tommy, mein ältester Bruder, ist Moms und Pops leiblicher Sohn, aber sie behandelten uns nie anders als ihn. Ich kam erst zu ihnen, da war ich schon älter, also war ich es gewohnt, ein Außenseiter zu sein, aber meine Mom ließ nicht zu, dass es so blieb. Sie behandelte mich vom ersten Moment unserer Begegnung an wie ihren eigenen Sohn.«

Cici nickte. »Sie scheint ein sehr guter Mensch zu sein.«

»Das ist sie. Ich würde mich freuen, wenn du sie und Pops kennenlernen würdest. Sie würden dich mögen.«

»Glaubst du? Ich bin nicht sicher, dass ich schon bereit bin, deine Familie kennenzulernen, Hoop.«

»Ich weiß. Aber denk schon mal darüber nach. Sie geben in Montauk eine große Party zum vierten Juli. Ich möchte, dass du mich begleitest.«

Er hatte gar nicht vorgehabt, sie einzuladen. Schließlich hatte sie sich davongeschlichen, während er noch schlief. Er war nicht sicher, ob er ihr vertrauen konnte. Aber es war ja noch Juni, und er würde alles daransetzen, um sie an seiner Seite zu halten.

Allerdings war sie auch wieder zu ihm zurückgekommen.

Das musste etwas bedeuten. Er hatte wirklich das Gefühl, dass zwischen ihnen etwas war. Seine Familie war sehr geschickt darin, zu erkennen, ob jemand zu ihm passte oder nicht. Er spürte zwar, dass Cici anders war als alle Frauen, die er vor ihr gekannt hatte, aber er wollte das Urteil seiner Familie hören, um sicherzugehen, dass es nicht nur der heiße Sex war, der ihm den Kopf verdreht hatte.

»Ich werde darüber nachdenken. Meine Mom und mein Stiefvater haben ein Sommerhäuschen in Sag Harbor. Wenn wir am vierten Juli deine Familie besuchen, dann werde ich auch zu meiner Mom müssen und ihr sagen, dass ich schwanger bin.«

»Du hast es ihr noch nicht gesagt?«, fragte Hoop verblüfft.

»Nein. Na ja, um ehrlich zu sein, weiß ich es selbst ja noch gar nicht so lange«, entgegnete sie. »Es ist nur, wenn ich es ihr sage, wird sie wissen wollen, wer der Vater ist und wo er ist. Und bisher habe ich mich noch nicht stark genug für ein solches Gespräch gefühlt. Aber ich glaube, jetzt schon.«

Das hoffte er sehr.

Ihm war bis zu diesem Moment nicht bewusst gewesen, vor wie vielen Problemen sie tatsächlich davonlief. Sie hatte gesagt, dass sie Zeit brauchte, und wie gewöhnlich hatte er es ignoriert und nur daran gedacht, was er selbst gewollt hatte. Er hoffte sehr, dass das kein Fehler gewesen war.

Hoop zu gestehen, dass sie noch nicht mit ihrer Mutter gesprochen hatte, hatte Cici ganz besonders klargemacht, dass es an der Zeit war, sich mit der neuen Situation auseinanderzusetzen. In eine neue Wohnung war sie immerhin schon mal gezogen.

Trotzdem musste sie sich ihren Eltern irgendwann stellen, denn die konnte sie nicht einfach hinter sich lassen wie ein Mietshaus. Sie war bereits am Ende des ersten Trimesters und musste endlich mit ihrer Mutter sprechen.

Ihre Eltern waren zwar schon von der Reise zurück, aber Cici hatte einen Besuch zu Hause immer wieder hinausgeschoben. Sie wusste nicht, wie sie es ihnen beibringen sollte, aber sie musste sie anrufen.

Und sie würde es auch tun. Nur eben nicht jetzt. Jetzt wollte sie einfach nur den gemütlichen Morgen mit Hoop genießen und vorgeben, dass sie keine Sorgen hatte.

»Ich verurteile dich nicht«, sagte Hoop. »Ehrlich, es gibt Zeiten, da sind meine Eltern die allerletzten Menschen, mit denen ich reden möchte, also kann ich dich verstehen. Aber ich glaube, das hier ist eine von den Angelegenheiten, die immer schwieriger werden, je länger wir sie hinausschieben.«

Cici rieb sich den Nacken. Glaubte er etwa, das wusste sie nicht? Aber als sie aufsah, bemerkte sie nur Freundlichkeit in seinem Blick, und sie kam sich sofort ganz schön gemein vor.

»Ach, ich dachte eben, ich sollte erst einmal die Dinge mit Rich klären. Ich hatte keine Ahnung, wie er reagieren würde, und er ist einer der besten Freunde des Mannes meiner Cousine.«

»Ach ja, was das angeht. Ich habe gehört, du hast dich mit Lilia getroffen. Wie lief es?«, fragte er. »Glaubst du, sie ist die Richtige für dich?«

»Ja, ich fand sie sehr sympathisch. Sie hat mir den Vertragsentwurf zugeschickt, und ich habe ihn durchgelesen. Aber um ehrlich zu sein, ich weiß nicht, welche Kriterien wichtig sind«, gab sie zu. Das Schriftstück war wie ein normaler Vertrag, nur dass es darin um das Baby und sie selbst ging statt um Geschäftsangelegenheiten. Es war seltsam gewesen, die Formulierungen zu lesen, und sie wusste wirklich nicht, was sie als Nächstes tun sollte.

»Ich bin sicher, es ist alles in Ordnung. Möchtest du, dass ich es mit dir durchgehe?«, fragte er.

»Lilia hat mir alles erklärt. Ich habe sie gebeten hinzuzufügen, dass unser Kind mit ihm und seiner Familie in Kontakt treten kann. Ich weiß nicht, ob das Kind ihn irgendwann mal kennenlernen will oder nicht. Was denkst du?«

»Ich an seiner Stelle würde wissen wollen, wer mein Vater ist. Ich habe versucht, es herauszufinden, da war ich schon längst erwachsen. Und manchmal ist es noch immer wie ein großes, leeres Loch in mir«, gestand Hoop.

Er beugte sich vor, und Cici erkannte, warum er so gut war in seinem Beruf. Er strahlte Aufrichtigkeit und Selbstbewusstsein aus. Sie fühlte wirklich mit ihm. Mit ihm und mit ihrem kleinen Mäuschen. Es war ein wenig beängstigend zu denken, dass jede Entscheidung, die sie jetzt traf, einen Einfluss auf ihr Kind haben würde, wenn es erwachsen war.

»Danke, dass du mir das anvertraut hast«, sagte sie. »Ich möchte sichergehen, dass ich das Richtige tue für mein Kind, aber ich werde auch Richs Wünsche berücksichtigen.«

»Würdest du denn mit ihm zusammenkommen wollen, wenn er meinte, es wäre das Beste für das Kind?«, fragte Hoop zögernd.

»Ich glaube nicht. Ich meine, wir kennen uns kaum, und diese ganze Geschichte hat ihn nicht gerade von seiner besten Seite gezeigt«, erwiderte sie, doch als sie Hoop ansah, wusste sie, dass ein anderer Grund sehr viel schwerer wog.

Rich war nicht Hoop. Er war nicht bei ihr und sprach ruhig mit ihr über ihre Probleme. Er hatte nicht miterlebt, wie ihr übel geworden war, und er hatte sie nicht geliebt wie Hoop.

»Ich möchte, dass wir beide es miteinander versuchen«, sagte sie schließlich leise. Hoop war ihr wichtig. Sie konnte nicht wissen, ob das in den kommenden Monaten so bleiben würde, aber im Augenblick bedeutete er ihr viel.

»Ich auch«, sagte er.

Ihr Handy piepte, und Cici sah auf die Uhr, bevor sie es aus ihrer Tasche holte. Es war nach neun.

»Ich bin noch mit Hayley und Iona zum Brunch verabredet und spät dran«, erklärte sie Hoop.

»Ich wusste nicht, dass du heute noch etwas vorhast.«

»Wir treffen uns regelmäßig zu Sekt-Orange und Omelette«, sagte Cici. »Obwohl ich natürlich nur Orangensaft pur trinke.«

Die Nachricht kam von Iona.

IONA: Alles okay? Wir sind im Plaza.

CICI: Ja, alles okay. Bin mit Hoop zusammen.

IONA: Ich will jedes Detail wissen! Morgen! XOXO

Cici musste lächeln. Sie verstand sehr gut, warum ein Mensch, mit dem man nicht verwandt war, einem näher sein konnte als die eigene Familie. Ihr ging es so mit Hayley und Iona. Aber die Eltern-Kind-Beziehung machte ihr noch etwas zu schaffen. War es unfair ihrem Kind gegenüber, wenn sie jetzt etwas mit Hoop anfing? Denn schließlich wusste sie doch, dass er niemals eine echte Bindung zu ihrem Kind entwickeln würde. Oder würde er, gerade weil er so aufgewachsen war, dazu in der Lage sein, ihr Kind zu lieben, als wäre es sein eigenes?

Durfte sie sich auf ein solches Risiko einlassen?

»Ich habe den Rest des Tages frei«, sagte sie. »Möchtest du ihn mit mir verbringen?«

Er nickte. »Nichts lieber als das. Was genau schwebt dir vor?«

10. Kapitel

Cici erinnerte ein wenig an einen Hasen, der im Scheinwerferlicht erstarrt, als Hoop sagte, er wolle den Nachmittag mit ihr verbringen. Und wer hätte es ihr auch verübeln können? Sie hatte ja schon einmal versucht, sich aus dem Staub zu machen, und obwohl er es zu schätzen wusste, dass sie zurückgekommen war, war er halb versucht, sie vom Haken zu lassen und so zu tun, als müsste er arbeiten.

Tatsächlich musste er wirklich arbeiten.

Aber er hatte schon einmal nicht auf sein Bauchgefühl gehört und Cici gehen lassen, und er dachte nicht gern daran, was dann passiert war. Sie hatte sich mit einem anderen Typen eingelassen und erwartete dessen Baby. Hoop zuckte zusammen bei dem Gedanken. Sein Leben lang hatte er sich so vieles gewünscht – Beziehungen, Jobs, Chancen –, aber immer hatte er insgeheim geglaubt, dass er vielleicht nicht gut genug dafür war. Dass er nichts davon verdiente.

Aber er wollte gut genug sein. Verdammt, im Grunde wusste er, dass er gut genug war. Er war kein schlechter Mensch, hatte einen großartigen Job, eine Familie und ein gutes Leben – selbst wenn ihn ab und zu ein seltsames Gefühl der Leere quälte.

»Ich hätte da zwei Ideen«, sagte er, als sie wieder an Deck waren.

»Gleich zwei?«

»Ja. Wir nehmen das Boot und segeln noch mal hinaus.«

»Oder?«, fragte sie.

»Wir gehen in die Stadt. Es wäre mir eine Freude, auf dem See im Central Park mit dir hin und her zu rudern, oder wir könnten durch den High Line Park spazieren und so tun, als wären wir Touristen.«

»Touristen? Wie kommst du denn auf die Idee?«, fragte sie lächelnd, aber Hoop hörte eine kleine Anspannung in ihrer Stimme.

»Garrett und ich haben das ständig als Teenager gemacht. Wir gingen zum Times Square, starrten die Schilder an und baten die Leute, uns davor zu fotografieren. Und wenn sie uns dann fragten, woher wir kämen, antworteten wir, aus Queens. Der Ausdruck auf ihren Gesichtern, ich sag dir, göttlich!«

Sie schüttelte den Kopf. Er hatte ihr ja versprochen, dass sie wie Freunde sein würden. »Das ist völlig irre. Ich kann mir gar nicht vorstellen, dass du so was tun würdest.«

Er zuckte mit den Schultern. »Es war Garretts Idee. Ihm fielen ständig so verrückte Streiche ein, und meist war ich der einzige seiner Freunde, der mitmachte.«

»Okay. Mir gefällt es auch. Das können wir gern machen, wenn du möchtest«, sagte sie lächelnd. »Als das Candied Apple Café noch in der Vorbereitungsphase steckte, gingen wir oft in den Ralph-Lauren-Laden in der 5th Avenue, zu dem auch eine Kaffeebar gehörte. Dort bestellten wir uns einen Kaffee und benutzten ihre Toilette. Weil sie so sauber war. Na ja, eine der Angestellten merkte, dass wir die Toilette auffallend häufig benutzten, und fragte uns, ob wir in der Nähe arbeiteten oder wohnten. Und da warf Iona ihr nur einen ihrer Wissen-Sie-etwa-nicht-wer-wir-sind-Blicke zu. Die Frau starrte uns verwirrt an und nickte dann nur langsam. Danach behandelte sie uns noch wochenlang, als wären wir Berühmtheiten. Es war zwar sehr komisch, aber vor allem auch peinlich.«

»Ich kann mir nicht vorstellen, dass ihr euch wohlgefühlt habt damit.« Hoop wusste, dass zumindest Hayley es vorzog, im Hintergrund zu bleiben.

»Mir war es auch eher unangenehm, aber ab und zu war es auch lustig. Als das Candied Apple Café öffnete, schickten Hayley und ich den Angestellten bei Ralph Lauren einen riesigen Korb Schokolade und eine Dankeskarte, weil sie so großzügig zu uns gewesen waren.«

»Dann also auf zum Central Park. Außerdem liegt der in der Nähe deiner Wohnung, falls dir die Hitze zu viel wird und du nach Hause musst«, sagte er, um ihr einen Ausweg anzubieten.

»Ja, es ist wirklich heiß heute«, meinte Cici, während sie das Boot verließen, zum Ausgang des Jachthafens gingen und Hoop ein Taxi heranwinkte. Sie setzte sich ihre Sonnenbrille auf und war wirklich ein wenig rot im Gesicht. Schweiß stand ihr auf der Stirn.

Hoop hielt die Tür für sie auf, und Cici schlüpfte an ihm

vorbei ins Auto. Ein Hauch von Kokosnuss vermischte sich mit der salzigen Seeluft. Hoop schloss kurz die Augen und erinnerte sich an das erste Mal, als er das Meer gesehen hatte, und dass er für immer hatte dableiben wollen.

»Hoop?«, fragte Cici.

»Entschuldige, ich war in Gedanken.«

Sie rutschte ein Stück, damit er sich neben sie setzen konnte. Wollte er sie so sehr, weil etwas an ihr war, das ihm bisher versagt geblieben war? Er fühlte sich mehr zu ihr hingezogen als zu irgendeiner anderen Frau, aber da sie schwanger war, war es beinahe so, als würde er auf einen Rutsch eine komplette Familie bekommen.

»Ich verbringe nicht viel Zeit in der Stadt, wenn ich nicht arbeite«, sagte sie gerade. »Wir sind sonst immer in unserem Cottage in Sag Harbor. Meine Mutter arbeitet im Sommer zu Hause, und während wir aufwuchsen, nahm Steve sich immer die Samstage frei. Wir verbrachten die Tage am Strand und im Wasser.«

»Das klingt wundervoll«, sagte er. »Bei uns war's ähnlich. Bleibst du in der Stadt, wenn das Baby da ist?«

Sie zuckte mit den Schultern. »Ich habe gerade erst realisiert, dass ich schwanger bin – meine Eltern wissen noch gar nichts davon. Hayley und Iona werden natürlich nichts dagegen haben, wenn ich das Baby mit mir zur Arbeit nehme. Aber das wäre nur eine vorübergehende Lösung. Es gibt noch so viel, worüber ich nachdenken muss.«

»Meine Mutter sagt immer, man braucht nicht alles an einem Tag zu erledigen. Das Leben geht weiter, und du wirst in deinem Tempo und in aller Ruhe eine Lösung für alles finden.«

»Sehr weise. Sie muss ein wunderbarer Mensch sein.«

»Ja, das ist sie«, sagte Hoop. Er wusste, dass er sich glücklich schätzen konnte, sie seine Mutter nennen zu können.

»Das ist etwas, das mich stört. Ich bin in mancher Hinsicht ziemlich schlau, aber ich bin nicht weise, und ich weiß nicht, wie man eine gute Mutter ist. Verstehst du? Ich verbringe sehr viel mehr Zeit damit, mir Sorgen darüber zu machen, ob meine Augenbrauen auch akkurat gezupft sind, als meine Mom es für möglich halten würde. Und jetzt habe ich das Gefühl, das Baby wird mich zwingen, eine ganz andere Frau zu werden.«

»Ich wollte die Möbel fürs Kinderzimmer bestellen, aber die Verkäuferin hatte einen Haufen Fragen, und am Ende musste ich gehen und versprechen, mit einem Vision-Board zurückzukommen. Ich bitte dich, ein Vision-Board? Im Ernst jetzt? Ich wollte ganz einfach ein paar schöne Möbel für mein Kind kaufen.«

Sie warf Hoop einen Blick zu, und er betrachtete sie, wie es ihre Brüder manchmal taten – als würden sie denken, dass sich das Gespräch zu sehr um Frauenthemen drehte und sie sowieso nichts dazu zu sagen hatten. Sie beschloss, ab jetzt die Klappe zu diesem Thema zu halten. Was war nur los mit ihr heute?

»Wie wäre es denn, wenn du das Zimmer maritim einrichten würdest?«, schlug Hoop vor. »Oder was immer dir das Gefühl von Behaglichkeit gibt. Ich fühle mich immer gut, wenn ich auf dem Wasser bin. Und es passt zu Junge und Mädchen. Wenn du ein Mädchen bekommst, könntest du Meerjungfrauen an die Wand malen lassen – und für einen Jungen Boote und vielleicht … Wassermänner?«

Hoop.

Wieder hatte er bewiesen, was für ein guter Mensch er war. Dass sie sich geliebt hatten, war kein Grund für ihn, nicht auch gleichzeitig ein guter Freund zu sein. Spontan drückte sie ihn an sich.

»Wofür war das?«

»Dafür, dass du bist, wie du bist«, sagte sie. »Ich muss anfangen, auch so zu denken.«

Ihre Bedenken, ob sie eine gute Mutter sein würde, waren nicht grundlos. Sie hatte es ernst gemeint, als sie von ihren Augenbrauen geplappert hatte und dass sie, wenn sie einmal Ratschläge gab, diese nicht besonders weise waren. Nicht wie die einer Mutter, sondern eher wie die einer älteren Schwester. Sie konnte sagen, wann die neueste Lilly-Kollektion herauskam oder wo auf Long Island man die beste Hummerrolle bekam. Sie war im Laden gewesen, als eine der Kundinnen sich nach so etwas erkundigt hatte, und Cici hatte ihr aushelfen können.

»Ich glaube, wenn es so weit ist, wirst du die richtigen Worte finden«, sagte Hoop, gerade als das Taxi vor dem Central Park und in der Nähe des Bootshauses hielt. Cici holte ihr Portemonnaie heraus, aber Hoop hatte bereits die nötigen Scheine in der Hand. Also stieg sie aus. Obwohl

Cici leichte Kleidung trug, war die Hitze trotzdem erdrückend. Im Park würde es bestimmt angenehmer sein, da die Bäume Schatten spendeten und die Luft kühler sein würde als hier auf der Straße.

Hoop schob seine Baseballmütze zurecht, als er auf den Eingang des Parks zuhielt. Cici lief neben ihm her und dachte, die Leute gingen bestimmt davon aus, sie und er wären ein Paar. Ein richtiges Paar. Und das machte sie ein paar Augenblicke lang unendlich glücklich. Sie hatte schon so lange keinen Partner mehr gehabt. Vor allem weil sie keinen Mann permanent in ihrem Leben hatte haben wollen.

»Was denkst du?«

Sie kaute auf ihrer Unterlippe, und er hob eine Augenbraue. »Willst du es wirklich wissen? Erinnere dich an das letzte Mal, als ich zu reden anfing und nicht wieder aufhörte.«

Lachend schüttelte er den Kopf und hob die Hände. »Es ist ein Risiko, aber ich bin bereit, es einzugehen.«

Sie lächelte. »Na schön. Ich dachte gerade, dass wir wie ein richtiges Paar aussehen.«

»Sind wir das denn nicht?«, fragte er.

Sie zuckte mit den Schultern. »Ich scheine immer wieder diese seltsamen Unterhaltungen in Gang zu bringen, dabei ist das wirklich nicht meine Absicht. Ich meine, natürlich sind wir ein Paar. Wir haben miteinander geschlafen, wir daten uns. Das tun wir doch, oder?«

»Ja, das tun wir. Was heißt das also, wenn du ›richtiges Paar‹ sagst?«

»Oh, jetzt komme ich mir irgendwie dumm vor«, gab sie zu. »Ich meinte, nach außen hin machen wir den Eindruck, dass alles seine Ordnung hätte und wir ein ganz normales Pärchen wären.«

»Nach außen hin?«

»Ja, du weißt schon. Niemand hat eine Ahnung davon, dass es beim ersten Mal mit dir schiefgegangen ist oder dass ich schwanger bin ... oder alles andere. Wir sehen einfach aus wie ein reizendes junges Paar.«

Es folgte ein längeres Schweigen, dann nahm Hoop ihre Hand. Er zog Cici mit sich unter die Äste eines großen Baums und umarmte sie. Die Hände auf ihrer Taille, sah er ihr tief in die Augen. Sein Blick war so intensiv, dass er Cici den Atem raubte.

»Nur um etwas klarzustellen: Keiner ist vollkommen«, sagte er. »Und mir gefällt, wie unsere Geschichte sich entwickelt.«

»Ja?«, entgegnete sie überrascht, legte ihm die Arme um die Taille und konnte nicht anders, als ihn an sich zu drücken und den Kopf an seine Brust zu lehnen. Es war schön, jemanden zu haben, der sie einfach nur hielt. Und den sie halten konnte. Bis zu diesem Moment war ihr nicht bewusst gewesen, wie sehr sie sich danach gesehnt hatte.

»Hmm«, machte er, dann hob er ihr Kinn an und küsste sie sanft. Da war wieder dieser Funke, der immer zwischen ihnen glühte, aber da war noch mehr – Zuneigung und das Gefühl von Geborgenheit.

Cici glaubte fast, dass Hoop sie wirklich mochte. Es

schien ihm nichts auszumachen, dass sie nicht besonders weise war oder vielleicht sogar ein wenig feige. »Ich bin auch nicht vollkommen.«

Und ob er vollkommen war.

Er war in einem Ausmaß perfekt, das sie jetzt erst langsam zu begreifen begann, da sie ihn mit jeder gemeinsam verbrachten Stunde besser kennenlernte. Aber er war ein wirklich guter Mensch, und Cici schwor sich, dass sie ihm niemals wehtun würde.

»Lass uns gehen«, sagte sie, befreite sich aus seiner Umarmung und lief zum Bootshaus. Was war nur los mit ihr heute? Lag es an den Schwangerschaftshormonen? Oder bekam sie nur gerade die Krise?

Er war schon neben ihr, gab ihr einen Klaps auf den Po und überholte sie. »Wer zuletzt kommt, muss rudern.«

Sie schüttelte den Kopf und beschleunigte ihre Schritte. Die Sportlerin in ihr kam zum Vorschein. Cici hasste es zu verlieren. Sie zwang sich, einen Zahn zuzulegen, und zum ersten Mal seit heute Morgen hörte sie auf zu grübeln. Sie konzentrierte sich ganz darauf, zu gewinnen. Als sie Kopf an Kopf um die Ecke bogen, mussten sie einer Familie ausweichen, die mitten auf dem Weg stehen geblieben war. Und dann legte Cici noch einen Spurt hin und berührte die Tür zum Bootshaus, eine Sekunde bevor Hoop sie erreichte.

Er fing an zu lachen, und sie fiel in sein Gelächter ein. In dieser Stimmung war es so leicht zu glauben, dass ihre Zweifel ihre Mutterschaft betreffend ebenso schnell verfliegen würden wie ihre Ängste gerade eben. Vielleicht lautete die Lösung ihrer Probleme, einfach vorwärtszugehen. Schließlich konnte sie nicht ewig in der Vergangenheit stecken bleiben.

Das wusste sie zwar schon seit Jahren, aber jetzt musste sie wirklich etwas ändern.

»Jetzt hast du die Gelegenheit, deine Fähigkeiten unter Beweis zu stellen«, meinte sie mit einem Augenzwinkern. »Ich hole uns etwas zu trinken, während du das Boot mietest.«

Sie ging zum Getränkestand gleich neben dem Bootshaus.

»Sie beide sind ja ein so süßes Paar«, sagte die Frau in der Schlange hinter ihr. »Mein Mann und ich haben früher auch immer so was gemacht.«

Cici lächelte der Frau zu, die ungefähr in ihrem Alter sein musste, vielleicht ein oder zwei Jahre älter. »Danke. Und warum machen Sie es nicht mehr?«

Die Frau zuckte mit den Schultern. »Kinder, schätze ich. Sie nehmen einem alle Zeit und alle Energie.«

Cici kaufte zwei Wasserflaschen, lächelte und winkte der Frau zum Abschied zu, entschlossen, ihr neu gefundenes Glück zu genießen.

Ein Nachmittag auf dem See und danach Eiscreme hatten ihn entspannt. Aber vor allem der Wettlauf hatte seine Stimmung aufgehellt. Es war, als wäre er seinen Kindheitsängsten davongerannt, jenem Gefühl, nicht gut genug zu sein.

Ohnehin hatte Hoop eigentlich geglaubt, er hätte es schon lange hinter sich gelassen, also war er nicht sehr erfreut gewesen festzustellen, dass es nicht so war.

»Du bist ein sehr guter Ruderer«, sagte Cici, während sie durch den Central Park in Richtung Amphitheater gingen, wo sie die Shakespeare-Aufführung gesehen hatten.

»Danke. Ich gebe mir Mühe«, erwiderte er. »Und du warst ein ziemlich strenger Passagier.«

Sie zuckte mit den Schultern und sah ihn an. »Ich wollte nur sichergehen, dass du auch alles richtig machst.«

»Gott sei Dank, dass du da warst. Ich glaube nicht, dass du Probleme damit haben wirst, Mutter zu sein, so herrisch wie du bist.«

»Ja, Befehle erteilen ist noch das kleinste Problem.« Sie seufzte.

»Du wirst es schon schaffen.«

»Apropos. Ich wollte mit dir über etwas reden, das du vielleicht an deine Kollegin weitergeben kannst. Ich habe Rich eine SMS mit der Bitte um seine Postadresse geschickt und noch nichts von ihm gehört, wobei ich aber jeden Tag damit rechne. Ich kenne die Adresse seiner Eltern, würde die Papiere aber ungern dorthin schicken«, sagte Cici. »Falls er sich nicht meldet, müssen wir seine Adresse anders herausfinden. Er wohnt in Los Angeles. Und ich würde nur ungern meine Cousine danach fragen.«

»Kein Problem. Wenn du seinen vollständigen Namen weißt, wird Lilias Sekretärin ihn finden. So etwas tun wir ständig.«

Der heutige Tag hatte Cici endgültig klargemacht, dass sie die Sache mit Rich geklärt haben wollte. Sie fing an, sich in Hoop zu verlieben, und wollte ihr Leben ordnen, bevor es noch ernster zwischen ihnen wurde. Dazu musste sie wissen, welche Beziehung, wenn überhaupt, Rich zu ihrem Baby haben wollte.

»Alles okay?«, fragte Hoop einige Minuten später.

»Ja, wieso?« Cici war seltsam ruhig zumute, als gäbe es nichts, worum sie sich Sorgen machen müsste.

»Du kommst mir verändert vor. Als wir um die Wette gelaufen sind – na ja, du schienst irgendwie gelöst zu sein. Und jetzt versteckst du dich wieder.«

Sie errötete, kaute auf ihrer Unterlippe und wich Hoops Blick aus. Hoop rieb sich den Nacken und fragte sich, was zum Teufel er in einem vorigen Leben verbrochen hatte, dass dies hier so verdammt kompliziert sein musste. Er hätte sich in keine kompliziertere Frau verlieben können als Cici. Sie war die beste Freundin der Verlobten seines besten Freundes, sie erwartete ein Kind von einem anderen Mann – und in ihrer Nähe fühlte er sich lebendiger als bei jeder anderen Frau, die er je kennengelernt hatte.

Sie weckte in ihm eine Sehnsucht nach etwas, das zu brauchen er nur ungern zugab. Zum Beispiel eine Familie. Keine, in der er ständig daran erinnert wurde, wie glücklich er sich doch schätzen konnte, sie zu haben. Sondern eine ganz eigene Familie. Er fragte sich, ob diese seltsamen Gedanken etwas damit zu tun hatten, dass Garrett heiraten wollte, und ob er deswegen meinte, auch eine feste

Beziehung haben zu wollen. Aber so war er nicht, und insgeheim wusste er, dass Cici der einzige Grund war.

»Ja«, sagte sie jetzt leise. »Als ich das Wasser kaufen ging, sagte die Frau hinter mir, wir seien ein so süßes Paar. Sie und ihr Mann hätten früher auch viel rumgealbert. Allerdings bevor die Kinder kamen. Das hat mir einmal mehr klargemacht, dass du dich auf weit mehr als ein Date einlassen würdest, wenn du mit mir zusammen sein wolltest.«

Hoop nahm ihre Hand und zog Cici dichter an sich. Sie duftete nach Sommer und ein wenig nach Schweiß, aber es war alles andere als unangenehm. Eher war es süß. So süß. Wenn es um sie ging, war er verloren, und das beunruhigte ihn ein bisschen, weil Cici nicht zu wissen schien, was sie wollte. Und das bedeutete, es war gefährlich, sie in sein Leben zu lassen. Andererseits konnte er sie auch nicht gehen lassen. Jetzt nicht mehr.

Er schob ihr eine Haarsträhne hinters Ohr und lehnte die Stirn an ihre. Er konnte ihre dichten Wimpern hinter ihrer Brille sehen, und ihr Atem fühlte sich warm auf seinen Lippen an und duftete nach Pfefferminz.

Er küsste sie.

Es sollte eigentlich ein sanfter Kuss sein, doch stattdessen drängte ein Anflug von Verzweiflung ihn dazu, den Kuss zu vertiefen. Besitzergreifend drängte er sich mit der Zunge zwischen ihre Lippen. Sie sollte spüren, dass sie ihm gehörte. Als er den Kopf schließlich hob, hatte Cici die Augen geschlossen, und ihre Wangen waren gerötet.

Sie atmete ein wenig schwerer und hielt ihn fest, als er zurücktreten wollte.

»Nichts in meinem Leben war je so, wie es hätte sein sollen«, gestand er. »Du wirst sagen, das war nicht anders zu erwarten, aber Cici, meine Süße, ich kann mich nicht von dir trennen. Was die Zukunft uns bringt, das weiß ich nicht, aber heute ist unser erster Tag als richtiges Paar, und ich gebe nicht so schnell auf.«

»Ich auch nicht«, flüsterte sie.

»Gut. Was hältst du dann davon, wenn ich dich zum Essen einlade und dich dann nach Hause fahre, damit du morgen für die Arbeit erholt bist?«

»Klingt gut.«

Sie aßen gemeinsam zu Abend, wobei Hoop zwischen der Hoffnung schwankte, dass ihr Date doch ganz gut lief, und der Angst, dass sie sich beide nur etwas vormachten, weil sie sich nicht eingestehen wollten, einen Fehler begangen zu haben. Er selbst hatte sich oft an verschiedene Familien gewöhnen müssen, und jedes Mal war ihm das Herz gebrochen worden, als er sich dann doch von ihnen trennen musste. Und er musste sich daran erinnern, dass Cici nur zugestimmt hatte, ihn zu daten.

Daten.

Mehr nicht.

Hoop gab ihr vor der Haustür einen Gutenachtkuss und sah dann zu, wie der Pförtner ihr die Tür aufhielt, bevor er sich abwandte und ging. Er sagte sich, dass er stark genug war, um mit allem fertigzuwerden, das auf ihn zukommen mochte. Als er um die Ecke bog und ein Taxi herbeiwinkte, fasste er einen Entschluss. Dieses eine Mal wollte er endlich bekommen, was anderen Menschen wie selbstverständlich zuzufliegen schien.

Er wollte die Frau, ihr Baby und ein Happy End für sie drei. Aber Hoop war realistisch genug zu wissen, dass das nicht so leicht werden würde.

11. Kapitel

Hoop kam früh ins Büro. Ein ganzer Tag mit Cici war schön gewesen, aber als sie sich voneinander verabschiedet hatten, waren Gefühle in ihm wach geworden, von denen er geglaubt hatte, sie längst hinter sich gelassen zu haben. Sie erinnerten ihn an seine Zeit als Junge in den verschiedenen Heimen und Pflegefamilien, bevor er zu Ma und Pops gekommen war.

Einsamkeit.

So viele Jahre lang hatte er sich nur auf sich selbst verlassen, und obwohl er Geschwister und gute Freunde hatte, hielt er immer einen gewissen Teil von sich vor ihnen verborgen. Damit er nicht enttäuscht werden konnte, wenn sie ihn alle verließen.

Es war vielleicht nur verständlich, dass all das aufgewühlt wurde, jetzt, da er eine neue Beziehung begann und dieses ungezügelte Verlangen empfand, ständig mit Cici zusammen zu sein. Aber trotzdem war es dieses Mal anders. Es *fühlte* sich anders an.

Cicis Duft umgab ihn noch immer, obwohl sie bereits vor geraumer Zeit auseinandergegangen waren. Er hatte sich Sportsendungen angesehen und an dem Fall gearbeitet, bei dem Martin ihn dabeihaben wollte, und es lenkte ihn auch eine Weile ab. Er wollte sich beweisen, und es würde ihm auch gelingen. Seine Arbeit war etwas, worin er gut war. Und so vergaß er für einige Stunden sein Privatleben.

Aber als er zu Bett ging, drehten seine Gedanken sich wieder um Cici.

Cici und ihr Baby.

Früher wäre er einfach mit seinen Freunden ausgegangen, um auf andere Gedanken zu kommen, aber Garrett hatte nun Hayley, und die übrigen Jungs vom Polizeirevier waren jetzt im Dienst. Hoop wünschte, er hätte sich während des Jurastudiums mit jemandem angefreundet, doch da waren alle genau wie er gewesen. Sie hatten ständig gebüffelt und sich in ihrer Freizeit, wenn sie welche hatten, von der Uni ferngehalten.

Also fand er sich jetzt um halb sechs Uhr morgens auf dem Laufband im Fitnessstudio der Kanzlei wieder. Die Fälle stapelten sich auf seinem Schreibtisch, und statt sie zu bearbeiten, dachte er darüber nach, ob eine eigene Familie immer außer Reichweite für ihn bleiben würde.

Er holte kraftvoller aus, weil das Programm, das er ausgesucht hatte, eine Steigung simulierte, aber selbst die Anstrengung konnte ihn nicht von dem Gedanken ablenken, der ihn quälte – dass er vielleicht zu den Menschen gehörte, die immer abseits stehen würden.

Er wusste, die Fillions hatten ihn adoptiert und behandelten ihn wie ihren eigenen Sohn, doch insgeheim hatte er die Wahrheit nicht vergessen. Er war nicht wirklich ihr Sohn, und sosehr er wünschte, es wäre anders, die Wahrheit ließ sich nicht verbiegen. Manchmal, wenn er in den Spiegel sah, fragte er sich, wer seine Ahnen sein mochten. Hatte er den Mund seines Vaters, die Augen seiner Mutter? Aber es gab keine Antwort auf seine Fragen.

Er war ein einsamer Mann, und meistens störte ihn das gar nicht mal.

Verdammt.

Wirklich, er musste versuchen, diese Gedanken sein zu lassen. Aber er konnte nicht. Wenn er die Augen schloss, sah er Cici und dachte an das Baby, das sie in sich trug. Er wollte Teil ihres Lebens werden, aber er hatte sich nie in der Rolle eines Vaters gesehen.

Seine Arbeit für *Big Brothers Big Sisters* gab ihm die Gelegenheit, für Kinder da zu sein, die sonst niemanden hatten. Aber wirklich Vater zu werden … Nein, das hatte er sich nie gewünscht, und wenn er ehrlich sein wollte, wusste er auch nicht, wie das ging.

Natürlich war Pops ihm ein sehr gutes Beispiel gewesen, als Hoop ein Teenager gewesen war, aber zwischen Geburt und Teenageralter lag eine sehr lange Zeit. Hoop wusste einfach nicht, ob er den Mut hatte, es zu versuchen.

Er beendete das Laufprogramm, duschte und ging wieder hinauf in sein Büro. Dort sah er aus dem Fenster auf die Straße hinunter, die in den frühen Morgenstunden bis auf einige wenige Fußgänger und gelegentliche Taxis völlig ruhig dalag. Fast genauso einsam wie er …

Wenn das so weiterging, würde er auf direktem Weg in eine Depression rutschen, und das würde niemandem gefallen, weder seiner Familie noch seinen Chefs und am allerwenigsten ihm selbst.

Entschlossen griff er nach seinem Handy. Er musste Pläne machen. Und zwar ohne Cici. Das war sein Problem. Er hatte sie verführen wollen, und das konnte er jetzt abhaken. Er sollte versuchen, etwas Abstand zu gewinnen. Was jetzt in seinem Leben fehlte, war ein neues Ziel, ein neuer Fokus.

Er wählte Garretts Nummer.

»Sag mal, Kumpel, es ist noch nicht mal sieben«, meldete sich Garrett.

»Hayley steht um fünf Uhr auf, um in den Laden zu gehen und Süßigkeiten zu fabrizieren. Ich weiß, dass du nicht schläfst«, erwiderte Hoop.

»Stimmt. Was gibt's?«

»Ich habe Tickets für das Nicks-Spiel heute Abend. Willst du mitkommen?«

Es folgte eine kleine Stille. »Bist du sicher, dass du meine Gesellschaft willst?«

»Klar. Aber ich könnte einen meiner kleinen Brüder mitnehmen, wenn du nicht möchtest«, sagte Hoop.

»Nein, ist schon okay. Hayley sagt, ich verwandle mich in einen Stubenhocker.«

»Tust du doch auch«, sagte Hoop, aber es versetzte ihm einen kleinen Stich. Ein Teil von ihm wünschte sich genauso ein Leben.

»Übrigens, wir grillen hier am Samstag. Kannst du kommen?«

»Äh, nein. Ich habe Cici so gut wie versprochen, dieses Wochenende mit ihr in die Hamptons zu fahren. Ich habe sie eingeladen, den vierten Juli mit meiner Familie zu feiern. Aber am Wochenende sind es nur wir beide.«

»Okay! Ich hatte gehofft, dass ihr zusammenkommen würdet.«

»Ja, und es ist mehr als eine Affäre«, entgegnete Hoop.

»Umso besser. Ich glaube, sie tut dir gut«, fuhr Garrett fort. »Außerdem habe ich das Gefühl, dass Hayley die Daumen gedrückt hat für euch beide. Sie lässt sich ständig was einfallen, zu dem wir euch einladen könnten.«

Hoop musste lachen. Hayley hatte ihm also die ganze Zeit über geholfen, Cici näherzukommen. Aber jetzt, da er mit ihr zusammen war, wusste er nicht genau, wie sein nächster Schritt aussehen würde. Und das sah ihm überhaupt nicht ähnlich. Er war ein Mann der Tat, und diese Unentschlossenheit machte ihn wahnsinnig. Aber ihm war klar, woran es lag. Zum ersten Mal, seit er zu den Fillions gekommen war, fing er an, sich eine Zukunft mit einem anderen Menschen vorzustellen – und das jagte ihm nicht wenig Angst ein.

»Bis heute Abend also«, sagte er und beendete das Gespräch.

Zum Glück lag jetzt ein ganzer Berg Arbeit vor ihm, mit dem er sich wunderbar von Cici und seinen Fantasien von einer eigenen Familie ablenken konnte.

Eigentlich hätte es selbstverständlich sein sollen, dass sie in ihrer Situation ihre Mutter anrief. Aber sie waren sich nicht so nah, wie Cici sich gewünscht hätte, und Tatsache war, dass sie sich davor scheute, ihr zu sagen, was los war.

Allerdings hatte Hoop recht. Es würde immer schwerer werden, je mehr Zeit sie verstreichen ließ. Die Reaktion ihrer Mutter würde bestimmt nicht begeisterter ausfallen, wenn Cici sie erst in sechs Monaten anrief. Sie musste es einfach hinter sich bringen.

Also schrieb sie ihrer Mutter eine SMS, um sich zu vergewissern, dass sie zu Hause war und in Ruhe mit ihr sprechen konnte. Ihre Eltern besaßen ein Haus in Queens und dann das Cottage in Sag Harbor, das ihre Mutter nach Dads Tod gekauft hatte. Eigentlich gehörte es nur Cici und ihrer Mom, aber Cici betrachtete es als das Haus der ganzen Familie.

Ihre Mutter rief an, statt zu texten. Cici hatte es auch nicht anders erwartet.

»Hi.«

»Geht es dir gut?«, fragte ihre Mutter. »Ich hatte dich letztes Wochenende erwartet.«

Cici seufzte schuldbewusst. »Tut mir leid, Mom. Es geht mir gut. Ich … na ja, der Grund, weswegen ich nicht nach Hause gekommen bin, ist, dass ich dir etwas sagen muss und nicht weiß, wie.«

»Was ist es denn? Geht es um das Geschäft?«

Cici holte tief Luft. »Ich bin schwanger.«

»Was? Triffst du dich denn mit jemandem? Wieso kennen wir ihn nicht? Und warum sagst du denn …«

»Mom. Hör auf. So ist es nicht. Ich habe einen Fehler gemacht und mit einem der Trauzeugen auf Staceys Hochzeit geschlafen. Und jetzt bin ich schwanger.«

Es herrschte Stille in der Leitung, und Cici kaute nervös auf ihrer Unterlippe, während sie wartete.

»Okay. Nun ja, ist der Mann … wer ist er?«, fragte ihre Mutter.

»Rich Maguire. Er kommt ursprünglich aus Neuengland, lebt jetzt aber in Los Angeles. Und er hat schon eine Beziehung und will nichts mit mir oder dem Baby zu tun haben. Ich bin gerade dabei, das irgendwie zu regeln.«

»Was kann ich tun?«, fragte ihre Mutter. »Freust du dich auf das Baby?«

Cici legte sich unwillkürlich die Hand auf den Bauch. »Ja, Mom. Zuerst wollte ich es nicht wahrhaben, aber jetzt fühle ich eine richtige Bindung.«

»Das ist gut. Wow, ich werde eine Grandma. In welchem Monat bist du?«

»Im dritten.«

»Ich komme in die Stadt und lade dich zum Essen ein. Dann können wir uns besser unterhalten.«

»Danke, Mom. Es tut mir leid, dass ich es dir nicht schon vorher gesagt habe.«

»Das braucht dir nicht leidzutun. Ich höre deiner Stimme an, dass du ziemlich viel Stress gehabt haben musst. Ich ziehe mich schnell um und fahre dann los. Soll ich zu dir kommen oder zum Candied Apple?«

Cici sah auf die Uhr. Es war drei Uhr nachmittags,

und Hayley gab heute Abend einen ihrer Konfekt-Kurse. »Zum Candied Apple.«

Sie legte auf und fühlte sich ein wenig befreiter. Das Geheimnis um ihre Schwangerschaft hatte schwer auf ihr gelastet. Sie hatte sich von ihren Freunden und ihrer Familie abgeschottet, und nur Hoop hatte sie sich die ganze Zeit anvertraut, weil … na ja, weil sie ihn mochte und es so leicht war, mit ihm zu reden.

Irgendwie hatte sie es ihm sagen wollen. Immerhin war er von Anfang an Teil dieser Geschichte gewesen. Er war der Mann, den sie wirklich gewollt hatte, und wenn sie ehrlich war, war Rich in jener Nacht nur ein Ersatz für Hoop gewesen.

»Cici?«, fragte Hayley an der offenen Tür. »Ist alles okay? Stimmt was nicht mit dem Baby?«

Cici sah auf. Hayley lehnte am Türrahmen, die Arme vor der Brust verschränkt.

»Hast du das auch manchmal, dass du ganz spät etwas bemerkst, obwohl es die ganze Zeit schon da war? Und es dann nicht fassen kannst, dass du nicht vorher drauf gekommen bist?«, fragte Cici.

»Ständig. Manchmal mit den Bonbons, die ich in der Küche kreiere, immer mit meinem Dad und ab und zu mit Garrett. Im Grunde sehe ich ständig den Wald vor lauter Bäumen nicht, rund um die Uhr, sieben Tage die Woche.«

Cici lächelte. »Du bist die normalste Frau, die ich kenne.«

»Äußerlich vielleicht.« Hayley kam herüber und setzte sich auf Cicis Schreibtischrand. Sie strich Cici eine Strähne aus dem Gesicht. »Mach eine kleine Pause, Cici. Du bist schwanger. Es ist Sommer und verdammt heiß. Und du datest heimlich jemanden.«

»Was?«

»Versuch nicht, es abzustreiten. Garrett hat gestern Abend mit Hoop geredet, und der hat alles ausgeplaudert.«

Mist.

»Es ist ja nicht so, dass ich es dir nicht erzählt hätte«, fing Cici an.

»Schon gut, Ci. An deiner Stelle hätte ich auch nichts verraten. Ich wollte damit auch nicht andeuten, dass es merkwürdig ist, Hoop zu daten.«

»Das ist es ja gerade, Hay. Es ist überhaupt nicht merkwürdig. Ich wünschte, dass es das wäre, dann würde ich mich vielleicht besser fühlen. Aber er ist so … eben Hoop. Nichts scheint ihn wirklich zu erschüttern«, sagte Cici, aber sie wusste, dass das nicht wahr war. Sie hatte seinen Ausdruck gesehen, als sie gestern zum Boot zurückgekehrt war. Es hatte ihn tief getroffen, dass sie gegangen war.

»Ich bin hier, wenn du reden willst, worüber auch immer«, sagte Hayley. »Ich mag Hoop gern, aber dich liebe ich. Du bist wie eine Schwester für mich, und ich möchte nicht, dass du dich jemals allein fühlst.«

»Mein Hauptproblem bin ich selbst, Hay.«

»Wieso?«

»Ich bin irgendwie verwirrt und kenne mich selbst nicht mehr. Du weißt schon, so als würdest du eine neue Trüffelpraline für den Laden kreieren wollen und ließest

165

uns etwa einhundert verschiedene Geschmackskombinationen probieren.«

»Einhundert ist übertrieben, aber ja, ich verstehe.«

»Mein Leben ist jetzt ungefähr so. Alles scheint möglich zu sein, aber was das Richtige ist, bleibt mir ein Rätsel.« Cici tätschelte ihren Bauch. »Und ich hasse es. Ich bin kein Kontrollfreak oder so, aber ich möchte einen Plan haben und sicher sein, dass ich keine falsche Entscheidung treffe.«

»Meine Mutter schrieb in ihrem letzten Brief an mich, dass es keine falschen Entscheidungen gibt in unserem Leben. Wir wählen einen Weg, und wir gehen ihn. Das kannst du auch, Cici. Wie auch immer du dich entscheidest, es wird fantastisch sein. Weil du fantastisch bist.«

Cici wollte Hayley so sehr glauben, und die Liebe, die sie für ihre Freundin empfand, schnürte ihr vor Rührung die Kehle zu. Es war schön zu wissen, dass jemand hinter ihr stand und der Meinung war, sie hätte noch nicht alles in ihrem Leben vermasselt.

Hannah Johnson sah noch immer jung aus, obwohl sie bereits auf die fünfzig zuging. Cici war nicht immer gut mit ihrer Mutter ausgekommen, aber sie hatte sich immer von ihr geliebt gefühlt.

Nur hatte ihre Mutter unbedingt gewollt, dass Cici in Steve ihren Vater sah. Cici war entschlossen, es bei ihrem Kind besser zu machen, wenn sie auch keine Ahnung hatte, wie sie das anstellen sollte.

Heute war es auch nicht anders, als sie die Straße überquerten und den Central Park betraten. Es war später Nachmittag und Sommer, also wimmelte es im Park regelrecht vor Familien und ihren Kindern, die umhertobten und lachten, und auch vor Touristen, die sich in den Schatten der großen Bäume ausruhten.

Cicis Mutter hakte sich bei ihr ein, und gemeinsam bogen sie links ab und folgten dem Pfad, der sie in einem großen Bogen um den ganzen Park führen würde. Keine von beiden sagte etwas. Cici wusste zwar, dass sie diejenige hätte sein sollen, die das Gespräch begann, aber sie fand nicht die richtigen Worte.

»Also«, sagte ihre Mutter schließlich.

»Ja.« Cici holte tief Luft. »Was möchtest du wissen?«

»Was immer du mir anvertrauen willst.« Ihre Mutter hatte ein gemächliches Tempo angeschlagen, und Cici fiel nicht zum ersten Mal auf, dass ihre Mutter sich niemals hetzen ließ.

»Warum beeilst du dich eigentlich nie?«, fragte sie, um das unvermeidliche Gespräch ein wenig hinauszuzögern, wobei sie jetzt tatsächlich gespannt war auf die Antwort. Alle Mütter schienen ständig in Eile zu sein, aber ihre Mutter niemals.

»Warum sollte ich? Der Tag ist lang genug, um alles Nötige zu erledigen«, entgegnete ihre Mutter. »Das weißt du.«

»Ja, aber ich habe immer das Gefühl, ich schaffe nicht, alles zu erledigen, wenn ich mir keinen Plan mache und mich zügig da durcharbeite.«

»Das sagt Steve auch immer. Das musst du von ihm haben«, meinte ihre Mutter.

Cici hasste es, wenn ihre Mutter das tat. Steve war nicht ihr Vater, war ihr das nicht klar? »Vielleicht habe ich es ja von meinem Dad. Du hast nie viel über ihn gesprochen und mir nur ein paar alte Fotos gezeigt.«

»Ich weiß. Ich wollte nicht, dass du dich zu sehr damit beschäftigst, was du nicht hast. Verstehst du?«

In gewisser Weise schon, aber Cici war dadurch umso neugieriger auf ihren leiblichen Vater geworden. »Ich denke schon.«

»Jetzt, da du selbst Mutter wirst, wirst du noch besser nachvollziehen können, was ich meine. Gib jeden Tag einfach nur dein Bestes und hoffe, dass du es nicht zu sehr vermasselst.«

»Mom, bei mir hast du überhaupt nichts vermasselt«, sagte Cici. »Ich wünschte nur, ich hätte auch einen Plan, was das Leben mit einem Kind betrifft.«

Ihre Mutter führte sie zu einer leeren Bank, und sie setzten sich. »Mein Liebling, es gibt keine Garantie dafür, dass das Leben mit einem Kind reibungslos verläuft, ob man nun einen Plan hat oder nicht.«

Cici hielt den Atem an und wartete. Würde ihre Mutter über ihren Vater reden? Nach all dieser Zeit?

»Dein Dad und ich meinten alles im Griff zu haben. Wir heirateten, warteten ein Jahr, um uns etwas zusammenzusparen, und kauften ein eigenes Haus. Und dann wurde ich schwanger, und zwei Tage nachdem ich es herausgefunden hatte, wurde er abkommandiert. All unsere Pläne waren umsonst gewesen. Und danach hörte ich auf, alles vorauszuplanen.«

»Warum?«

»Weil es das Leben nicht einfacher macht. Tatsächlich glaube ich sogar, dass es alles eher schwieriger macht. Ich versuchte, so weiterzumachen, wie dein Dad und ich es uns ausgemalt hatten. Aber als er starb, verlor ich völlig den Boden unter den Füßen. Ich hatte ein kleines Mädchen, das ich eigentlich zu Hause hatte großziehen wollen, und jetzt musste ich arbeiten gehen. Zuvor hattest du nie einen Babysitter gehabt und mochtest Fremde nicht. Wirklich, mein Schatz, ich war am Boden zerstört. Manchmal nachts, wenn du aufgewacht warst und weintest, hielt ich dich nur fest und weinte mit.«

Cici umarmte ihre Mutter. Ihr war nie bewusst gewesen, dass diese Frau, die immer zu wissen schien, was sie tat, jemals Zweifel gehabt hatte. Aber offenbar hatte sie die gleichen Selbstzweifel erlebt wie Cici jeden Tag.

»Mom, ich hatte ja keine Ahnung.«

»Gut. Ich bin froh. Und weißt du was, Cici, dein Baby wird auch nichts merken. Was auch geschieht, wenn du dein Kind nur liebst, ist es das Einzige, woran es sich erinnern wird.«

Cici musste schlucken, dachte an ihr kleines Mäuschen und wusste, wie sehr sie es jetzt schon liebte. Ihre Mutter hatte recht.

»Und jetzt, Cici, erzähl mir von dem Vater.«

»Er spielt eigentlich keine Rolle. Keiner von uns beiden hat das wirklich gewollt. Ich hatte zu viel getrunken. Und ich weiß, du hast mir immer gesagt, ich soll aufpassen.«

»Ich werde dich nicht verurteilen«, sagte ihre Mutter. »Meistens gebe ich dir einen Ratschlag, damit du nicht die gleichen Fehler machst wie ich.«

Erleichtert lächelte Cici ihre Mutter an. »Danke. Ich glaube, das wollte ich hören.«

»Was denn?«

»Dass du keine Superfrau bist.«

»Na ja, lass uns nicht übertreiben. Ich bin immer noch ganz schön toll«, sagte ihre Mutter augenzwinkernd. »Aber ich bin genau wie du auch nur menschlich. Was hast du jetzt vor? Du sagtest, du triffst jemanden.«

»Ja, und von ihm habe ich auch den Rat bekommen, wie ich mit der Situation umgehen soll. Er ist ein großartiger Mann, ein Freund von Hayleys Verlobtem. Er ist Anwalt und hat mir geraten, den Vater des Babys eine Verzichtserklärung unterscheiben zu lassen. Ich habe eine Anwältin beauftragt, und jetzt haben wir die Papiere fertig. Aber der Vater antwortet nicht auf meine Nachrichten. Ich wollte ihm nur mitteilen, dass ich ihm die Papiere schicken werde, und seine Postadresse erfragen.«

Ihre Mutter nickte. »Sollen Steve oder ich uns darum kümmern? Es würde mir nichts ausmachen.«

Auf keinen Fall. Cicis Mutter neigte dazu, ihre Familie zu sehr beschützen zu wollen. Sollte sie Rich an den Apparat bekommen, würde sie ihm womöglich eine Standpauke über gewissenlose Männer halten, die eine schwangere Frau sitzen ließen. »Danke, Mom, aber das muss ich allein regeln.«

»In Ordnung. Aber wenn du deine Meinung ändern solltest ...«

»Weiß ich, dass du da bist.«

»Das stimmt. Was den Mann angeht, mit dem du dich triffst ...«

»Das ist ein wenig kompliziert.«

»Wann ist es das nicht«, meinte ihre Mutter lachend. »Komm, lass uns noch ein paar Schritte machen, und dabei kannst du mir alles über ihn erzählen.«

Sie spazierten durch den Park, blieben bei einem Eisverkäufer stehen, um ein Zitroneneis zu kaufen, und dabei berichtete Cici ihrer Mutter von Hoop. Und während sie redete, wurde ihr einmal mehr bewusst, was für ein großartiger Mann er war und wie sehr sie fürchtete, sie könnte ihm wehtun.

12. Kapitel

Zwei Wochen später antwortete Rich ihr endlich, allerdings erst nachdem sie ihm geschrieben hatte, dass sie kein Geld wollte, sondern nur die Garantie, dass er sich nicht in ihr Leben und das ihres Babys einmischen würde, sobald es erst einmal auf der Welt war.

Cici und Hoop kamen sich näher, aber ihre Jobs nahmen sie beide sehr in Anspruch. Er war mit ihr nach Sag Harbor gefahren und hatte ihre Eltern und die Zwillinge kennengelernt, die den Rest ihrer Sommerferien genossen, bevor sie für die Abschlussklasse zum College zurückkehren mussten. Und ihre Mutter hatte Cici einen Karton mit Babysachen gegeben. Darin befanden sich Dinge von ihrem leiblichen Vater, die sie noch nie zuvor gesehen hatte. Sie war sehr gerührt.

Seitdem war sie nur einmal mit Hoop ausgegangen, und sie hatten sich einige Male geschrieben. Als sie jetzt im Büro war, piepte ihr Handy.

HOOP: Kannst du am Samstagabend mit mir essen? Ich muss etwas mit dir besprechen.

CICI: Ja. Komm zu mir. Ich koche uns was.

HOOP: *Klingt gut. Um sieben?*

CICI: *Okay. Bis dann.*

Sie legte das Handy auf ihren Schreibtisch und wandte sich wieder dem Computer zu. Aber sie musste einsehen, dass dieses eine Mal ihre geliebten Zahlen ihr keinen Trost spendeten.

Vielleicht weil auch die Zahlen unerbittlich waren. Sie hatte 280 Tage Zeit gehabt, um sich auf etwas vorzubereiten, für das ihr wahrscheinlich nicht einmal doppelt so viel Zeit gereicht hätte. Und jetzt waren 130 davon bereits verstrichen.

Immerhin machte sie Fortschritte darin, sich Rich gegenüber abzusichern. Sie bezweifelte sehr, dass er jemals irgendwelche Ansprüche stellen würde. Genau wie sie hatte wohl auch er ihre gemeinsame Nacht dem Alkohol zugeschrieben und bereute sie. Cici fragte sich nur, wie seine Familie reagieren würde, wenn sie von dem Baby erfuhr. Ob Richs Eltern ihr Enkelkind kennenlernen wollten?

»Steht es um unsere Finanzen so schlecht?«, fragte Iona, die in der offenen Tür lehnte.

Sie hatte das rote Haar zu einem Pferdeschwanz zurückgebunden und die Sonnenbrille auf dem Kopf.

»Nein, um die steht es sogar richtig gut. Ich glaube, mit dem Gewinn aus den zusätzlichen Kursen werden wir bis zum Ende des nächsten Quartals die Renovierung des ersten Stocks bezahlen können. Die kommen wirklich gut an«, sagte Cici.

»Schön.« Iona kam hereingeschlendert, setzte sich in einen der Besuchersessel und schlug ein Bein über das andere. »Meine Mom will, dass ich nach Griechenland reise. Dort soll ich einem *netten Jungen* vorgestellt werden.«

Cici lehnte sich zurück und freute sich, sich zur Abwechslung einmal mit den Sorgen eines anderen Menschen zu befassen statt mit den eigenen, wenn auch nur für einige Augenblicke. Außerdem war Iona sonst immer so stark – außer wenn es um ihre Mutter ging. »Sag Nein.«

»Das habe ich. Aber sie meint, hier würde ich mich nicht richtig umsehen, und … sie ist so hartnäckig, Cici. Ich sehe keinen Weg, ihr klarzumachen, dass sie mich diesbezüglich in Ruhe lassen soll, ohne ihre Gefühle zu verletzen.«

»Mit einem vorgetäuschten Freund?«, schlug Cici vor. Würde ihr Kind eines Tages mit seinen Freunden auch so über sie reden? Hoffentlich nicht. Aber Ionas Mutter war eine gute Mutter, und war es das, was eine gute Mutter ausmachte – sich ständig in die Angelegenheiten ihrer Kinder einzumischen?

»Einen vorgetäuschten Freund? Machst du Witze, Cici? Das funktioniert vielleicht in einer Soap, aber doch nicht bei meiner Mutter.«

Cici wurde klar, dass Io ernsthaften Kummer hatte.

»Das war doch nur Spaß, Io«, sagte sie. »Was ist wirklich los? Du kannst dir doch eine Ausrede einfallen lassen, um nicht nach Griechenland zu reisen. Im Laden ist viel zu tun, und wir brauchen dich hier. Etwas in der Art.«

Iona rieb sich den Nacken. »Entschuldige, dass ich dich

so angefahren habe. Ich glaube, meine Grandma hat eine Heiratsvermittlerin engagiert. Mom hat mir versichert, dass ich dieses Mal mit einem Mann zurückkommen würde.«

Cici wusste, wie sehr Iona bedrängt wurde zu heiraten. Sie war dreißig, so wie alle drei Freundinnen übrigens, und ihre Familie duldete zwar, dass sie beruflich ihren Weg ging, aber sie erwarteten schon, dass sie wie alle Frauen der Familie vor ihr einen griechischen Mann heiratete und viele griechische Kinder mit ihm bekam. Ihre Mutter hörte nicht auf, es Iona unter die Nase zu reiben. »Na schön. Dann geh einfach nicht zu dieser Heiratsvermittlerin.«

»Du hast natürlich recht. Aber andererseits denke ich …« Iona lehnte sich zurück, stieß von ihrem Sessel aus die Tür zu und wandte sich wieder Cici zu. »Ich bin irgendwie schon bereit, den nächsten Schritt zu gehen. Du bekommst ein Baby, Hayley ist verlobt, und ich lasse mich mit Typen ein, mit denen ich Spaß haben kann. Und das ist ja auch schön, aber ich weiß nicht, wie ich den Mann fürs Leben finden soll.«

Cici stand auf und kam um den Schreibtisch herum, um sich auf die Lehne von Ionas Sessel zu setzen und die Arme um ihre Freundin zu legen. »Keiner weiß das. Willst du denn, dass deine Familie einen Mann für dich aussucht?«

Iona zuckte mit den Schultern. »Nein. Meistens lautet meine Antwort nein. Aber weißt du, ich möchte nicht mein ganzes Leben lang allein bleiben. Ich dachte immer, irgendwann würde ich jemanden kennenlernen und eine Familie gründen, aber das ist nicht passiert. Teilweise liegt das an mir, weißt du. Ich habe hohe Ansprüche.«

Cici lachte. »Die höchsten. Ich weiß nicht, was ich dir raten soll, Io. Aber wofür du dich auch entscheidest, ich werde dich unterstützen.«

»Das weiß ich. Wahrscheinlich dachte ich, weil du doch selbst gerade mitten …«

»Im Chaos steckst?«, beendete Cici den Satz.

»Nein, mitten in dem Versuch, dein Leben auf die Reihe zu kriegen. Und ich dachte, vielleicht würdest du mir einen Ratschlag geben können.«

Cici schluckte gerührt. »Danke, Io. Das bedeutet mir sehr viel. Ich weiß nur nicht, was ich dir sagen soll, außer dass ich alles getan habe, um vor Hoop davonzulaufen. Und jetzt bin ich doch im Begriff, eine Beziehung mit ihm einzugehen. Ich glaube, wir können nicht vor unserem Schicksal fliehen, weißt du. Wie du dich auch entscheidest, wenn diese Heiratsvermittlerin einen Mann für dich hat und es so sein soll, dann wird er dich finden.«

Ionas Vorstellung von einer Flucht war ein Tag in einem Spa. Dort gönnten sie und Cici sich ein paar Tage später eine entspannende Massage und eine Maniküre und Pediküre, während sie über Gott und die Welt plauderten und einfach nur lachten und Spaß hatten. Zum ersten Mal seit Langem machte Cici sich keine Gedanken darüber, ob sie gut genug war. Für Io war sie es immer.

Sie sah zu ihrer Freundin hinüber, die gerade dabei war,

eine Nachricht zu schreiben. Erst heute war ihr klar geworden, dass es auch in Ionas scheinbar perfektem Leben Risse gab. Cici hatte Io immer beneidet und geglaubt, dass sie die Erfolgreichste von ihnen wäre. Hayley glänzte in der Küche, und der galt auch ihre ganze Aufmerksamkeit. Dort konnte sie sich vor der Welt verstecken und ihr traumhaftes Schokoladenkonfekt herstellen. Cici selbst stürzte sich auf ihre Zahlen, ordnete, addierte und subtrahierte, bis alles im Gleichgewicht war – bis das Baby und Hoop in ihr Leben getreten waren. Aber Iona hatte bisher immer alles gemeistert. Sie war diejenige gewesen, die stets zu wissen schien, wie man mühelos durchs Leben kam.

Jetzt begriff Cici, dass sie die ganze Zeit etwas für bare Münze genommen hatte, was gar nicht der Realität entsprach.

»Willst du heute Abend ›Hamilton‹ sehen?«

»Machst du Witze? Ich versuche seit Monaten, Tickets zu bekommen!«, rief Cici. Flüchtig dachte sie an ihre Pläne mit Hoop, aber sicher würde er es verstehen – schließlich ging es hier um eine Hamilton-Vorstellung. Außerdem hatte sie ein bisschen Angst, dass sie sich zu sehr auf ihn verließ und ihn zu einem Teil ihres Lebens machte, obwohl sie sich noch gar nicht gut und lange genug dafür kannten.

»Nein, ich mache keine Witze. Meine Mom versucht, mich damit zu bestechen, damit ich nach Griechenland fahre«, sagte Iona. »Dad kennt da offenbar jemanden.«

»Io, wenn wir die Karten nehmen, musst du dann nach Griechenland reisen?«, fragte Cici. »Denn dann lautet meine Antwort nein.«

Iona legte ihr Handy beiseite und wandte ihr das Gesicht zu, und noch nie hatte Cici diesen Ausdruck in den blauen Augen ihrer Freundin gesehen: Schicksalsergebenheit. Es war, als hätte sie aufgegeben, und Cici fragte sich, ob man etwas Ähnliches auch in ihren Augen sehen konnte. Sie hatte ihr Selbstwertgefühl verloren, und dabei war sie erst im ersten Trimester. Als Allererstes musste sie versuchen zu begreifen, was es bedeutete, Mutter zu sein. Niemand sollte sie ansehen, wie sie jetzt Iona ansah, und sie bemitleiden.

»Ich werde in jedem Fall nach Griechenland reisen. Es ist, wie du sagst. Das Schicksal kann man nicht ändern. Hoop und du seid voreinander davongelaufen, und jetzt geht ihr miteinander aus. Kosmisches Karma.«

Cici schüttelte den Kopf. Zwar wusste sie, dass Iona ein wenig abergläubisch war, aber sie selbst gehörte zu den Menschen, die sich lieber auf Fakten verließen. Zahlen konnten addiert werden und ergaben eine Summe. Zufälle nicht. Die kannten keine Regeln.

»Bist du dir sicher? Ich glaube, das habe ich vorhin nur gesagt, damit ich mich besser fühle. Weißt du, seit ich schwanger bin, kommt es mir so vor, als hätte ich jede Kontrolle über mein Leben verloren. Ich versuche, mich an die neue Situation zu gewöhnen, in die ich mich selbst gebracht habe. Und ich komme mir so dumm vor, jemals geglaubt zu haben … na ja, dass sich meine Gefühle für Hoop in Luft auflösen würden, wenn ich nur mit einem anderen Mann schlafe.«

Iona schüttelte den Kopf und musste dann lachen. »Oh, mein Gott, du klingst genauso, wie es in meinem Kopf gerade aussieht. Es ist, als würde ich in einem führerlosen Zug sitzen, der zu entgleisen droht, aber ich weiß nicht, wie ich aussteigen soll. Ich meine, meine Mom wird nicht aufhören, mich mit dem einen oder anderen verkuppeln zu wollen. Und wahrscheinlich ist der beste Weg, die Kontrolle zurückzugewinnen, diesen Typen zu treffen, den sie mir aufdrängt, und ihn zurückzuweisen.«

Cici lächelte. Der beste Plan kann schiefgehen, dachte sie insgeheim. Sie hatte sich von Rich verführen lassen, um zu vergessen. Keiner von ihnen hatte damit gerechnet, dass die eine Nacht – die eine Entscheidung – Konsequenzen haben würde, die ihr ganzes Leben auf den Kopf stellten.

Aber Iona hatte Angst. Cici wusste nicht, warum ihre Freundin sich so davor fürchtete, einen anderen Menschen zu nahe an sich heranzulassen. Iona musste Geheimnisse haben, von denen nicht einmal Cici und Hayley etwas wussten.

In jedem Fall wusste Cici keine Lösung für Ionas Problem, also war es besser, die Pläne ihrer Freundin zu unterstützen und für sie da zu sein, falls sie platzen sollten. Was ihr allmählich immer klarer wurde, war, dass Pläne nicht die Zeit wert waren, die man auf sie verwendete. Sie hatte geglaubt, alles unter Kontrolle zu haben, und Hoop stellte wieder alles auf den Kopf.

»Klingt gut. Wir können uns Hamilton also ohne schlechtes Gewissen ansehen?«

Iona nickte. »Ja, und du kannst auch jemanden mitbringen. Oder du kommst mit Hayley.«

»Hast du denn ein Date?«, fragte Cici.

»Äh, ja. Mom hat den Typen, den Grandmas Heiratsvermittlerin gefunden hat, schon herbeordert.«

»Du willst also, dass ich ihn unter die Lupe nehme?« Wer mochte der Mann sein, den die Heiratsvermittlerin für Iona ausgewählt hatte? Cici selbst hatte nie wirklich darüber nachgedacht, den perfekten Mann für sich aktiv zu suchen.

»So ungefähr. Würdest du es tun?«, fragte Iona.

»Klar. Und wenn Hoop nicht kann, komme ich mit deinem Bruder.«

Iona nickte. »Danke.«

»Ach was, wofür sind Freundinnen schließlich da«, meinte Cici. Sie schickte Hoop eine Nachricht, um zu fragen, ob er sie begleiten wollte – er sagte sofort zu.

Sie stellte fest, dass sie einen Anruf von ihrer Anwältin verpasst hatte, und das bereitete ihr doch ein wenig Sorge.

»Hoop kommt mit«, sagte sie zu Iona.

»Großartig.«

»Ich muss meine Anwältin kurz anrufen, Iona. Bin gleich wieder da.«

Sie zog sich in eine ruhige Ecke des Spas zurück und wählte Lilias Nummer.

»Cici, danke, dass Sie zurückrufen«, meldete sich Lilia. »Wie es aussieht, hat Rich Ihnen nicht seinen vollständigen Namen genannt. Er gehört zur Hallifax-Familie, und unsere Kanzlei vertritt ihn bereits.«

»Was bedeutet das?«

»Nur dass ich gegen einen unserer anderen Anwälte angehen muss, und zwar sogar gegen einen der Partner. Die Hallifax-Familie gehört zu unseren wichtigsten Klienten. Ich wollte Sie nur informieren, dass wir damit rechnen müssen, dass alles nicht so unkompliziert verlaufen wird, wie wir gehofft hatten. Ich werde Sie auf dem Laufenden halten.«

Nico Marinos sah nicht aus, als bräuchte er eine Heiratsvermittlerin. Allerdings war Iona noch nie bei einer gewesen, wer konnte also sagen, über welche speziellen Talente sie verfügten. Er sah gut aus auf die mediterrane Art griechischer Männer, war sonnengebräunt und geschmackvoll gekleidet. Er sprach mit englischem Akzent, und er und Hoop teilten beide ihre Liebe zu Booten. Offenbar entwarf Nico einige der teuersten Jachten weltweit.

Ionas Date bot Cici eine willkommene Ablenkung von den Sorgen, die sie sich seit dem Anruf ihrer Anwältin machte. Sie hätte wissen sollen, dass Rich sie angelogen hatte, was seinen Namen anging, und sie war beunruhigt, weil sogar sie bereits von der Hallifax-Familie gehört hatte. Sie hatten mit Schifffahrt und Politik zu tun und waren eine Dynastie ähnlich wie die der Kennedys. Und jetzt schickte sie ihnen einen Schrieb, in dem sie Rich aufforderte, alle Rechte auf das Baby abzutreten.

Die Männer gingen in der Pause hinaus, um Drinks zu besorgen, und Cici und Iona standen auf, um sich die Beine zu vertreten. Das Musical war unglaublich gut, aber heute konnte Cici sich einfach nicht darauf konzentrieren.

»Er scheint mir gar nicht so übel zu sein«, sagte sie. Es war schwer, an einem Mann Fehler zu finden, der mit seinem Lächeln in Hollywood große Karriere machen könnte.

»Sicher, er ist ganz nett, aber das liegt wahrscheinlich daran, dass er einen guten ersten Eindruck machen möchte«, sagte Iona. »Er riecht jedenfalls gut.«

Cici lächelte. »Schon einmal etwas, das für ihn spricht. Und er hat einen guten Job.«

»Cici, hör auf, mir ihn verkaufen zu wollen. Er ist einfach zu heiß, um eine Heiratsvermittlerin zu brauchen.«

»Vielleicht ist er genauso wählerisch wie du«, gab Cici zu bedenken und hob vielsagend eine Augenbraue.

Iona tippte sich mit der Fingerspitze gegen die Nase. »Genauso beschreibt meine Mutter den perfekten Mann für mich. Irgendwie stimmen mich das und sein gutes Aussehen misstrauisch. Wahrscheinlich hat er irgendwas zu verbergen.«

»Was denn zum Beispiel?«, fragte Cici. »Meinst du, es könnte sein wie bei Rich, der sich nur nach einer besonders schmerzhaften Trennung die Wunden lecken wollte? Meinst du das?«

Iona nickte. »Ja, genau das. Wir haben doch beide *Millionaire Matchmaker* im Fernsehen gesehen. Es ist sehr wohl möglich, dass auch ein reicher Mann Hilfe brauchen könnte, wenn es um Frauen geht, und ich finde ihn eigentlich richtig nett.«

»Wer ist nett?«, fragte Nico, der in diesem Moment zu ihnen trat und Iona ein Glas Champagner reichte.

Cici spürte, wie sie rot wurde, als ihr klar wurde, dass er ihre letzten Worte mitgehört haben musste. Hoop reichte ihr einen Plastikbecher mit Wasser und legte ihr den Arm um die Schulter, und sie sah ihn lächelnd an. Es war schon sehr schön, jemanden zu haben, auf den man sich stützen konnte.

»Du«, antwortete Iona, ohne zu zögern. »Ich werde mich nicht dafür entschuldigen, dass ich es seltsam finde, dass du die Dienste einer Heiratsvermittlerin in Anspruch nimmst.«

Mutig wie immer. Cici wandte das Gesicht leicht ab, um ihr Lächeln zu verbergen. Hoop strich ihr über den Rücken, und sie schaute ihn wieder an und sah ihn schmunzeln. Es war das erste Mal, dass sie ihn so erlebte. Er war vollkommen entspannt, und das gab ihr ein wunderbares Gefühl.

»Warum hast *du* eine aufgesucht?«, fragte Nico ungerührt.

»Meine Mom war das«, entgegnete Iona. »Ach, verdammt. Das lässt mich schlimmer dastehen als dich.«

Er lachte, und Cici fiel auf, dass Iona auch lächeln musste. Ihre Freundin fühlte sich zu ihrem Blind Date hingezogen. Nico trug eine Anzughose und ein Hemd mit einem dezenten Muster. Die drei obersten Knöpfe waren geöffnet und enthüllten ein Goldmedaillon und ein wenig von seinem Brusthaar. Seine Augen waren blau wie die Ägäis, und sein modisch geschnittenes Haar war schwarz wie die Nacht.

Er sah sehr gut aus, aber er brachte Cicis Herz nicht so zum Klopfen wie Hoop.

Hoop trug eine dunkle Jeans und ein lässiges gestreiftes

Hemd, bei dem nur der oberste Knopf offen stand und das er sich nicht in die Hose gesteckt hatte. Das braune Haar war ein wenig zerzaust, und Cici wusste, dass es daran lag, dass Hoop sich oft mit den Fingern durchs Haar fuhr, während er las. Es war ihr aufgefallen, als sie zusammen auf seinem Boot gewesen waren.

Sie betrachtete ihn und wurde von einem Gefühl erfasst, das sie lieber nicht analysieren wollte. Es war genau dasselbe Gefühl, das sie auch damals im Olympus gehabt hatte, als sie ihn kennengelernt und mit ihm getanzt hatte. Sie wusste, dass sie dabei war, sich ernsthaft in ihn zu verlieben. Im Grunde hatte sie sich schon in ihn verliebt, als sie sich zum ersten Mal begegnet waren.

Er zwinkerte ihr zu und drückte sie leicht an sich.

»Nichts könnte dich in einem schlechten Licht dastehen lassen«, sagte Nico in einem Ton, der zeigte, dass auch er Iona gern mochte.

»Hör dir erst einmal an, wie sie jemandem die Leviten liest«, meinte Cici scherzend.

»Sie hat recht. Ich kann manchmal fürchterlich sein«, gab Iona zu.

»Mir hat man auch schon gesagt, dass ich oft unerträglich bin«, sagte Nico.

Die Lichter gingen aus, und sie setzten sich wieder auf ihre Plätze. Hoop beugte sich zu Cici, und sie schloss die Augen und atmete sein Aftershave ein.

»Er gefällt mir. Und er scheint sich nicht von Iona einschüchtern zu lassen«, sagte er.

»Mir gefällt er auch. Er ist ganz und gar nicht wie die Typen, die sie sonst so kennenlernt«, antwortete Cici flüsternd. »Ich glaube, er könnte genau das sein, was sie braucht.«

Er legte den Arm auf den Rücken ihres Sitzes, und Cici schmiegte sich an ihn. In seiner Nähe fühlte sie sich geborgen. Aber sie sagte sich, dass sie sich nicht daran gewöhnen durfte. Dass er mit ihr reden, etwas mit ihr besprechen wollte. Aber in diesem Augenblick spielte das alles keine Rolle.

»Und was ist mit mir?«, fragte er.

»Was soll mit dir sein?«

»Bin ich das, was *du* brauchst?«

Sie atmete tief ein. Angst schnürte ihr die Kehle zu, sodass sie nicht antworten konnte. Cici fürchtete sich davor, ihm einzugestehen, wie wichtig er ihr inzwischen geworden war. Dass sie sich auf ihn verließ. Auf seine emotionale Unterstützung und auf so viel mehr. Aber das änderte nichts an der Wahrheit, die sie insgeheim schon längst erkannt hatte.

»Ja«, gab sie zu. »Das bist du.«

Während der zweite Akt von Hamilton mit seinen mitreißenden Hip-Hop-Songs seinen Lauf nahm, konnte Cici an nichts anderes denken als an diesen besonderen Augenblick. Das war es, was ihr bisher immer so schwergefallen war. Das Leben bestand aus Momenten, nicht aus Plänen. Das durfte sie nie wieder vergessen.

13. Kapitel

Hoop wünschte, er wäre heute Abend mit Cici auf seiner Jacht statt im dunklen Theater. Er wollte sie an seiner Seite haben, ganz für sich allein. Andererseits war es nett, ein Doppeldate mit ihrer Freundin zu haben, wenn die Vorstellung auch seltsam war, dass Iona mit einem ihr Fremden verkuppelt werden sollte. Allerdings war nichts im Leben so, wie es schien. Das wusste er inzwischen ganz genau.

Cici sang bei einem der Songs mit, bei *One Shot*, und er kam sich genauso vor wie Alexander Hamilton – ein Mann, der sich durch eigene Kraft einen Platz in der Welt erobert hatte. Hamilton hatte allerdings das Selbstvertrauen gehabt, sich zu nehmen, was er vom Leben wollte – die Frau, die Karriere und sein ganzes Leben. Während Hoop zögerte. Er zögerte immer. Es war nicht so, dass er glaubte, es nicht verdient zu haben, aber er hatte bereits so oft verloren … Inzwischen hatte er sich fast schon daran gewöhnt.

Und so wollte er sein Leben nicht führen.

Er hatte seine Karriere. Er hatte Vertrauen in sein Können und Wissen und wusste, was er tun musste, um alles in seinem Beruf zu erreichen. Inzwischen war er entschlossen, die Partnerschaft zu bekommen, für die er so hart gearbeitet hatte, und, verdammt noch mal, er würde auch die Frau bekommen, die er wollte.

Auf keinen Fall würde er aufgeben.

Jetzt war seine Zeit, der richtige Augenblick, und er würde ihn nutzen.

Verdammt noch mal, die aufwühlende Musik ließ ihn auf eine Weise über sein Leben nachdenken wie noch nie zuvor. Erstaunt schüttelte er den Kopf, als ihm auffiel, dass er wirklich schon anfing zu glauben, dass das Leben aus allem bestand, was er begehrte.

Er wusste, dass es so werden konnte, wenn er nur wollte.

»Ich treffe dich im Foyer«, sagte er leise zu Cici, stand auf und ging hinaus.

Er benahm sich, als hätte er den Verstand verloren. Bisher war er immer ein nüchtern denkender Mann gewesen. Warum meinte er plötzlich, dass das nicht mehr nötig wäre?

Sobald er im Foyer ankam, trat er zur Seite und stellte fest, dass mehrere Leute dasselbe taten. Alle waren mit ihren Handys beschäftigt. Er konnte vorgeben, er müsste im Büro anrufen und nach dem Rechten sehen, aber das wollte er nicht. Er wollte seine Zukunft nicht auf Lügen und Halbwahrheiten aufbauen. Seine Vergangenheit beruhte auf Angst und Entschlossenheit. Er war gern bereit, weiterhin entschlossen zu sein, aber seine Angst war wie eine riesige Lüge, die ihn irgendwann erdrücken würde.

So viele Jahre hatte er vorgegeben, alles wäre in Ordnung und er hätte sich wunderbar in die Gesellschaft eingefügt.

Und dann brauchte er nur mit einem Mann wie Nico zu reden, der die Schiffsbaufirma seiner Familie leitete, und es tat weh. Es traf ihn härter, als er wahrhaben wollte, denn es führte ihm vor Augen, was er alles nicht hatte. Er hatte kein Erbe, das er an seine Kinder weitergeben konnte.

Denn er war ein Mensch, den man nicht gewollt hatte, noch bevor er seinen ersten Atemzug getan hatte. Und obwohl er mit aller Macht darum gekämpft hatte, sich nicht davon bestimmen zu lassen, wusste er doch insgeheim, dass er es nicht verhindern konnte. Tief in ihm war er noch immer das Kind, das niemand wollte und das viel zu lange von einer Pflegefamilie zur nächsten geschubst worden war.

»Hoop, alles in Ordnung?«

Nein, nichts war in Ordnung. Hoop hatte das Gefühl, dass es auch noch lange so bleiben würde. Aber Cici hatte ihn verändert. Sie hatte Dinge in ihm geweckt, die er so tief in sich vergraben hatte, dass er fast vergessen hatte, dass es sie überhaupt gab.

Aber das würde er ihr nicht verraten.

Er sah sie an, wie sie vor ihm stand – so süß, so sexy. Aber heute kam sie ihm vor wie ein Racheengel, der von ihm verlangen würde, sich der Wahrheit zu stellen. Und für sie wollte er ja auch der Mann sein, den er immer vor dem Rest der Welt verbarg.

Heute Abend allerdings kam er sich nicht halb so groß und stark vor, wie er gern für sie gewesen wäre. Stattdessen spürte er seine Lebensgeschichte wie einen schweren Mühlstein um seinen Hals.

Er hatte einen flüchtigen Blick auf ein Leben geworfen, von dem er nicht gewusst hatte, wie sehr er es sich wünschte. Wie sehr er es brauchte. Und wann immer er sich zu sehr an jemanden geklammert hatte, war dieser Jemand aus seinem Leben verschwunden. Vierzehn Jahre waren vergangen, bevor er einen Platz bei den Fillions gefunden hatte, und selbst dort war es ihm schwergefallen, darauf zu vertrauen, dass er wirklich dazugehörte.

Wenn er nun genauso lange brauchen würde, um sich an Cici zu gewöhnen? Er konnte sie schließlich nicht bitten, auf ihn zu warten, bis er sich über sein Leben klar geworden war und sich in ihrer Nähe wirklich wohlfühlen konnte. Das wäre lächerlich, aber insgeheim hatte er Zweifel, ob es ihm jemals gelingen würde, die Vergangenheit hinter sich zu lassen und vorbehaltlos nach vorn zu schauen.

Selbst unendlich viele Stunden auf dem Laufband würden ihm nicht helfen, mit sich ins Reine zu kommen. Er musste akzeptieren, wer er war, aber heute Abend hatte er vor allem Angst zu erfahren, was Cici wirklich von ihm hielt.

»Ja, entschuldige. Ich musste kurz im Büro anrufen«, log er. Verdammt, das hatte er nicht tun wollen. Aber er fühlte sich überfordert, und eine bessere Antwort war ihm auf die Schnelle nicht eingefallen.

»Macht nichts. Ich musste auf die Toilette und dachte, ich sehe mal nach dir. Ich weiß nicht, ob ich mich an diesen Teil der Schwangerschaft gewöhnen werde«, sagte sie und lachte. »Als ob das die größte Herausforderung wäre.«

»Deswegen dauert die Schwangerschaft wohl neun Monate, damit man sich auf die eigentlichen Schwierigkeiten vorbereiten kann«, meinte er neckend.

»Da könntest du recht haben. Ich frage mich nur, ob neun Monate reichen.«

»Wahrscheinlich nicht«, sagte er. Mit ihr zu reden beruhigte ihn.

»Danke.«

»Wofür?«

»Dafür, dass du da bist. Obwohl ich mich wie ein ungezogenes Kind angestellt und dich so oft abgewiesen habe«, meinte sie mit einem vergnügten Lächeln.

»Gern geschehen«, antwortete er und fühlte sich auf einmal sehr viel wohler.

Nach einem gemeinsamen Essen in einem Restaurant im Bryant Park ließen sie Iona und Nico allein zurück und verabschiedeten sich. Cici hatte kein Taxi nehmen wollen, also begleitete Hoop sie nach Hause. Es war ein milder Sommerabend. Hoop hatte beim Essen ein paar Biere getrunken und fühlte sich angenehm beschwipst. Er hielt ihre Hand locker in seiner, und seine Gedanken wanderten ziellos umher. Ausnahmsweise grübelte er einmal nicht über die Zukunft nach und über die Dinge, die auf Cici und ihn zukommen würden.

»Als ich ein Kind war und bevor ich zu meinen Eltern kam, habe ich oft zum nächtlichen Himmel hinaufgesehen und gedacht, irgendwo wäre jemand auf der Suche nach mir«, sagte er. Verflucht, woher kam denn das jetzt?

Sie schlenderten gerade auf einem Weg durch den Central Park, der nicht überall erleuchtet war. Auf einigen Bänken saßen Liebespaare, die die Dunkelheit auf die beste Weise ausnutzten.

Cici legte den Kopf in den Nacken und blickte zum Himmel hinauf. Hoop fragte sich, was sie wohl sah. So viel sie ihm auch anvertraut hatte, war Cici doch noch immer ein großes Geheimnis für ihn. »Deine Eltern haben nach dir gesucht. Und sie haben dich gefunden.«

Er nickte. Er durfte nicht vergessen, was für ein großes Glück er gehabt hatte. »Du hast recht. Es ist so leicht, immer nur das zu sehen, was nicht nach Plan läuft, dabei hält das Universum für jeden von uns ein persönliches Wunder parat. Es ist nur eine Frage der Perspektive.«

Cici hob eine Augenbraue und legte sich die Hand auf den Bauch. »Ich kann noch nicht so ganz begreifen, was das Universum sich dabei dachte, als es mir dieses Wunder bescherte.«

Hoop lachte. In letzter Zeit schien Cici ihre Schwangerschaft mit anderen Augen zu sehen. Wie es aussah, hatte sie sich an die neue Situation gewöhnt. Und es hatte auch geholfen, dass sie Rich kontaktiert und eine rechtliche Lösung für seine Rolle als Vater gefunden hatte. Hoop glaubte allerdings auch, dass Cici anfing, sich wohler zu fühlen in ihrer Haut – und mit dem Baby, das in ihr wuchs.

»Ein weiserer Mann als ich muss dir darauf eine Antwort geben«, sagte er. »Wenn es ums Leben geht, bin ich ein blutiger Laie. Aber irgendwie ergibt alles einen Sinn, wenn ich jetzt darüber nachdenke.«

»Alles?«

»Na ja, nicht alles, aber das meiste. Ich glaube, wenn wir beide in jener Nacht im Olympus zusammengekommen wären, wäre es nicht mehr als eine Affäre geworden. Keiner von uns beiden war bereit zu etwas Ernsthafterem. Also ist das vielleicht alles so passiert, um uns zu zwingen, uns gegenseitig in einem ganz anderen Licht zu sehen.«

»Das gefällt mir«, meinte sie.

Sie gingen eine Weile stumm weiter, ihre Hand noch immer locker in seiner, und dann wies Cici zum Himmel.

»Siehst du das? Ich dachte immer, es wäre ein Stern, bis ich herausfand, dass es ein Satellit ist. Als ich noch ein Teenager war, dachte ich immer, es wäre mein Dad, der auf mich herabblickt. Zu Hause lief es nicht so toll. Die Zwillinge hatten eine wilde Phase, die sie nie wirklich hinter sich gelassen haben, wie ich manchmal denke, und ab und zu lag ich im Garten und schaute ganz einfach zum Himmel hinauf und sprach mit dem Stern, als wäre er mein Dad. Er fehlte mir, obwohl ich ihn gar nicht kannte.«

Hoop blieb stehen und zog Cici mit sich zur Seite, sodass sie einem anderen Paar nicht den Weg versperrten. »Mir fehlen meine leiblichen Eltern auch. Wenn ich manchmal etwas tue, was weder meine Pflegemutter noch mein Pflegevater tun würde, oder eine starke Abneigung gegen einen Duft oder ein Gericht habe, frage ich mich, ob es sich um eine Ähnlichkeit mit meinen leiblichen Eltern handelt. Meine leiblichen Eltern, die mich gezeugt und dann einfach vergessen haben.«

Cici drückte ihn fest an sich. Sie schlang die Arme um ihn und gab ihm das Gefühl, nicht allein zu sein. Auch er hielt sie fest umschlungen, wollte ihr nicht in die Augen sehen, nicht das Mitleid sehen – oder was immer sie sonst für ihn empfand.

Allmählich fing er an zu glauben, dass Cici seine ganz persönliche Feuerprobe war. Denn bei jeder anderen Frau war er bisher der selbstbewusste Anwalt gewesen, der keine Zweifel kannte, und der gut gekleidete Mann, dessen Eltern ein Sommerhaus in Montauk hatten und ein tolles Apartment in Queens, wo er aufgezogen worden war.

Aber Cici brachte ihn auf den Boden der Tatsachen zurück. Sie hatte etwas an sich, das alles Oberflächliche an ihm fortriss und sein wahres Ich enthüllte, das er viel zu lange vor sich und anderen verborgen gehalten hatte.

Er hasste es.

Und gleichzeitig war er abhängig davon. Seine Vergangenheit war ein wenig wie ein schmerzender Zahn, den er immer mit der Zungenspitze berührte, obwohl es dann noch mehr wehtat.

»Es tut mir so leid, dass du das durchmachen musstest, Hoop. Zwar hat es dich zu dem Mann gemacht, der du heute bist, aber ich wünschte mir deinetwegen, deine Kindheit wäre leichter gewesen.«

Sie gingen weiter. »Wenn du es so ausdrückst, klingt es ganz schrecklich. Aber um ehrlich zu sein, kann ich mir keine anderen Eltern als meine vorstellen. Ich würde nur gern etwas mehr über meine leiblichen Eltern wissen. Das ist einfach eine große Leerstelle in meinem Leben. Und es ist ja nicht so, dass ich eine Beziehung zu ihnen aufnehmen würde. Ich wüsste nur gern, wer sie sind und wie sie zusammengekommen sind.«

Cici verschränkte die Arme vor der Brust und rieb sie, als wäre ihr kalt. »Genau das bereitet mir Kopfzerbrechen, wenn ich an mein Baby denke. Ich meine, ich werde ihm alles erklären müssen, aber wie? Es ist eine Sache, mit einem Erwachsenen zu reden, aber mit einem Kind? Irgendwie muss ich mir etwas einfallen lassen.«

»Du wirst das schon schaffen.«

»Meinst du?« Cici schüttelte den Kopf. »Ich wünschte, ich hätte dein Selbstvertrauen.«

»Das hast du doch. Ich glaube, du wirst eine großartige Mutter sein«, sagte Hoop, während sie auf das Apartmentgebäude in Central Park West zuhielten, in dem Cici wohnte.

»Wirklich? Aber warum? Bis jetzt war ich doch eher planlos, zumindest was das Baby betrifft«, meinte sie kläglich.

»Schon dass du dir Gedanken darüber machst, wie du es dem Baby sagen sollst, und dass du jetzt schon darüber nachdenkst, sagt mir, was für eine Mutter du sein wirst, Cici.«

Ihr Apartment war inzwischen ein Zuhause geworden. Cici hatte sich eingelebt. Es war zwar immer noch wie von einem Innenarchitekten eingerichtet, aber Cici hatte ihren ganz persönlichen Stil hinzugefügt. Hoop war ebenso verzaubert von ihrem Apartment wie von ihr.

Er wollte hierbleiben. Er wollte hier einziehen, sich niederlassen und nie wieder gehen. Und er beneidete ihr Kind. Cici hatte eine wahre Oase mitten in der Stadt erschaffen. Einen Ort, wo man …

»Hoop?«

»Hm?«

»Möchtest du bleiben?«, fragte sie behutsam.

»Ich muss früh ins Büro«, entgegnete er. »Aber wenn dir das nichts ausmacht, würde ich gern bleiben.«

»Es macht mir überhaupt nichts aus«, sagte sie.

»Gut.« Er brauchte nicht einmal darüber nachzudenken. Er zog sie einfach an sich und küsste sie, bis ihre Brille verrutschte, und Cici schlang die Arme um ihn, als er sie hochhob und durch das Apartment zur geschwungenen Treppe trug, die zu ihrem Schlafzimmer führte.

Hoop wusste plötzlich, dass er sich keine Sorgen zu machen brauchte über die Last der Vergangenheit oder darüber, was die Zukunft bringen mochte. Die Zukunft gehörte ihm. Er hielt sie in diesem Moment in seinen Armen.

Er war es leid, sich ständig zu fühlen, als wäre er nicht gut genug und sollte für das kleinste bisschen dankbar sein, das er bekam. Nein, er war gut genug – gut genug für Cici und ihr kleines Mäuschen.

Der heutige Abend hatte es ihm gezeigt. Er hatte mit ihr gemeinsam ihre Freundin zu einem Blind Date begleitet, einen Mann erlebt, der versucht hatte, Eindruck zu machen, und dabei etwas sehr Wichtiges erkannt, was ihm bisher nicht klar gewesen war.

Jeder hatte Angst, nicht gut genug zu sein.

Er stellte Cici neben ihrem Bett auf die Füße. Unzählige Kissen und eine Steppdecke mit Blumenmuster schmückten das Bett. Auf den Nachttischen stand jeweils eine Lampe, nur auf einem ein altmodischer Wecker mit rotem Digital-Display statt einer Halterung für ihr Smartphone. Cici war eine liebenswerte Mischung aus altmodisch und fortschrittlich.

»Geht es dir gut?«, fragte sie.

»Ja. Besser, als ich gedacht hätte.«

»Gut. Ich … ich habe da über etwas nachgedacht.« Sie setzte sich auf den Bettrand und beugte sich vor, um ihre Sandaletten zu öffnen, doch Hoop ging vor ihr in die Hocke und nahm ihr die Arbeit ab.

Cici strich ihm übers Haar, und wie immer brachte sie es mit nicht mehr als einer leichten Berührung fertig, seine innere Wildheit zu besänftigen – den Unruhestifter tief in ihm, der nie weit entfernt zu sein schien und immer kurz davor war aufzubegehren.

»Worüber hast du nachgedacht?« Er stellte ihre Sandaletten ordentlich zur Seite. Dann zog er seine Schuhe aus und legte Gürtel und Brieftasche auf einen kleinen Tisch, den sie gerade eigens für ihn geholt hatte.

Sie hatte ihm sozusagen einen Platz in ihren vier Wänden gegeben. Genau wie er es auch für sie getan hatte. Aber seine Wohnung war wie eine Absteige und Cicis fühlte sich eher an wie ein Zuhause.

»Möchtest du hier einziehen?«

»Was?«

Er war nicht sicher, ob er richtig gehört hatte. Langsam drehte er sich zu ihr um, ging zu ihr hinüber und setzte sich neben sie aufs Bett.

»Möchtest du mit mir zusammenleben?«, fragte sie.

»Ja. Mehr als alles andere. Bist du sicher?«

»Ja und nein«, meinte sie mit einem kleinen Lachen. »Ich möchte dich bei mir haben, aber ich habe keine Ahnung, wie die nächsten vier Monate sein werden. Natürlich wird mein Bauch immer größer werden, und ich will nicht, dass du auch nur für einen Moment glaubst, ich hätte dich deswegen gebeten, mit mir zusammen zu sein.«

Sie würde Hilfe brauchen, aber die hätte er ihr in jedem Fall angeboten. Cici bedeutete ihm viel, wahrscheinlich mehr, als er sich eingestehen wollte, weil er sonst vielleicht alles verderben würde. »Warum bittest du mich also darum?«

»Heute Abend während Ionas Date wurde mir klar, wie wichtig du mir geworden bist. Und dass ich mir wünsche, dich an meiner Seite zu haben. Ich habe gezögert und wollte abwarten, bis alles perfekt ist. Aber im Leben ist nichts perfekt, nicht wahr?«

»Nein, nichts.« Er hob sie vom Bett und setzte sie sich auf den Schoß. Dann drehte er sich zur Seite und legte Cici neben sich aufs Bett. Sie sah ihn zögernd an, wie sie es manchmal tat.

»Was ist?«, fragte er.

»Ich werde jetzt ziemlich viel zunehmen. Mein Bauch ...«

Er schob ihre Bluse hoch, um den ganz leicht gewölbten

Bauch zu betrachten, in dem ihr Mäuschen wuchs. Wie sehr er wünschte, es wäre sein Baby.

Verdammt. Das hatte er sich bislang nicht einmal selbst eingestanden, aber es war nun einmal die Wahrheit. Er beugte sich vor und küsste ihren Bauch, und Cici legte ihm die Hand auf den Kopf. »Ich sehe nichts, das ich nicht wunderschön fände.«

»Oh, Hoop.«

»Oh, Cici«, erwiderte er überwältigt von den intensiven Gefühlen, die ihn durchfluteten. Er wollte sie in seinem Bett, und das nicht nur heute. Allmählich begann er zu glauben, dass selbst eine Ewigkeit mit ihr ihm nicht genügen würde. Nichts auf der Welt würde ihn je dazu bringen, sie oder ihr Baby zu verlassen.

Ihre Hand auf seinem Kopf, zog Cici ihn zu sich herauf, und er rutschte höher und küsste sie. Es war ein langer, tiefer Kuss, mit dem Hoop ihr zeigen wollte, was er empfand, da er befürchtete, es nicht in Worte fassen zu können. Er sehnte sich danach, sie für immer in seinem Leben zu haben, aber das Leben war unberechenbar. Und er hatte Angst, mit ihr über die Zukunft zu sprechen, also entschied er sich stattdessen dafür, sie zu lieben.

Langsam zog er sie aus und streichelte jeden Zentimeter ihres Körpers, und als er in sie eindrang, sahen sie einander in die Augen, und Hoop spürte etwas so Überwältigendes, dass er den Blick senken musste. Als sie beide tief befriedigt nebeneinanderlagen, drückte Hoop sie an sich, deckte sie zu und ließ sie die ganze Nacht nicht wieder los.

Hoop fürchtete, nicht schlafen zu können, weil diese Nacht so besonders war. Jetzt sollte ihr Zuhause auch seines werden. Sie würden zusammenleben.

Sie rührte sich seufzend und schmiegte sich dichter an ihn, und er schlang den Arm um sie, sah sie an und wurde von nie gekannten Gefühlen durchströmt. Er hatte Angst, diese Gefühle zu analysieren. Also flüsterte er lieber Cicis Namen und drückte sie an sich.

14. Kapitel

Hoop wachte früh auf und liebte Cici noch ein weiteres Mal, bevor er sie im Bett zurückließ, wo sie fast sofort wieder einschlief. Am liebsten hätte er sich krankgemeldet, um nicht ins Büro gehen zu müssen – das erste Mal seit sehr langer Zeit.

Aber dann tat er es doch nicht. Er hatte noch das ganze Leben, um mit Cici zusammen zu sein. Trotzdem verließ er nur ungern das Apartment. Er fuhr mit einem Taxi nach Hause, wo er das Nötigste packte, um den Abend wieder bei Cici verbringen zu können.

Drei Sitzungen, eine nach der anderen, nahmen ihn zuerst in Anspruch, und danach musste er noch eine eidesstattliche Aussage für den Fall diktieren, an dem er gerade arbeitete. Er hoffte, die Arbeit so früh wie möglich beenden zu können. Die ersten zwei Sitzungen dauerten allerdings recht lange, und als er endlich aus dem Konferenzraum im fünfzehnten Stock trat, wartete seine Kollegin Lilia auf ihn.

»Hoop, hast du eine Minute?«, fragte sie.

»Natürlich. Was gibt's?«

»Ich weiß nicht genau, womit ich anfangen soll«, meinte sie und kaute nachdenklich auf ihrer Unterlippe. »Ich wollte dich aber informieren, weil du mit meiner Klientin befreundet bist und sie an mich verwiesen hast. Außerdem glaube ich, dass Martin dich in die Sache mit einbeziehen wird.«

»Geht es um Cici?«

»Ja. Der Vater ihres Kindes ist bereits Klient unserer Kanzlei.«

»Wieso wussten wir das nicht?«, fragte Hoop.

»Wir hatten nur den Namen Rich Maguire, aber als ich seine Adresse eingab, stellte sich heraus, dass er in Wirklichkeit Richmond Maguire Hallifax III. ist. Martin vertritt seine Familie seit Jahren. Ich wollte es mit dir besprechen, besonders da er dich als Juniorpartner in Betracht zieht.«

»Er hat das dir gegenüber bereits erwähnt?«, hakte Hoop nach. Aber natürlich hatte er das. Martin ließ Hoop an all seinen Fällen mitarbeiten, um den anderen Partnern zu zeigen, dass er ein würdiger Kandidat war. Von diesem Fall würde Hoop sich allerdings befreien lassen müssen, und das konnte ziemlich unangenehm werden.

»Danke, Lilia.«

»Hast du ein wenig Zeit, um mit mir darüber zu reden?«, fragte Lilia.

»Natürlich. Lass uns das in meinem Büro besprechen.« Er ging ihr voraus, und Lilia folgte ihm den Flur hinunter. Hoop war schon dabei, zu überlegen, wie er die Situation mit Martin am besten regeln konnte.

»Martin wartet in Ihrem Büro auf Sie«, begrüßte seine Sekretärin Abby ihn, als er das Vorzimmer betrat.

»Danke. Stellen Sie erst mal keine Anrufe zu mir durch«, bat er.

»Logisch«, sagte sie mit einem Augenzwinkern.

Er schüttelte den Kopf, bevor er und Lilia sein Büro betraten. Martin saß nicht in einem der Besuchersessel, sondern stand am Fenster, durch das man hinunter auf die geschäftige Straße blicken konnte. Hoop stellte seine Tasche auf den Schreibtisch und ging zu seinem Chef hinüber.

»Guten Tag, Sir.«

»Hoop, entschuldigen Sie, dass ich einfach unangemeldet vorbeikomme. Oh, Lilia, ich bin froh, dass Sie ebenfalls hier sind«, sagte Martin.

Lilia sah allerdings weniger begeistert aus, und Hoop gab ihr ein Zeichen, Platz zu nehmen.

»Ich fühle mich überaus geehrt, Martin, dass Sie mich an Ihren Fällen mitarbeiten lassen«, sagte er ohne Umschweife. »Aber wenn es um den Johnson-Maguire-Fall geht, dann sollten Sie wissen, dass Johnson und ich eine Beziehung haben. Ich hatte keine Ahnung, dass unsere Kanzlei Rich Maguire vertritt, als ich Johnson an Lilia verwies. Ich bin es sogar gewesen, der ihr vorschlug, die Papiere zusammenzustellen und sie unterschreiben zu lassen.«

Die Stille kam ihm plötzlich richtig unheimlich vor, und er fragte sich, ob es nicht doch besser gewesen wäre zu lügen. Aber die Wahrheit schien in dieser Situation der einzige Weg zu sein. Und er hing an seiner Arbeit. Er wollte nichts tun, um sie aufs Spiel zu setzen.

»Ich hätte dasselbe getan«, sagte Martin. »Sie waren selbst in Heimen und wissen, wie wichtig es ist, dass in Bezug auf

Kinder in juristischer Hinsicht alles gründlich geregelt sein muss. Es gibt keinen anderen Weg, zu gewährleisten, dass alle Parteien sich vernünftig verhalten. Ich denke, es wäre in jedermanns Interesse, wenn ich Sie von dem Fall befreie. Was wirklich sehr schade ist, weil die Familie Hallifax zu unseren ältesten Klienten gehört.«

»Könnte das ein Problem werden?«, fragte Hoop.

»Es ist auch schon vorgekommen, dass wir beide Parteien vertreten, aber es ist nicht die Art und Weise, wie ich diese Kanzlei führen möchte. Erzählen Sie mir von dieser Frau«, sagte Martin.

»Sie ist die Freundin eines Freundes. Keiner von beiden hat mit Konsequenzen gerechnet – es war nur eine Nacht«, entgegnete Hoop zögernd. Er war nicht sicher, wie viel er seinem Chef sagen sollte. Aber so viel hatte Rich seiner Familie bestimmt auch verraten.

»Okay. Nun, das verkompliziert die Dinge ein wenig. Die Hallifax wussten nichts von dem Baby, bevor die Papiere bei ihnen eingingen. Ich ... ich fürchte, daran bin ich schuld. Ich nahm an, wir würden Rich vertreten, und rief die Familie an. Sie möchten die Mutter sehen und ihr Enkelkind besuchen dürfen.«

»Er sagte zu ihr, sie solle das Kind loswerden und er wolle nichts mit ihm zu tun haben. Also handelt sie jetzt so, als wäre das Kind ihres allein«, warf Lilia ein. »Sie bat mich trotzdem, ihn zu kontaktieren und zu fragen, ob er bereit wäre, das Kind zu sehen, falls es ihn später kennenlernen wollte.«

»Gut, klingt mir so, als wäre sie eine vernünftige Frau«, sagte Martin.

Hoop war nicht sicher, was Cici davon halten würde, Richs Eltern zu treffen. Und außerdem kam es ihm nicht richtig vor, an diesem Gespräch beteiligt zu sein. »Ich glaube wirklich, ich sollte mich von jetzt an wegen Befangenheit aus der Angelegenheit raushalten«, sagte er.

»Das glaube ich auch.« Lilia nickte zustimmend.

»Entschuldigen Sie, Hoop. Ich möchte nur die besten Ergebnisse für alle Beteiligten erzielen«, meinte Martin. »Lilia und ich werden dieses Gespräch in meinem Büro fortsetzen.«

Sobald beide gegangen waren, trat Hoop an seinen Schreibtisch und nahm sein Handy zur Hand.

Cici und er standen gerade erst am Anfang ihres gemeinsamen Lebens. Wie es aussah, war das Baby schon jetzt von vielen Familienmitgliedern umgeben – und darüber freute er sich. Er hatte außer seiner Mutter niemanden gehabt, und die hatte ihn im Krankenhaus zurückgelassen. Es hatte keine Großeltern gegeben, die sich für ihn interessiert hätten. Doch Cicis Kind würde nicht ganz allein dastehen.

Er setzte sich in seinen Sessel und legte das Handy wieder weg. Diesen Anruf musste er von seinem Bürotelefon aus erledigen. Es ging um einen Fall, nicht um etwas Persönliches. Aber wie konnte irgendetwas, das mit Cici zu tun hatte, je rein beruflich sein? Er sah auf die Uhr und wusste, dass sie in ihrem Büro im Candied Apple Café sein musste.

Wahrscheinlich kalkulierte sie Preise für Kurse, die Hayley im Herbst anbieten wollte.

Er wählte ihre Nummer und lauschte dem Klingelton. Als es klickte, hielt er den Atem an. Insgeheim hatte er gehofft, die Mailbox würde sich melden.

»Candied Apple Café, Cici am Apparat.«

»Cici, ich bin's, Hoop. Wir müssen reden«, sagte er.

Einige Sekunden herrschte Stille. »Hast du heute Morgen das Poster von Rich am Time Square gesehen? Geht es darum?«

Er öffnete seinen Computer, als seine Sekretärin den Kopf zur Tür hereinsteckte. »Kaffee?«, formte sie lautlos mit den Lippen.

»Wodka«, gab er ebenso lautlos zurück.

Sie hob die Augenbrauen und zog sich wieder zurück.

Cici wickelte sich die Telefonschnur um den Finger. Sie hätte vielleicht irgendwann gestern erwähnen sollen, dass Rich im Begriff war, eine Hollywoodkarriere zu starten, aber sie hatte einfach zu viel Spaß gehabt. Und wirklich das Gefühl gehabt, Hoop und sie könnten ein richtiges Paar werden.

»Nein. Was für ein Poster?«

»Na ja, die Fernsehshow, die er erwähnte, scheint zu einem riesigen Erfolg geworden zu sein. Offenbar ist er einer der heißesten Senkrechtstarter in Hollywood, und dem Artikel zufolge, den Iona mir gestern Nacht geschickt hat, ist die Show ein Hit.« Sie griff nach dem Fläschchen mit dem

Saft, der angeblich gegen Sodbrennen half, und roch daran. »Ich nehme mal an, deswegen wollte er auch nichts mit dem Baby zu tun haben.«

»Davon habe ich noch gar nichts gehört«, sagte Hoop. »Wie heißt die Show denn?«

»Ich schicke dir den Artikel. Wenn es aber nicht um ihn geht, warum rufst du dann an?«

»Ich wollte dich nur über den neuesten Stand in deinem Fall aufklären. Und ich rufe auch einfach nur als dein Liebhaber an.«

Plötzlich war Cici ganz warm ums Herz, und sie errötete vor Freude. Genau aus diesem Grund hatte sie das Poster gestern Abend nicht zur Sprache gebracht.

»Was gibt's also Neues?«

»Unsere Kanzlei vertritt die Hallifax-Familie. Das ist Richs ganzer Name – Richmond Maguire Hallifax III., und als die Papiere bei uns eingingen, bekam mein Chef sie auf den Tisch, da er die Hallifax schon seit Urzeiten vertritt. Er kontaktierte Richs Eltern, in der Annahme, sie wüssten Bescheid. Aber das war nicht so. Und jetzt möchten sie dich treffen und das Kind kennenlernen.«

Sie ließ den Hörer fallen. Sterne tanzten ihr vor den Augen. Sie schluckte mühsam, dann spürte sie ein scharfes Brennen in der Kehle, drehte sich abrupt um und griff nach dem Papierkorb – gerade rechtzeitig, bevor sie sich übergeben musste. In ihren Ohren klingelte es, und sie hörte Hoops Stimme wie aus weiter Ferne, aber sie konnte nur rasch den Kopf senken, bevor ihr schon wieder übel wurde.

Richs Eltern wollten ihr Kind kennenlernen. Cici hatte gehofft, dass ihr Baby irgendwann Kontakt zu der Familie seines Vaters haben würde, aber sie war nicht sicher, was sie davon hielt, dass es schon so bald geschehen sollte.

»Cici ... oh, mein Gott, geht es dir gut?«, fragte Hayley.

Cici sah auf. Ihre Kehle brannte, sie konnte kaum etwas sehen, weil ihre Augen tränten, und als sie schließlich Hayley erkannte, war es zu viel für sie. Sie versuchte, ihrer Freundin zu erzählen, was los war, aber sie brachte nur einen Strom von unzusammenhängendem Unsinn hervor.

»Nein, es geht mir nicht gut ... Richs Eltern ... er ist berühmt, das Baby gehört nicht nur mir allein ... was soll ich nur tun?«, stotterte sie unglücklich.

Hayley kniete sich neben ihren Sessel, schob den Papierkorb beiseite und umarmte Cici. »Ich weiß nicht, aber du bist nicht allein. Ich bin immer für dich da, das weißt du.«

Cici nickte. Allmählich beruhigte sie sich wieder.

»Atme ein paarmal tief durch«, meinte Hayley sanft.

Cici schloss die Augen, ließ den Kopf in den Nacken fallen und atmete tief ein. »Okay. Ich ... ich muss mir die Zähne putzen. Oh, verdammt, Hoop!«

Sie griff nach dem Telefon, während Hayley eine Schublade aufzog und Cicis Zahnbürste und -pasta herausholte.

»Hoop?«

»Gott sei Dank. Geht es dir gut?«, fragte er.

Sie hörte die Sorge und Angst in seiner Stimme, und es versetzte ihr einen Stich. Er war ein so guter Mann, der beste, den sie jemals kennengelernt hatte. Und er hatte es wirklich nicht verdient, unter ihren Schwierigkeiten leiden zu müssen.

»Ja. Entschuldige bitte. Das müssen meine Hormone gewesen sein … na ja, nicht nur. Ich bin wohl ein wenig in Panik geraten. Hör zu, kann ich dich zurückrufen, um mit dir darüber zu reden? Ich nehme an, ich werde irgendwie reagieren müssen.«

»Ja, das stimmt. Du musst entscheiden, ob du die Großeltern des Babys treffen willst. Lilia wird sich mit dir in Verbindung setzen.«

»Okay. Vielen Dank. Es tut mir leid, dass du zwischen die Fronten geraten bist.«

»Ich stehe nicht zwischen den Fronten. Ich bin an deiner Seite«, sagte er.

So verlässlich, so furchtlos. Cici wusste nicht, was sie sagen sollte. Insgeheim musste sie sich eingestehen, dass sie sich am liebsten ganz seiner Führung überlassen hätte. Denn sie hatte nicht die geringste Ahnung, wie ihr nächster Schritt aussehen sollte. Erst jetzt fiel ihr auf, dass Hayley das Büro verlassen hatte.

»Bist du sicher, dass du mich noch willst?«, fragte Cici. »Ich werde dich auf nichts festnageln, was du zu mir gesagt hast, bevor das alles anfing. Ich meine, eine schwangere Frau zu daten war ja schon ziemlich viel verlangt, aber das hier … Ich bin nicht einmal sicher, ob *ich* Teil meines Lebens sein will.«

Er antwortete ganze dreißig Sekunden lang nicht, aber es kam Cici vor wie zwei Jahre. »Für was für einen Mann hältst du mich eigentlich? Ich lasse niemanden im Stich. Ich dachte, du kennst mich besser.«

Hoop verließ das Büro sehr spät. Cici hatte ihm eine Nachricht geschickt, nachdem er das Gespräch beendet hatte, aber ihm war nicht nach Reden zumute. Es gab so viele Menschen, die sich für dieses ungeborene Baby interessierten. Und das weckte in ihm Gedanken, die ihm arg zusetzten. Er selbst war ein Kind gewesen, das niemand haben wollte, und Cicis Kind hatte Großeltern und eine Mutter und Freunde und Tanten und Onkel. Irgendwie brachte die ganze Situation Hoop dazu, den finsteren Weg zu all jenen Fragen einzuschlagen, die sich um seine leiblichen Eltern drehten. Niemand lebte in einem Vakuum. Warum also hatte niemand nach ihm gefragt?

Aber jetzt hatte er eine große Familie, eine der besten, die ein Mensch nur haben konnte. Während seiner Mittagspause machte er einen Spaziergang zum Central Park. Er lauschte einer Playlist, die sein Vater für ihn und seine Geschwister aufgenommen hatte. Es war eine Mischung aus gut gelaunten Sommerliedern, und während er lief und zuhörte, fand er allmählich sein Gleichgewicht wieder. Er schüttelte die Verzweiflung ab, die Cicis Bemerkung in ihm ausgelöst hatte.

Nur sein Dad würde Kid Rock, die Eagles und Kayne West auf dieselbe Playlist setzen. Sein Dad. Wer immer auch sein leiblicher Vater sein mochte, Hoop zweifelte keinen Moment daran, dass Pops sein wahrer Vater war. Ihm hatte er zu verdanken, dass er zu dem Mann geworden war, der er heute war. Als er wieder im Büro ankam, reichte seine Sekretärin ihm eine ganze Reihe an Papieren und ein Päckchen.

»Was ist das?«

»Ich weiß nicht«, sagte sie. »Es wurde vor ein paar Minuten von einem Kurier abgegeben. Martin will Sie um Viertel nach drei sehen. Er sagte, Sie wüssten, worum es geht, und Sie sollen bitte pünktlich sein.«

Hoop nickte. Martin hatte wegen des Hallifax-Falls nicht aufgehört, ihn weiterhin zu unterstützen, und Hoop war ihm dankbar dafür. Obwohl Hoop erklärt hatte, dass er sich wegen Befangenheit aus dem Fall heraushalten wollte, leitete Martin dennoch die E-Mails an die Hallifax-Famile an ihn weiter.

Er hatte festgestellt, dass Martin auf Lilia ein wenig Druck ausübte, was Cicis Entscheidung anbetraf. Sein Bauchgefühl sagte Hoop, dass Cici mehr Zeit brauchen würde, um zu beschließen, was sie tun wollte.

Allerdings half es meist, jemanden unter Zeitdruck zu setzen, um Resultate zu erzielen. Hoop erkannte Martins Strategie. Er wendete sie oft auch bei strittigen Scheidungsfällen und Sorgerechtsverfahren an. Das Familienrecht war deshalb so anspruchsvoll, weil es den jeweiligen Parteien unmöglich war, objektiv zu bleiben. Martin rechnete zweifellos damit, dass auch Cici da keine Ausnahme bilden würde.

»Was liegt für den Nachmittag an?«

»Ich habe Marlie Henderson auf morgen verschoben, damit Sie eine Stunde frei haben. Was kann ich tun, um Ihnen mit Martin heute Nachmittag zu helfen?«

»Ich bin mir gar nicht so sicher, dass Sie helfen können. Ich warte darauf, erst einmal vom Klienten zu hören, um zu erfahren, ob eine Vereinbarung gewünscht wird. Macht es Ihnen etwas aus, Pete zu fragen, ob er meinen 15-Uhr-Termin übernehmen kann? Es ist nur ein erster Beratungstermin.«

»Ich werde sehen, was ich tun kann«, sagte sie.

Er betrat sein Büro und legte die Papiere auf den Schreibtisch. Das Päckchen behielt er in der Hand. Es war eine kleine, in Packpapier gewickelte Schachtel. Sein Name war auf das Papier gekritzelt worden, und Hoop war sicher, Cicis Handschrift zu erkennen. Er hatte neulich in ihrem Apartment eine Einkaufsliste auf dem Küchentisch gesehen.

Er packte das Päckchen ganz langsam aus, weil er unsicher war und hinauszögern wollte zu sehen, was immer ihn erwartete. Gerade eben erst hatte er sein inneres Gleichgewicht wiedergefunden und wollte es nicht schon wieder verlieren. Also versuchte er wie ein Anwalt zu denken, nicht wie ein verliebter Mann. Irgendwie musste er wieder in Bestform kommen, aber Cici machte es ihm nicht leicht. Schließlich öffnete er die Schachtel und sah die Karte, die obenauf lag.

Er nahm sie in die Hand. Es war eine kleine Visitenkarte mit Cicis Monogramm. Schnell überflog er die Nachricht.

Hoop,

mein Leben lang war ich allein, weil ich Angst hatte, jemanden zu nah an mich heranzulassen. Immer wieder muss ich daran denken, dass du gesagt hast, du willst mit mir zusammen sein, aber es gelingt mir nicht, deinen Worten zu glauben. Und das ist dir gegenüber nicht fair. Es ist meine Angst, die zu der Situation geführt hat, in der ich mich jetzt befinde. Ich schlage um mich, wenn ich Angst habe, und die Gefühle, die ich für dich habe, sind so viel stärker als alles, was ich je empfunden habe. Es macht mir fürchterliche Angst, und obwohl ich weiß, dass es nicht fair ist, dich um noch mehr zu bitten, warst du so wunderbar. Bitte vergiss nicht, dass ich nicht wirklich bereit bin, dich gehen zu lassen.

Cici

Dass sie sich die Zeit genommen hatte, ihm zu schreiben, statt einfach nur eine Textnachricht zu schicken oder ihn anzurufen, zeigte ihm, dass sie erst einmal gründlich nachgedacht haben musste. Unter der Karte fand er eine Packung Martini-Trüffel aus dem Candied Apple. Er hatte ihr mal erzählt, dass er diese Sorte am liebsten hatte. Offenbar hatte sie sich seine Vorliebe gemerkt.

Er griff nach seinem Handy und schickte ihr eine Nachricht.

HOOP: *Danke für deine Zeilen und die Pralinen.*

CICI: Gern geschehen. Es tut mir leid.

HOOP: Schon gut. Willst du über den Fall reden? Ich weiß, Lilia ist eine großartige Anwältin, aber falls du Rat brauchst, bin ich da.

CICI: Ich bin mir nicht sicher. Ich habe noch gar nicht mit Rich gesprochen. Er hat vielleicht etwas dagegen, dass seine Eltern sich engagieren wollen, da er ja das Kind gar nicht wollte.

HOOP: Ich bin hier, wenn du mich brauchst.

CICI: Danke. Ich habe noch eine Bitte. Aber du kannst gern Nein sagen.

Er lächelte.

HOOP: Worum geht es denn?

CICI: Lilia hat vorgeschlagen, ich soll Rich anrufen, aber ich muss mir vorher gut überlegen, was ich zu ihm sagen werde. Könntest du mir helfen? Er soll wissen, dass nicht ich es war, die seine Eltern informiert hat, und dass ich einfach nur das Beste für unser Baby will.

HOOP: Natürlich. Möchtest du in mein Büro kommen?

CICI: *Ja. In etwa dreißig Minuten sollte ich hier fertig sein. Wäre das okay?*

HOOP: *Klar. Bis dann.*

15. Kapitel

Cici nahm ein Taxi, um zu Hoop ins Büro zu fahren, weil die Augusthitze unerträglich war und ihr nicht nach Laufen zumute war. Sie hatte überlegt, ihre Mutter anzurufen, aber ein Teil von ihr – sehr wahrscheinlich der aufmüpfige Teenager in ihr – wollte ihre Mutter nicht in die Sache hineinziehen, bevor sie dieses Problem nicht gelöst hatte. Unwillkürlich legte sie sich die Hand auf den Bauch und dachte an ihr kleines Mäuschen, das ihr überhaupt erst diesen ganzen Ärger eingebrockt hatte. Bald würde sie Mutter sein, und sie wusste, dass sie nicht ständig zu ihrer eigenen Mutter rennen konnte, wenn die Dinge unangenehm wurden.

Sie musste wenigstens versuchen, zuerst einmal selbst mit ihnen fertigzuwerden.

Das Taxi hielt vor dem Wolkenkratzer, in dem die Anwaltskanzlei ihren Sitz hatte. Cici zahlte den Fahrer, stieg aus und blieb erst einmal ziemlich lange auf dem Bürgersteig stehen. Zu lange.

Am liebsten wäre sie geflohen.

Schon wieder.

Sie wollte einfach weitergehen und sich in der Menge verlieren. Aber sie wusste, dass sie niemals glücklich werden würde, wenn sie sich ständig auf der Flucht befand. Es würde vielleicht einen winzigen Teil ihrer Probleme lösen, aber gleichzeitig neue schaffen. Sie würde sich entscheiden müssen, ob sie wollte, dass Richs Eltern ihr Baby kennenlernten oder nicht.

Aber sie wünschten es sich, und Cici dachte an ihre eigene Familie. Sie selbst hatte sogar drei Großelternpaare gehabt – die Eltern ihres Dads, die von Steve und die ihrer Mutter. Sie hatte großes Glück gehabt. Und ihr kleines Mäuschen könnte es auch haben.

Sie betrat die Lobby und ging zum Empfangstresen, hinter dem zwei kräftig gebaute Wachmänner saßen.

»Können wir Ihnen helfen?«, fragte einer von ihnen.

»Ja. Ich möchte zu Jason Hooper.«

»Ich bräuchte Ihren Namen und einen Ausweis.«

»Cici Johnson.« Sie wühlte in ihrer Tasche, bis sie ihr Portemonnaie gefunden und ihren Ausweis aus dem Plastikfach geklaubt hatte, und reichte ihn dem Wachmann.

Er warf einen Blick darauf und gab ihren Namen in den Computer ein. »Jemand wird Sie gleich abholen.«

Er hantierte mit dem Drucker und einer Schere und reichte ihr schließlich zusammen mit ihrem Ausweis ein Namensschild. »Stecken Sie das Namensschild an, und nehmen Sie bitte kurz Platz.«

Cici befestigte das Schild an ihrer Bluse und setzte sich. Ihr Mund fühlte sich ganz trocken an, und sie holte ihre Wasserflasche aus der Tasche, nahm einen Schluck und atmete tief durch. Es gab nichts, weswegen sie sich Sorgen machen müsste.

Hoop war auf ihrer Seite, und gemeinsam würden sie diese Angelegenheit in Ordnung bringen. Sie legte den Kopf in den Nacken und schloss die Augen, um die Unruhe, die sie trotzdem nicht verließ, zu besänftigen. Es war eine Sache, Zweifel an ihren Fähigkeiten als Mutter zu haben, und etwas ganz anderes, zu fürchten, Richs Eltern würden ihr begegnen und denken, sie wäre nicht dazu in der Lage, ein Kind großzuziehen. Nicht, dass irgendjemand ihr gesagt hätte, sie würden sie aus diesem Grund sehen wollen. Aber möglich war es ja immerhin.

Sobald sie erst einmal die Schleuse zu ihren Sorgen geöffnet hatte, wurde sie von einer Million verschiedener Gedanken überflutet – von all den Dingen, die ihr Angst machten.

»Cici Johnson?«

Sie öffnete die Augen. Vor ihr stand eine Frau von etwa Ende zwanzig, die in ihrem perfekt sitzenden Hemdblusenkleid sehr tüchtig aussah. Sie hatte langes, glattes braunes Haar und trug eine dicke Hornbrille.

»Ja«, antwortete Cici und stand auf.

»Ich bin Abby Stephens, Jasons Sekretärin.« Sie hielt Cici die Hand hin.

»Freut mich, Sie kennenzulernen.«

»Mich auch. Gehen wir hinauf zu Jasons Büro.«

Abby plauderte über das Wetter und die Yankees, während sie im Aufzug hoch in den fünfzehnten Stock fuhren. Und Cici tat ihr Bestes, zu antworten, aber sie war im Moment nicht zu Smalltalk aufgelegt. Sie wollte dieses

Treffen so schnell wie möglich hinter sich bringen, damit sie nach Hause gehen und sich vor der Welt verstecken konnte.

Insgeheim war sie ziemlich wütend darüber, dass sie sich mit Richs Eltern herumplagen musste, wenn er doch entschieden hatte, nichts mit ihr und dem Baby zu tun haben zu wollen. Alles wäre anders gekommen, wenn er ihr etwas entgegengekommen wäre und sich mit einer Art gemeinsamer Elternschaft einverstanden erklärt hätte. Aber das hatte er nicht, und Cici konnte sich denken, dass er jetzt mit der neuen Show und einer Verlobten, die auch in dem Artikel erwähnt wurde, erst recht nichts von einem Baby wissen wollte, das bei einem One-Night-Stand gezeugt worden war.

Sie rieb sich den Nacken, als sie den Aufzug verließen.

»Ist alles in Ordnung?«

»Ja«, sagte Cici. »Nur etwas zu heiß.«

»Kommen Sie, setzen Sie sich erst einmal, und dann bringe ich Ihnen ein Glas kaltes Wasser.«

»Vielen Dank.« Cici folgte Abby ins Vorzimmer.

»Gehen Sie schon ins Büro. Ich komme gleich mit dem Glas Wasser«, sagte Abby und wies auf eine Tür, die halb offen stand.

Cici ging darauf zu und zögerte auf der Schwelle kurz. Unwohl warf sie einen Blick in den Raum dahinter. Hoop saß an einem Schreibtisch, einen Berg von Akten und Büchern vor sich. Lilia saß neben ihm.

»Hoop.«

»Cici.« Er sah auf. »Komm doch herein.«

Er stand auf, um einen Stuhl für sie bereitzustellen. Während sie sich setzte, überkam sie wieder dieselbe Panik wie bei seinem Anruf vorhin. Aber Hoop legte ihr die Hand auf die Schulter und drückte sie beruhigend, und Cici fühlte sich sofort besser. Sie war vielleicht nicht völlig gelassen, aber die Panik ließ nach.

Lilias Handy klingelte, und sie sah auf das Display. »Da muss ich leider rangehen. Bin gleich wieder da.«

»Wo ist Abby?«, fragte Hoop, nachdem Lilia das Büro verlassen hatte.

»Sie bringt mir etwas Kühles zu trinken.«

»Okay, währenddessen möchte ich, dass du dir das hier durchliest«, sagte Hoop und reichte ihr ein Blatt Papier.

»Danke für deine Hilfe, Hoop«, sagte sie leise.

»Dafür nicht. Ich möchte, dass alles so kommt, wie du es dir wünschst«, antwortete Hoop.

Hoop war gut in seinem Beruf. In neun von zehn Fällen erzielte er Ergebnisse, die seine Klienten zufriedenstellten – und meistens selbst die gegnerische Partei. Aber dieser Fall war anders.

Er wusste nicht, was Rich sagen würde, wenn Cici ihn anrief, aber er hoffte sehr, dass Rich sich auf ihre Seite stellen würde, wenn sie sich an die Argumentationslinie hielt, die Hoop für sie entwickelt hatte. Dann würde Rich seine Eltern vielleicht davon überzeugen, Cici die Besuchsbedingungen festlegen zu lassen.

»Ich glaube nicht, dass ich ›Ihre Wünsche billigen‹ sagen würde«, bemerkte Cici gerade. »Ich bin nicht einmal sicher, was das überhaupt heißt. Ich meine, natürlich kenne ich die Bedeutung, aber ich würde mich so nicht ausdrücken. Und es klingt viel freundlicher, als meine Gefühle für Rich im Moment sind.«

»Das kann ich mir denken. Aber vergiss nicht: Du bestimmst, wie die Unterhaltung verläuft. Wenn du ruhig und vernünftig bleibst, wird er sehr wahrscheinlich ebenso reagieren. Wenn du dich von deiner Wut mitreißen lässt … wird auch er wütend werden. Du willst ihn aber daran erinnern, dass du seine Wünsche respektiert hast, als er sagte, er wolle nichts mit dem Kind zu tun haben. Und dass die ganze Angelegenheit zwischen euch beiden bleiben sollte. Immerhin hat er dir schon schriftlich bestätigt, dass er nichts mit dem Kind zu tun haben will, solltest du es zur Welt bringen. Die Papiere, die er unterzeichnet hat, waren nichts weiter als eine Formalität, da er sich bereits schriftlich geäußert hatte.«

Cici lächelte ihn an. »Verdammt noch mal, ich sollte wohl vorsichtiger sein, wenn ich dir in Zukunft eine SMS schicke.«

Er zwinkerte. »Ich bin zuallererst Anwalt, also denke ich immer wie ein Anwalt. Rich darf nicht vergessen, dass sich nur eine Sache geändert hat: Seine Eltern wissen jetzt Bescheid über euer sexuelles Abenteuer.«

»Das klingt so …«

»Hart? Ich meine es jedenfalls nicht so. Ich verurteile

dich nicht. Es ist nur, dass du dich an die Fakten halten musst, wenn du mit ihm redest. Gib ihm nicht die Möglichkeit, es zu vermasseln. Womöglich kommt er sonst noch auf die Idee, dass er doch das Sorgerecht haben will.« Womöglich würde Rich Cici zurückhaben wollen. Hoop wusste, dass es besser war für ein Kind, beide Eltern an seiner Seite zu haben. Wenn das der Fall sein sollte, würde er sich anständig verhalten und sich von Cici fernhalten müssen. Er dachte an den Koffer, der in einer Ecke seines Büros stand und den er am Abend in Cicis Apartment mitnehmen wollte.

»Du möchtest nicht, dass ich sie treffe, nicht wahr?«, fragte sie.

Er stand auf, ging zur Tür, schloss sie und lehnte sich dagegen. »Im Gegenteil. Je mehr ich über Rich erfahre, desto mehr erscheint er mir wie ein Mann, der den perfekten Vater für dein Baby abgeben könnte. Das Mäuschen würde mit einem Schlag eine große Familie bekommen, und du hättest die Unterstützung dieser Menschen. Eine Familie mit großem Stammbaum. Ich meine, der Mann ist der dritte seines Namens! Ich bin einfach nur jemand, der ›so aussieht wie ein Jason‹. Ich habe meinen Namen erhalten, weil eine Krankenschwester fand, dass ich wie ein Jason aussehe. Ich habe keine Familie, keinen Hintergrund …«

»Hör auf damit«, sagte sie und kam zu ihm.

Sie legte ihm die Hand auf die Brust und sah ihn an.

»Rich ist der Mann, der nur von einer Nacht sprach, mach also nicht mehr daraus. Und du hast sehr wohl eine

Familie. Du hast Eltern, eine Schwester, einen Bruder und auch Garrett, der in dir einen Bruder sieht, und du hast Garretts Familie.«

Er umfasste ihre Hand mit seiner. »Das weiß ich. Ich habe sie nicht vergessen. Aber ich weiß nicht, woher ich komme.«

»Ich halte Richs Hintergrund jedenfalls nicht für so großartig. Seine Einstellung muss er ja von irgendjemandem haben. Wenn seine Eltern nun genauso sind?«

Das glaubte Hoop allerdings nicht, aber er verstand, was Cici meinte. Er nahm sie in die Arme, und es kam ihm vor, als wäre eine Ewigkeit vergangen, seit er sie so gehalten hatte. Er hatte es satt, zu reden und zu grübeln.

Er beugte sich vor und küsste sie innig, und einen Moment verspürte er Frieden. Einen Moment lang gab es nur Cici und ihn, und es war wundervoll. Als er sich von ihr löste, stellte er fest, dass sie leicht errötet war und ihre Lippen leicht geschwollen waren von seinem Kuss.

Sie hob die Augenbrauen und trat einen Schritt zurück.

»Lass mich die Tür öffnen. Abby kann nicht hereinkommen, wenn sie zu ist«, sagte Hoop lächelnd. »Formulier den Text um, wie du es für richtig hältst. Er sollte sowieso nur eine Art Leitfaden für dich sein.«

»Okay.«

Sie ging zum Tisch zurück, und er öffnete die Tür und sah, dass Abby am Telefon war. Sie blickte auf und hielt ihm eine Flasche Wasser und ein Glas mit dem Firmenlogo hin. Hoop nickte ihr dankend zu und nahm es entgegen.

Und dann kehrte er ins Büro zurück. Cici hatte sich über die Papiere gebeugt und schrieb, und er stand einfach nur da und sah ihr dabei zu. Alles, was er denken konnte, war, dass er sie nicht verlieren wollte. Er wollte nichts falsch machen. Und wieder überwältigte ihn das Gefühl, dass es ihm unmöglich war, sich von einem Menschen fernzuhalten, der ihm so wichtig war.

Auch seine Arbeit war ihm wichtig, und das sogar schon, bevor Martin ihm verraten hatte, dass er ihn als Juniorpartner vorgeschlagen hatte. Hoop half den Menschen gern, wenn sie in Not gerieten. Und im Innersten wusste er, dass seine Gefühle für Cici tief und aufrichtig waren. Und sollte sie die Chance erhalten, alles zu haben, was sie sich wünschte, dann würde er ihr nicht im Weg stehen. Er würde alles tun, um sicherzustellen, dass sie die Familie ihrer Träume bekam.

Cici war angespannt, als sie Hoops Büro verließ und den Flur hinunter zum Konferenzraum ging, wo Lilia auf sie wartete. Hoop hatte ihr erklärt, dass eine Anwaltsgehilfin anwesend sein würde, die während ihres Gesprächs mitschreiben würde. Er hatte ihr außerdem klargemacht, dass diese Mitschrift auch an den Anwalt der Hallifax' geschickt werden würde.

»Sobald Mr. Maguire in der Leitung ist, werde ich mich vorstellen«, sagte Lilia. »Ich werde ihn wissen lassen, dass wir das Gespräch aufzeichnen, und dann an Sie weitergeben.«

Cici schob sich eine Haarsträhne hinters Ohr. »Okay.«

»Bereit?«

»Ja«, sagte Cici und atmete tief durch.

»Ich auch«, sagte die Gehilfin.

Lilia stellte auf Lautsprecher und wählte Richs Nummer, dieselbe Nummer, an die Cici ihre Nachrichten geschickt hatte. Es fühlte sich seltsam an, ihn jetzt anzurufen, aber er meldete sich schon nach dem zweiten Klingelton.

»Hallo. Rich am Apparat.«

Cici spürte, wie ihr Magen sich nervös zusammenzog. Es war das erste Mal seit jener Nacht, die sie zusammen verbracht hatten, dass sie seine Stimme hörte. Und wenn sie ehrlich war, erinnerte sie sich nicht mehr, wie sie geklungen hatte. Seine Stimme kam ihr tiefer vor, und er klang müde.

»Hallo, Rich. Hier spricht Lilia Small von Reynolds, Tanner und Crosgrove. Wir hatten noch nicht die Gelegenheit, miteinander zu reden, aber ich rufe wegen der Vaterschaftssache an.«

»Mann, verdammt noch mal. Ich habe meinen Eltern gesagt, dass ich mit der Sache nichts zu tun haben will«, sagte Rich.

Cici atmete erleichtert auf und wollte schon was sagen, aber Lilia hob warnend einen Finger.

»Sagen Sie bitte nichts mehr, Mr. Maguire. Ich vertrete Cici Johnson, nicht Ihre Eltern, und wir rufen Sie an, um uns mit Ihnen über die Angelegenheit zu unterhalten. Sind Sie immer noch bereit, mit uns zu sprechen? Und ich möchte Sie darüber informieren, dass dieses Gespräch aufgezeichnet wird.«

»Mist«, stieß Rich hervor. »Ich dachte, Sie arbeiten für Martin.«

»Unsere Kanzlei vertritt beide Parteien in diesem Fall«, erklärte Lilia. »Sind Sie noch immer bereit, mit mir und Miss Johnson zu sprechen?«

»Okay. Na ja, ich habe meinen Eltern schon gesagt, was ich auch Cici mitgeteilt habe. Ich habe eine Verlobte, und ich glaube nicht, dass sie sehr begeistert darüber wäre, zu erfahren, dass ich fremdgegangen bin und das Mädchen außerdem noch geschwängert habe.«

Cici spürte, wie ihr heiß wurde, und sie war sicher, dass sie puterrot geworden sein musste. Sie warf der Anwaltsgehilfin einen verstohlenen Blick zu, aber die sah nicht von ihren Notizen auf. Cici kam sich klein und unbedeutend vor, während sie Rich zuhörte. So war er – ein Mann, der es gewohnt war, mit einem Anwalt über seine intimsten Belange zu reden. An so etwas würde sie sich niemals gewöhnen können. Vor dem Telefonat hatte sie überlegt, ob sie seine Eltern vielleicht doch am Leben ihres Babys teilhaben lassen sollte, aber jetzt war sie nicht mehr so sicher.

Einfach nur ein Mädchen, das er geschwängert hat.

Die Worte hallten in ihr wider. Ihn so reden zu hören ließ sie nur wieder zutiefst bedauern, mit ihm geschlafen zu haben. Ihr war die ganze Situation peinlich, und ihr wurde klar, dass ihre Anwesenheit nicht unbedingt nötig war, schließlich hatte sie eine Anwältin, die sie vertrat. Entschlossen schob sie ihren Stuhl zurück, griff nach ihrer Tasche und erhob sich, um den Raum zu verlassen.

»Ich kann Sie verstehen«, sagte Lilia zu ihr, als sie ging.

Cici hoffte, dass sie wirklich verstand, warum es ihr unmöglich war, auch nur eine Sekunde länger zu bleiben. Sie ging den Flur hinunter, weil sie das starke Bedürfnis verspürte, so rasch wie möglich von hier zu verschwinden. Also nahm sie den Aufzug zurück zur Lobby und trat hinaus. Sobald sie wieder auf der Straße stand an diesem heißen, feuchten Junitag, konnte sie zum ersten Mal wieder frei atmen. Sie tauschte die Brille gegen ihre Sonnenbrille ein und lehnte sich an die Wand des Gebäudes. Jetzt musste sie ein paarmal tief durchatmen und darüber nachdenken, was sie am besten als Nächstes tun sollte.

Als ihr Handy piepte, holte sie es aus der Tasche und sah aufs Display.

HOOP: Alles okay?

CICI: Ja. Ich musste nur da raus. Jetzt gehe ich erst mal wieder ins Café. Schick mir nachher eine Nachricht.

HOOP: Ein Klient steht gleich an, aber ich könnte meine Sekretärin bitten, den Termin zu verschieben. Willst du reden?

Cici tippte ein Nein, schickte es aber nicht ab. Sie hatte sich den ganzen Nachmittag freigenommen, also brauchte sie eigentlich nicht ins Café zurückzugehen.

CICI: Gern. Ich mache mich auf die Suche nach einer Eisdiele.

HOOP: Geh einen Block weiter in Richtung Norden. Da gibt es eine wirklich gute Eisdiele. Ich komme gleich nach.

CICI: Danke.

Sie steckte das Handy ein und wandte sich in die Richtung, die Hoop ihr genannt hatte. Ihr wurde bewusst, dass sie wütend war. Es war das erste Mal, seit der Arzt ihr die Schwangerschaft bestätigt hatte, dass sie wütend war. Sie war verängstigt und unsicher und enttäuscht gewesen, aber jetzt war sie so zornig, dass sie jemand ganz Bestimmten am liebsten in den Allerwertesten getreten hätte. Sie fand die Eisdiele und stellte sich in der Schlange an. Der Laden war gut besucht von Touristen und Familien. Cici beobachtete die Familien, während sie darauf wartete, dass sie an die Reihe kam, und ihre Wut ließ allmählich nach.

Eigentlich hatte sie sich in der Zwischenzeit dafür entschieden, Richs Eltern zu verweigern, ihr Kind kennenzulernen, weil ihr Sohn ein Idiot war und sie ihm wehtun wollte. Aber als sie ein älteres Paar mit einem Kind bemerkte, bei dem es sich sehr wahrscheinlich um deren Enkelkind handelte, fragte sie sich, ob es Rich überhaupt etwas ausmachen würde, wenn seine Eltern enttäuscht wurden. Schließlich war er einfach nur ein selbstverliebter Gockel.

Das Gespräch eben hatte bestätigt, was sie bereits vermutet hatte.

Aber war sie es seinen Eltern schuldig, ihnen eine Chance zu geben?

Cici wusste, dass ihre Eltern ganz bestimmt entsetzt wären, sollte die Freundin eines der Zwillinge später schwanger sein und ihnen verbieten, dem Baby zu nahe zu kommen.

»He, Lady, wollen Sie was bestellen oder was?«, fragte der Mann hinter dem Tresen und riss sie aus ihren Gedanken.

»Ja. Mango, in einer Waffel bitte«, sagte Cici, und plötzlich wurde ihr klar, dass sie mehr Zeit brauchte.

16. Kapitel

Als Hoop zur Eisdiele kam, war Cici nicht da. Er trat wieder auf den Bürgersteig und sah sich um, bis er sie schließlich entdeckte. Sie stand an der Wand des Gebäudes, eine Eiswaffel in der Hand, und hatte den Kopf an die Wand gelehnt.

Er ging zu ihr und nahm ihr die Eiswaffel aus der Hand, da das Eis bereits schmolz und ihr über die Finger lief. »Wirst du das noch essen?«

Sie schüttelte den Kopf, und Hoop warf die Waffel in eine Mülltonne.

»Was ist passiert?«

Sie war blass und stützte jetzt die Hände in die Hüften. Ihr Bauch war noch etwas runder geworden, aber bis zu diesem Augenblick war es Hoop nicht aufgefallen. Normalerweise sah er nur Cici und ihre strahlende Persönlichkeit. Aber jetzt wirkte es so, als wäre ihre Schwangerschaft doch eine Last für sie.

Er zog sie sanft an sich. Cici zögerte einen Moment, doch dann schlang sie die Arme um ihn, und er spürte ihre heißen Tränen auf seinem Hemd.

»Baby, du machst mir Angst. Bist du okay?«, fragte er.

Sie nickte, schüttelte aber gleich darauf den Kopf. »Nein.«

Behutsam hob er ihr Kinn an, schob ihr die Sonnenbrille in die Stirn und wischte ihr mit den Daumen die Tränen von den Wangen.

»Hat Rich gesagt, er will seine Rechte als Vater wahrnehmen?«, fragte er. »Ist es das? Will er das Sorgerecht mit dir teilen?«

»Nein. Für ihn bin ich einfach nur irgendein Mädchen, das er geschwängert hat. Und das hat mir die Augen dafür geöffnet, was für ein Mann er wirklich ist. Ich wollte, dass mein Kind die Möglichkeit hat, seinen Vater eines Tages kennenzulernen, aber eigentlich … Will ich wirklich, dass mein Kind zu einem solchen Menschen Kontakt hat?«

»Cici, es tut mir leid.« Hoop rieb ihr tröstend den Rücken.

»Mir auch. Ich bin einfach gegangen, und ich weiß, Lilia will, dass ich mich entscheide. Sie hat mir schon zwei Nachrichten geschickt, aber ich kann einfach nicht. Ich muss nachdenken. Ich muss meine Wut und meinen Schmerz überwinden und herausfinden, was das Richtige ist.«

»Wir können gemeinsam nachdenken. Ich helfe dir.«

»Hoop, nein. Das muss ich allein tun«, sagte sie leise.

Konnte er ihr diesen Freiraum geben? Das war es doch, worum sie ihn bat, oder? Aber brauchte sie nur Freiraum oder auch mehr Zeit?

»Wir können später darüber reden, wenn ich nachher nach Hause komme«, sagte er.

»Ich glaube, wir müssen das noch ein wenig hinausschieben mit dem Zusammenwohnen, Hoop.«

»Oh. Okay.«

Er machte sich Sorgen um sie und wollte ihr nicht noch mehr Schwierigkeiten machen, aber warum stieß sie ihn ausgerechnet jetzt zurück?

»Es tut mir leid. Ich bin von allem so überwältigt und muss erst wieder einen klaren Kopf bekommen«, sagte Cici. »Aber danke, dass du dir Zeit für mich genommen hast.«

»Dafür sind Freunde schließlich da.«

»Ich brauche nur etwas Zeit.«

»Die sollst du haben«, sagte er.

Wie oft in seinem Leben hatte er sich Hoffnungen gemacht, nur um am Ende wieder enttäuscht zu werden, so wie jetzt? Viel zu oft, als dass er es hätte zählen können. Er hätte es wissen müssen. Und trotzdem hatte er sich vorgemacht, dass es diesmal anders sein würde. Cici war anders. Doch jetzt, da es hart auf hart kam, wandte sie sich von ihm ab.

Er winkte ein Taxi herbei und half ihr hinein. »Ruf mich an.«

Sie nickte.

Hoop sah dem Taxi nach. Er wusste, dass sie einen schwierigen Tag hinter sich hatte, und insgeheim hoffte er, dass sie ihn anrufen und sagen würde, wie sehr sie ihn brauchte. Aber der Realist in ihm sagte ihm, dass sie es nicht tun würde.

Er ging zu Fuß zur Kanzlei zurück. Was er jetzt tun musste, war, sich auf seine Arbeit zu konzentrieren. Abby reichte ihm einige Papiere, er empfing einen seiner Klienten, ging danach seine E-Mails durch und redete sich ein, dass er nicht auf eine Nachricht von Cici wartete.

In seinen E-Mails befand sich auch die Abschrift des Gesprächs mit Rich Maguire, und als Hoop sie las, konnte er Cicis Gefühle verstehen. Rich war wie so viele seiner Klienten, ein Mann am Scheideweg und noch nicht so weit, Vater zu werden. Und Hoop war auch der Meinung, dass Richs Eltern sich nicht so stark in das Leben ihres Sohnes einmischen durften. Das war das Problem, das Rich vor allem anderen zu schaffen machte. Dass seine Eltern ihn zu etwas zwingen wollten, wozu er nicht bereit war.

Was für ein Durcheinander.

Hoop wusste, dass er sich heraushalten sollte. Man hatte ihm die Information nur geschickt, weil Martin hoffte, Hoop würde eines Tages die Hallifax-Familie vertreten, also sollte er auf dem Laufenden gehalten werden.

Aber diese Sache betraf ihn ganz persönlich.

Hoop hatte sich in Cici verliebt.

Und deswegen dachte er auch mehr an sie als an das bevorstehende Meeting mit seinem Chef. Dabei war Martin der Mann, der die Macht über seine ganze Zukunft in Händen hielt. Aber Hoop hatte keine Wahl. Für ihn gab es nur Cici.

Plötzlich wurde ihm bewusst, dass er mit seinem Dad reden wollte. Er brauchte seine Weisheit, seine beruhigenden Worte.

Sofort holte er sein Handy hervor und wählte die Nummer seines Dads.

»Hoop, hi, mein Sohn«, erklang die Stimme seines Dads gleich darauf.

»Hi, Pops. Hast du ein paar Minuten?«

»Immer.«

»Äh … ach, schon gut.«

»Red schon, Junge.«

Aber die Worte wollten einfach nicht kommen. Wie konnte er den Mann, der ihn adoptiert hatte, fragen, was nicht mit ihm stimmte? Wie konnte er ihm sagen, dass er sich fühlte, als wäre er ungenügend? Dass er nach all diesen Jahren noch immer fand, nicht gut genug zu sein?

»Kann ich dieses Wochenende nach Hause kommen?«, fragte er stattdessen. Ihm wurde klar, dass er mit den Menschen zusammen sein wollte, die es ihm ermöglicht hatten, sein heutiges Leben zu leben. Er brauchte eine kurze Auszeit von all den kaputten Familien und von seinem Job, der ihn daran erinnerte, wie leicht es war, eine Familie zu zerstören. Und vor allem brauchte er Abstand von Cici, damit er nicht doch noch irgendwann mitten in der Nacht bei ihr auftauchte und sie anflehte, ihn einzulassen.

»Klar doch. Ich werde die Hummerkörbe hinausbringen und könnte ein wenig Hilfe mit den Segeln gebrauchen.«

»Danke, Pops.«

»Gern, mein Junge. Ich liebe dich«, sagte sein Dad.

»Ich dich auch.«

Cici bat den Taxifahrer, sie zur Penn Station zu bringen. Sie wusste, was sie brauchte. Ihre Mom. Sie musste aus der

Stadt herauskommen, fort von all den Postern, die für Rich und seine neue Show warben, fort von dem Druck, den Hoop und ihre eigene Unentschlossenheit auf sie ausübten. Und wenn die dreistündige Zugfahrt nach Sag Harbor ihr etwas geben konnte, dann die Gelegenheit nachzudenken.

Sie wusste, dass sie Hoop verletzt hatte, wenn es auch wirklich nicht ihre Absicht gewesen war, aber sie musste zuerst eine Lösung für das Chaos in ihrem Leben finden, bevor ihre Beziehung zu Hoop ernster wurde. Er bedeutete ihr inzwischen mehr als jeder andere Mann zuvor. In der vergangenen Nacht war ihr klar geworden, dass sie ihr Leben mit ihm teilen wollte, deswegen hatte sie ihn ja auch gebeten, bei ihr einzuziehen. Aber es war zu früh dafür.

Sie hätte noch warten sollen.

Cici kaufte ein Ticket und schrieb dann ihren Freundinnen eine SMS, dass sie eine kleine Auszeit nehmen wollte. Als Grund gab sie einfach ihre Schwangerschaft an, ohne in die Details zu gehen.

IONA: Geht es dir gut? Wohin fährst du?

CICI: In die Hamptons. Ich muss aus der Stadt raus.

HAYLEY: Soll eine von uns mitkommen?

CICI: Ihr seid süß, aber ich habe meine Fahrkarte schon gekauft.

IONA: Es ist Mitte der Woche, aber am Wochenende werde ich da sein.

CICI: Ja?

HAYLEY: Du hast verpasst, dass Nico angerufen und sie zum Segeln eingeladen hat.

Cici stöhnte auf. Wie gern hätte sie das miterlebt. Iona schien sehr interessiert zu sein an dem Mann.

CICI: Ich will Einzelheiten.

IONA: Es gibt keine. Außer dass er mich gestern Abend geküsst hat!

CICI: Und?!

HAYLEY: Sie konnte nicht aufhören, darüber zu reden, als sie heute Nachmittag vorbeikam. Übrigens, wie lief das Treffen mit der Anwältin?

CICI: Schlecht. Das ist einer der Gründe, weswegen ich mal eine Auszeit brauche.

IONA: Worum geht es hier?

CICI: *Richs Eltern wollen Kontakt zu mir und dem Baby haben. Rich ist noch immer ein völliger Idiot, der nichts mit dem Kind zu tun haben will. Und ich bin nicht sicher, aber irgendwie hatte ich den Eindruck, als wäre es Hoop lieb gewesen, wenn ich einfach allem zugestimmt hätte, was seinen Chef glücklich macht.*

HAYLEY: *So ein Mist. Ich denke, ein paar Tage am Strand sind genau das, was dir guttäte.*

IONA: *Ich auch. Kannst du mich am Samstagmorgen vorm Segeln zum Frühstück treffen?*

HAYLEY: *Kann ich mich anschließen? Ich würde aber irgendwo schlafen müssen.*

CICI: *Du kannst bei meinen Eltern wohnen. Da gibt es auch genug Platz für Garrett und Lucy.*

IONA: *Sieht aus, als würde das ein tolles Wochenende werden! Auch wenn ich nicht weiß, was mit Nico wird. :)*

CICI: *Was auch sein wird, wir werden für dich da sein. Der Zug kommt. Ich schreib euch später mehr.*

Cici ließ das Handy in die Tasche fallen und stieg in den Zug, wo sie einen Fensterplatz auswählte und ihren Kopfhörer aufsetzte. In Queens würde sie zwar umsteigen müssen, aber bis dahin hatte sie ein wenig Zeit, um die Augen zu schließen und sich über ihre Gefühle für Hoop klar zu werden.

Es fiel ihr schwer, in Worte zu fassen, was sie für ihn empfand, weil ein Teil von ihr sich weigerte, sich diesen starken Gefühlen zu stellen. Aber sie wollte, dass er mehr für sie war als nur ihr Anwalt. Er sollte ihr Geliebter, ihr Mann sein. Doch heute war es ihr so vorgekommen, als käme für ihn sein Beruf an erster Stelle.

In Queens stieg sie um und fand wieder einen Fensterplatz für sich. Sie überlegte kurz, ob sie Hoop eine Nachricht schicken sollte, aber sie war noch nicht so weit, mit ihm sprechen zu können. Ihrer Mutter hatte sie allerdings schon Bescheid gesagt, wann sie ankommen würde, und hatte noch keine Antwort erhalten. Aber Cici hatte ihren eigenen Schlüssel, und wenn ihre Familie nicht im Cottage war, wäre das vielleicht sogar gut so.

Cici brauchte Zeit zum Nachdenken. Sie wusste zwar nicht, was für Menschen Richs Eltern waren, aber schon die Tatsache, dass sie ihr Enkelkind kennenlernen wollten, verlangte von ihr, dass sie gut über ihre Entscheidung nachdachte.

Sie erinnerte sich an ihre Kindheit, während der sie viel Zeit mit ihren Großeltern väterlicherseits verbracht hatte. Ihr Dad hatte ihr gesagt, wie glücklich sie sich doch schätzen konnte, gleich sechs Großeltern zu haben, die sie liebten. Und jetzt wusste Cici, dass Steve recht gehabt hatte. Sie war von allen immer sehr verwöhnt worden.

Unwillkürlich legte sie die Hand auf ihren Bauch. Nach sechzehn Wochen begann es für sie allmählich wahr zu werden. Ihr kleines Mäuschen war gar nicht mehr so klein, und es war ihr Kind. Sie wünschte, sie könnte es jetzt schon in den Armen halten. Als der Arzt ihr angeboten hatte, ihr das Geschlecht zu sagen, war sie noch nicht bereit gewesen, es zu erfahren, aber jetzt wünschte sie, sie wüsste es. In ihrem Schwangerschaftsbuch hatte sie gelesen, dass es der Mutter half, sich vorzubereiten, wenn sie das Geschlecht früh in der Schwangerschaft erfuhr, und sich an die neuen Lebensumstände zu gewöhnen. Cici allerdings war nicht sicher, an wie viel mehr Neues sie sich noch gewöhnen konnte.

Sie hatte geglaubt, dass die körperliche Veränderung das Schlimmste sein würde, aber wie gewöhnlich hatte sie sich geirrt. Das Schwierigste waren die Gefühle, die sie ständig zu überwältigen drohten. Ihr wurde bewusst, dass sie gleich in Tränen ausbrechen würde, also holte sie hastig ihr Handy aus der Tasche, tippte auf ihre Musik-App und fand das Lied, das sie immer aufmunterte. Dann drehte sie die Lautstärke so hoch wie möglich und schloss die Augen.

Plötzlich dröhnte ihr »A Pocketful of Sunshine« in den Ohren, aber es dauerte noch eine ganze Minute, bevor ihre finstere Stimmung endlich verschwunden war. Sie musste sich zurückhalten, um nicht laut mitzusingen. Schließlich wollte sie nicht von den übrigen Passagieren komisch angeguckt werden.

Aber dann sagte sie sich, dass ihr nichts gleichgültiger sein könnte, und sie summte die Melodie mit. Je länger sie der

Musik lauschte, desto besser fühlte sie sich, und am Ende drehte sie die Lautstärke herunter und wechselte zu ihren anderen Lieblingsliedern – alles Lieder aus ihrer Kindheit, die sie trösteten, wie zum Beispiel Kenny Loggins' »House at Pooh Corner« und Gladys Knights »Midnight Train to Georgia«. Diese Lieder waren auch Lieblingslieder ihrer Mutter.

Und auch Steves Lieblingslieder.

Dieser Gedanke erschütterte sie einen Moment. Der Mann, von dem sie immer gedacht hatte, dass er sie anders behandelte als seine eigenen Kinder, hatte seine Lieblingslieder mit ihr geteilt und auch seine geliebten Sportarten und hatte sehr viel seiner Zeit mit ihr verbracht. Obwohl es sich oft so anfühlte, als würde er sie nicht lieben, wurde ihr jetzt klar, dass er sie nur auf eine andere Weise liebte. Und so wie sie zu Hoop gesagt hatte, dass seine Eltern ihn ausgewählt hatten, so erkannte sie jetzt, dass auch Steve sie zu seiner Tochter auserkoren hatte.

Hoop schwankte zwischen dem Wunsch, Cici anzurufen, und der Notwendigkeit, ihr etwas Freiraum zu geben. Er wusste, wie hart das Telefonat mit Rich für sie gewesen sein musste. Aber zum Teufel, wann würde sie aufhören davonzulaufen? Er hatte so gehofft, sie hätte inzwischen begriffen, dass er auf ihrer Seite stand.

Aber stimmte das?

Tatsächlich hatte er darüber nachgedacht, ihre Entscheidung zu beeinflussen, sodass er sich keine Sorgen um seine

Karriere zu machen brauchte, aber er hatte den Gedanken schnell verworfen. Martin war sehr clever, und Hoop war durchaus bereit, die Methoden seines Chefs auch selbst anzuwenden. Aber nicht bei der Frau, mit der er sein Leben teilen wollte. Nicht bei der Frau, die ihm so viel bedeutete.

Er schickte Martin eine E-Mail und teilte ihm mit, dass seine Familie ihn am Wochenende brauchte, und fragte, ob er den Rest des Tages freinehmen konnte. Martin war einverstanden, und so verließ Hoop das Büro und ging zur Garage, um seinen Wagen zu holen.

Er musste sich irgendwie ablenken, um nicht ständig an Cici zu denken.

Nachdem er die Mitschrift gelesen hatte, war Hoop klar geworden, wie übel man ihr mitgespielt hatte. Sie hatte sich nie wirklich beschwert, aber der Gedanke an Rich – und was er über Cici gesagt hatte – brachte Hoop im Nachhinein regelrecht zur Weißglut.

Er würde natürlich höflich bleiben, um nicht zu gefährden, was Cici sich wünschte …

Hoop griff wohl zum millionsten Mal nach seinem Handy – na gut, eine Übertreibung, aber es fühlte sich wie eine Million Mal an –, und am Ende gab er auf und schickte Cici eine Textnachricht.

HOOP: Hi, geht's dir gut? Ich weiß, du brauchst ein wenig Zeit, aber ich würde gern wissen, ob es dir gut geht.

Es kam keine Antwort, und Hoop starrte auf das Handy und fragte sich, ob er sie nicht besser voll und ganz in Ruhe lassen sollte, da sie ja schließlich gesagt hatte, was sie wollte. Aber es fühlte sich nicht richtig an, die Frau, für die er so viel empfand, in dieser Situation einfach alleinzulassen.

Endlich antwortete Cici ihm.

CICI: Hi. Es geht mir gut. Entschuldige, dass ich einfach abgehauen bin, aber ich hatte eine Art Panikattacke und musste aus der Stadt raus. Ich fahre in die Hamptons, um mich zu sammeln. Und ich dachte, es würde auch die Situation mit deinem Chef für dich erleichtern, wenn ich nicht da bin.

HOOP: Ich freue mich, dass es dir gut geht. Es ist in Ordnung. Ich werde auch ein Wochenende wegfahren. Tut mir leid, dass die Unterhaltung mit Rich so fürchterlich war. Und ich wollte vorhin nicht noch mehr Druck auf dich ausüben.

CICI: Das hast du nicht. Ich muss alles einfach nur eine Weile vergessen.

HOOP: Kann ich verstehen.

Er schickte seine Antwort ab, bevor er noch etwas anderes hinzufügen konnte – wie zum Beispiel, dass sie ihm jetzt schon fehlte oder wie sehr er wünschte, er hätte sie vor Richs kalten Bemerkungen beschützen können.

Stattdessen schrieb er: *Ist zwischen uns noch alles okay?*

CICI: Du bist großartig. Ich bin es, die sich über einiges klar werden muss. Ich verabschiede mich nicht von dir. Ich drücke nur kurz auf die Pausetaste.

HOOP: Pause? Wie lange?

CICI: Einige Tage?

Einige Tage? Hoop hätte im Leben nicht so lange gebraucht, um über seine Beziehung zu Cici nachzudenken. Er wusste bereits, was er wollte. Er wollte mit ihr zusammenleben. Sie hatte ihn einen kurzen Blick darauf werfen lassen, was er haben könnte, und dann hatte sie es ihm wieder weggenommen.

Natürlich wusste er, dass er Mitgefühl zeigen sollte. Schließlich war sie schwanger, und Rich machte die Situation nicht leichter. Aber Hoop wünschte, er könnte ein einziges Mal bekommen, was er haben wollte. Nur dieses eine Mal wollte er die Familie haben, die er sich schon immer insgeheim gewünscht hatte, aber nie gedacht hatte, es zu verdienen.

HOOP: Melde dich, wenn du mich brauchst.

CICI: Danke. :)

Er starrte den Smiley an und fragte sich, ob zwischen ihnen wirklich alles in Ordnung war oder ob es nur ihre Art war, ihn auf Abstand zu halten. Was ihm jetzt helfen würde, um nicht verrückt zu werden, war ein Abend mit den Jungs, bevor er Cici noch in die Hamptons folgte. Er wollte mit seinen Freunden zusammen sein, um nicht an Cici denken zu müssen. Also schrieb er in den Gruppenchat mit Garrett und den alten Kumpeln von der Polizei, um zu sehen, wer mit ihm die Clubs unsicher machen wollte. Schon kurz darauf antworteten einige von ihnen mit *ja* und *verdammt, ja!* Hoop hoffte, dass ihm ein Abend, bei dem er ein wenig Dampf ablassen konnte, über das ungute Gefühl, das ihn quälte, hinweghelfen würde. Aber er war zu klug, um es wirklich zu glauben.

17. Kapitel

Cici hatte seit gestern nicht mehr mit Hoop gesprochen, und das war auch in Ordnung so. Wie es aussah, benötigte sie eine kleine Pause. Ihre Mutter war in die Hamptons gekommen, und sie waren ganz allein, nur sie beide. Ihre Mutter hatte ihr viel von ihrer Schwangerschaft erzählt, als sie Cici erwartete, und auch von ihrem Vater, und all das hatte Cici geholfen, sich wieder zu fangen. Eisgekühlte Wassermelonen-Smoothies und lange Strandspaziergänge taten ihr Übriges.

Sie wusste, dass sie vor Hoop davonlief und sich versteckte, weil es nicht nur Rich gewesen war, der sie aufgebracht hatte. Es war vielmehr die Angst, dass Hoop ähnlich über sie denken könnte, und das würde ihr wirklich das Herz brechen. Im Moment brauchte sie einige Streicheleinheiten, und keiner konnte ihr die so gut geben wie ihre Mutter. Das Cottage in den Hamptons war für sie immer eine Zuflucht vom wirklichen Leben gewesen, während Cici aufgewachsen war, und das war auch jetzt nicht anders. Ihre Brüder und Steve hatten sich in solchen Phasen dem Cottage ferngehalten, und zum ersten Mal erkannte Cici – was daran liegen mochte, dass ihre Hormone verrücktspielten –, dass sie vielleicht ein Hindernis für ihren Stiefvater gewesen war.

Nach all diesen Jahren fiel es ihr nicht leicht, es sich einzugestehen, aber als sie jetzt darüber nachdachte, wurde ihr klar, dass Steve sie niemals anders behandelte als die Zwillinge. Vielleicht hatte sie es nur anders empfunden wegen ihrer eigenen Minderwertigkeitsgefühle. Und dann musste sie an Hoop denken, der von einer Pflegefamilie zur nächsten gereicht worden war, bevor er adoptiert worden war, und trotzdem wirkte er ausgeglichener als sie. Wie hatte er es nur geschafft?

Er fehlte ihr so sehr.

Es war albern, sich das einzugestehen, denn schließlich war sie es gewesen, die Abstand zu ihm gesucht hatte, aber Tatsache war, dass er ihr fürchterlich fehlte. Natürlich wusste sie, dass jeder Fehler machte, aber im Augenblick kam es ihr so vor, als wäre sie die Einzige, die aus jeder Situation ein riesiges Durcheinander machte.

Sie sah auf das Brathähnchen auf ihrem Teller hinab, das nur so triefte vor Kalorien. Die alte Cici, also Cici vor der Schwangerschaft, hätte über das Fett und die Kohlenhydrate die Nase gerümpft, aber jetzt nicht mehr. Stattdessen lief ihr das Wasser im Mund zusammen, und sie nahm einen enormen Bissen. *Köstlich.* Wenn doch nur alles im Leben so unkompliziert wäre wie ein Brathähnchen, dachte sie.

Ihr Handy piepte, sie sah nach und verschluckte sich prompt. Hastig kaute sie zu Ende, trank einen großen Schluck Wasser und sah ungläubig auf das Display.

Inzwischen war der Bildschirm wieder dunkel geworden, und sie sagte sich, dass sie sich die Nummer eingebildet haben musste. Es war doch nicht möglich, dass Rich ihr eben eine Nachricht geschickt hatte. Er war in Hollywood und arbeitete an seiner vielversprechenden Karriere. Wieso sollte er also etwas von ihr wollen? Ganz besonders nachdem er zum wiederholten Mal gesagt hatte, dass er weder von ihr noch von dem Baby etwas wissen wollte.

Sie wischte sich die Finger an der Serviette ab und nahm das Handy. Da war tatsächlich eine Nachricht von ihm. Fast hätte sie das Handy wieder fallen gelassen.

RICH: *Wir müssen über das Baby und über die Zukunft sprechen …*

Das Hähnchen drohte ihr wieder hochzukommen. Sie starrte auf das Display und begriff, dass es keine ihrer klügeren Ideen gewesen war, einfach Hals über Kopf davonzulaufen. Sie brauchte ihre Freundinnen, sie brauchte ihre Unterstützung. Und was sie mehr als alles brauchte, war Hoop. Sie wollte mit ihm reden, seine ruhige Stimme hören, wenn er ihr sagte, dass alles in Ordnung kommen würde, und ihr wie immer mit seinem zuversichtlichen Rat zur Seite stand.

Aber sie hatte sich aus dem Staub gemacht.

Sie hatte ihn ausgeschlossen aus ihrem Leben, weil sie noch immer nicht sicher war, dass es richtig gewesen war, ihn überhaupt so nahe an sich heranzulassen. Ein wenig fühlte es sich so an, als wollte sie, dass er alles für sie regelte. Sie wollte, dass irgendjemand alles für sie regelte.

Nur gab es leider niemanden außer ihr, der diese Situation retten konnte, und das wusste sie sehr gut.

Sie klickte auf Richs Nachricht. Er wollte mit ihr reden und hatte ihr die Nummer seines Agenten geschickt. Cici schüttelte den Kopf und öffnete den Gruppenchat, den sie mit ihren Freundinnen hatte.

CICI: *Ich glaube, ich habe ein Problem. Rich hat sich gerade mit mir in Verbindung gesetzt, will aber, dass ich über seinen Agenten mit ihm kommuniziere.*

HAYLEY: *Wieso wendet er sich nicht an deine Anwältin? Und wieso sollst du ihn über seinen Agenten kontaktieren?*

IONA: *Das ist doch irgendeine miese Nummer.*

CICI: *Ja, das glaube ich auch. Aber ich denke, er hat Angst. Oder zumindest möchte ich ihn noch nicht verurteilen.*

HAYLEY: *Sollen wir gleich zu dir fahren? Oder kommst du in die Stadt?*

IONA: *In die Stadt mit Sicherheit nicht. Sie versucht doch, Hoop auszuweichen.*

CICI: *Stimmt alles. Ich muss mir erst klar darüber werden, was ich Rich sagen will. Ich meine, am liebsten würde ich die Nachricht ignorieren, aber das ist bestimmt nicht die beste Lösung.*

HAYLEY: *Garrett arbeitet das ganze Wochenende. Ich habe gerade Dads Fahrer geschrieben, er soll mich abholen. Iona, kommst du mit?*

IONA: *Klar. Ich bin im Geschäft. Holst du mich ab?*

HAYLEY: *Ja.*

CICI: *Ihr braucht nicht zu kommen.*

IONA: *Doch. Dafür sind Freunde schließlich da. In ein paar Stunden sind wir bei dir.*

Cici stiegen Tränen in die Augen. Sie wusste natürlich, dass sie sich auf ihre Freundinnen verlassen konnte. Aber in der letzten Zeit war sie so schwierig gewesen und hatte alle auf Armeslänge von sich ferngehalten, dass sie gefürchtet hatte, sie würden sie am Ende beim Wort nehmen. Es war eine große Erleichterung, zu sehen, dass sie es nicht taten.

Sie steckte das Handy in die Tasche, und plötzlich kam ihr ein Gedanke. Es waren nicht nur ihre Freundinnen, die versprochen hatten, für sie da zu sein. Hoop auch. Cici hätte sich zwar gern eingeredet, dass sie seinen juristischen

Rat brauchte, was natürlich auch stimmte, aber der wahre Grund, weswegen sie ihn anrufen wollte, war, dass sie sich wie verrückt nach ihm sehnte. Er war der einzige Mann, dem es gelingen konnte, in ihr die Frau zum Vorschein zu bringen, die sie schon immer hatte sein wollen – eine starke Frau, die jedem Problem, das auf ihrem Weg auftauchen mochte, die Stirn bieten konnte.

Hoop erwachte auf seinem Boot, der »Lazy Sunday«, und trug noch immer die Sachen von gestern und einen Schuh. Er rollte sich herum und stöhnte auf, als das Sonnenlicht ihm ins Gesicht schien. In seinem Kopf hämmerte es, als würde die härteste Rockband darin ein Konzert geben. Er legte sich den Arm über die Augen und atmete tief ein und aus. Ihm war übel.

»Was zu essen?«

Er stöhnte wieder. »Noch nicht.«

Er rollte sich noch einmal herum und zog sich das Kissen über den Kopf.

»Aber bald, weil du zur Arbeit musst und ich in zwei Stunden ein Meeting mit dem Captain habe.«

»Hau ab, Garrett.«

Sein Freund lachte, und dann hörte Hoop Garretts Schritte, die ihm in den Ohren dröhnten. Warum musste er beim Gehen einen solchen Lärm machen? Hoop hatte gedacht, Garrett wäre sein bester Freund, aber heute Morgen fiel es ihm sehr schwer, das zu glauben. Alles schien ihm wehzutun, und er konnte sich beim besten Willen nicht erinnern, was gestern Abend passiert war. Gut, sie hatten getrunken, so viel war ihm klar. Ein paar Runden Poker mit den Jungs, und dann … Waren sie mit dem Boot draußen?

Hoop zwang sich, aus der Koje zu kriechen, denn Garrett hatte natürlich recht. Er musste ins Büro. Ein Berg von Schreibarbeit wartete auf ihn. Und was war dann noch?

Er liebte sie.

Okay, er hatte es ihr noch nicht gesagt, aber er wusste, dass es so war. Und sie hatte sich aus der Stadt geschlichen, als müsste sie vor ihm fliehen.

Hoop stolperte ins Badezimmer und duschte schnell, wobei er die Stirn an die Kachelwand lehnen musste, um sich zu waschen. Dann wickelte er sich ein Tuch um die Hüften und machte sich auf den Weg zur Kombüse, wo ein Sandwich mit Bacon und Ei auf ihn wartete. Garrett und Xavier, noch einer von Hoops Cop-Freunden, saßen schon am Tisch, sahen ein wenig munterer aus, als Hoop sich fühlte, und aßen in kameradschaftlichem Schweigen.

Hoop setzte sich behutsam und fing an zu essen.

»Was ist nach dem Pokerspiel passiert?«

»Du wolltest uns die Jacht zeigen«, sagte Xavier. »Aber wir statteten zuerst der Bar am Ende des Kais einen Besuch ab, tranken und spielten Poolbillard. Du hast mit Dev gewettet, dass du nicht zu schlagen bist, und dann hast du doch verloren.«

»Was habe ich verloren?« Hoop wühlte in einer der Schubladen hinter sich herum, um eine Sonnenbrille zu finden.

»Deinen Schuh. Du hast um einen Schuh gewettet. Aus irgendeinem Grund ergab das letzte Nacht für uns alle Sinn«, meinte Garrett.

Hoop schüttelte den Kopf. »Wo ist Dev überhaupt?«

»Nachdem er dich geschlagen hat, drehte er als Sieger eine Ehrenrunde an der Bar, lernte eine Frau kennen und ging mit ihr nach Haus«, antwortete Xavier.

»Wow, was für ein Abend«, sagte Hoop. »Danke, Jungs.«

»Gern«, entgegnete Garrett. »Hayley ist nach Long Island gefahren, und ich bin nicht mehr so gern allein zu Hause.«

»Und ich bin geschieden«, sagte Xavier. »Also brauchte ich eine Ablenkung. Meine Ex und ihr neuer Freund haben meine Kinder für eine Woche mit nach Orlando genommen.«

Hoop klopfte Xavier mitfühlend auf die Schulter. So könnte seine Zukunft aussehen, wenn er die Beziehung zu Cici aufrechterhielt. Sie lief offenbar gern davon. Bis jetzt hatte er gehofft, sie davon überzeugen zu können, dass er das Risiko wert war, aber das Leben hatte ihm etwas beigebracht: Je hartnäckiger man sich an eine Frau klammerte, desto schneller verlor man sie.

Er rieb sich die pochende Stirn und hörte auf zu essen. Seit wann verfiel er wieder in die alten Denkmuster?

Cici.

Alles führte auf sie zurück. Wieder und wieder war sie es, die sein Leben auf den Kopf stellte. Er wusste gar nicht mehr, wann er sich das letzte Mal so betrunken hatte.

»Alles okay?«, fragte Xavier.

Hoop nickte. Es hatte keinen Sinn, seinem Freund etwas erklären zu wollen, das er selbst nicht völlig begriff. »Danke.«

Sein Handy machte ihn auf einen Termin aufmerksam. Hoop holte es heraus und sah aufs Display. Sein Vater. Er sollte ihm heute mit den Hummerkörben helfen.

»Verdammt. Ich muss los«, sagte er und stand auf, warf die zweite Hälfte seines Sandwichs weg und wusch schnell seinen Teller ab. »Lasst eure Teller einfach in der Spüle, aber könntet ihr abschließen, wenn ihr geht?«

»Kein Problem«, sagte Garrett.

»Ich muss auch aufbrechen.« Xavier stellte seinen Teller in die Spüle und verließ nach einem letzten Gruß das Boot.

»Ich eigentlich auch«, sagte Garrett. »Ich wollte dich fragen, ob du dieses Wochenende nach Montauk fährst. Vielleicht könntest du mich mitnehmen. Hayley hat ihren Wagen dabei, sodass wir dann gemeinsam zurückfahren könnten. Mit zwei Wagen zu fahren wäre irgendwie albern.«

»Ich bin jetzt auf dem Weg dorthin. Ich habe Pops versprochen, heute Morgen da zu sein. Ich meine, Cici braucht ein wenig Zeit und …«

»Du musst auch ein wenig mit deiner Familie zusammen sein, Hoop. Besuch deine Eltern.«

»Habe ich euch gestern Abend irgendwas gesagt?«

»Alles«, meinte Garrett. »Du hast die eventuelle Juniorpartnerschaft erwähnt, Cicis Vaterschaftsverzichtserklärung, die deine Situation in der Kanzlei nicht gerade einfacher macht, und was du für sie empfindest.«

»Verdammt. Ich wollte nicht ...«

»Doch, du hattest es nötig. Ich habe dich noch nie so ... Du warst so ganz anders als du selbst. Und du weißt, das Letzte, worüber ich reden möchte, sind meine oder deine Gefühle, aber diese Sache berührt auch deinen Job, und ich weiß, wie viel der dir bedeutet.«

»Das stimmt.« Hoop seufzte tief auf. »Frauen.«

»Ja, Frauen.« Garrett stimmte kopfschüttelnd zu.

»Warum muss es so kompliziert sein? Habe ich dir gesagt, dass ich es war, der Cici die Verzichtserklärung empfohlen hat? Also ist dieser ganze Schlamassel meine eigene Schuld.«

»Nein, ist er nicht. Sie hatte einfach nicht bedacht, was es heißt, ein Baby zu bekommen, ohne dass der Vater einem zur Seite steht. Und so wie es aussieht, Rich genauso wenig. Sie wollten beide einfach so tun, als wäre es nicht passiert.«

»Stimmt. Aber die Wirklichkeit hat sie eingeholt.«

»Du wirst schon eine Lösung finden«, sagte Garrett, während sie die Jacht verließen und auf den Taxistand zugingen. »Das tust du immer.«

Hoop wünschte, er könnte Garretts Zuversicht teilen, wusste aber das Vertrauen seines Freundes in ihn sehr zu schätzen.

Cici streckte sich auf dem Liegesessel unter dem Sonnenschirm aus und versuchte so zu tun, als hätte sich in den letzten Monaten nichts an ihrem Körper verändert. Aber es half nichts. Ihr war ein wenig übel. Sie rieb sich sanft den Bauch.

»Mäuschen, wir müssen uns mal unterhalten. Ich brauche Vitamin D, und am liebsten besorge ich es mir, indem ich in der Sonne liege.«

Ihre Mom war wieder nach Queens zurückgekehrt, als ihre Freundinnen gekommen waren.

Die Übelkeit ließ nicht nach, also drehte Cici sich leicht zur Seite, sodass sie Iona in ihrem Liegestuhl liegen sehen konnte, die sich Kopfhörer aufgesetzt hatte und in einer Zeitschrift blätterte. Es war eins von jenen Feinschmecker-Magazinen, die die drei Freundinnen dazu angeregt hatten, das Candied Apple Café zu eröffnen.

»Alles gut?«, fragte Iona und nahm den Kopfhörer ab.

»Ja. Ich kann nur im Moment nicht auf dem Rücken liegen.«

»Oje. Wegen der Schwangerschaft, was?«

Cici zuckte mit den Schultern. Im Grunde wusste sie nicht genau, ob es an den Hormonen lag oder an der Tatsache, dass sie sich im Haus ihrer Eltern vor der Welt versteckte, statt sich ihr zu stellen – und all den Dingen, die auf eine Lösung warteten.

»Vielleicht.«

»Vielleicht? Bist du inzwischen nicht so was wie eine Expertin?« Iona schwang die Beine auf den Boden und setzte sich auf, ihren Drink in der Hand.

»Expertin? Machst du Witze? Ich bin sicher, das Mäuschen wird achtzehn Jahre alt sein, und ich werde noch immer nicht wissen, was die Mutterschaft mit mir anstellt.«

Iona lachte, und Cici musste lächeln. Es kam ihr so vor, als wäre Iona erleichtert, jetzt, da sie dem Druck ihrer kuppelnden Mutter nachgegeben hatte. »Warum bist du so fröhlich?«

»Ich bin nicht schwanger«, sagte Iona augenzwinkernd.

Cici warf ihr einen gereizten Blick zu. »Ich bin nicht unglücklich, weil ich schwanger bin.«

»Das habe ich auch nicht gedacht. Aber was denkst *du*?«

Iona war der erste Mensch, der sie das fragte. Und Cici wurde klar, dass sie die Antwort nicht wusste. Wenn sie an das Baby dachte, dann war es für sie, als würden sie beide zusammen gegen den Rest der Welt stehen. Cici würde jemanden an ihrer Seite haben, der zu ihr gehörte. Und sie würde ihn mit niemandem teilen müssen, da Rich ja nicht interessiert war.

Aber das hatte sich geändert. Ein einziger Anruf war wie ein Eimer eiskalten Wassers gewesen, der sie aufgeweckt und ihr gezeigt hatte, dass sie niemals so allein gewesen war, wie sie geglaubt hatte. Es gab so viele Menschen, die an dem Leben ihres Kindes teilhaben wollten.

In diesem Moment musste Cici eine Entscheidung treffen, die Folgen für ihr ganzes Leben nach sich ziehen würde – und für das Leben ihres Babys.

»Ich weiß nicht. Ich meine, am Anfang hatte ich Angst. Wann immer ich aber später an mein Baby dachte, war ich glücklich und kaum noch ängstlich. Aber die Komplikationen, die entstehen, wenn man von einem Mann schwanger ist, mit dem man nicht zusammen ist, die … die machen mich wahnsinnig.«

»Machen dich wahnsinnig?«, wiederholte Hayley fragend, als sie Cici ein Glas Limonade reichte. »Ich dachte, das bist du schon.« Sie gab auch Iona ein Glas und setzte sich zu ihr.

»Haha. Ich meine es ernst, Hayley. Ich dachte, es gibt nur mein Baby und mich und dann höchstens noch euch beide und meine Eltern und Brüder. Aber jetzt sind da all diese Verwandten von Rich, mit denen ich vielleicht gar nichts zu tun haben möchte.«

Hayley legte den Kopf schief und musterte Cici nachdenklich. »Du kannst Nein sagen.«

»Ich weiß. Aber was ist, wenn das Mäuschen irgendwann nach seinen Großeltern väterlicherseits fragt? Dann werde ich sagen müssen, dass ich egoistisch war und ihnen verboten habe, sie zu sehen. Ich weiß nicht, irgendwie habe ich das Gefühl, dass es ein Mädchen ist.«

Hayley stand auf und setzte sich zu Cici auf die Liege. Sie drückte ihre Freundin einen langen Moment an sich, und Cici lehnte den Kopf an ihre Schulter. »Ich glaube auch, dass es ein Mädchen ist. Und es ist nicht egoistisch, dein Baby für dich behalten zu wollen. Schließlich hat Rich dich mit der Schwangerschaft alleingelassen. Er hat dir gesagt, dass er nichts mit dir und dem Baby zu tun haben will. Also hast du natürlich gedacht, du und das Baby seid allein.«

»Sie hat recht«, warf Iona ein und tätschelte Cicis Bein. »Du hast getan, was du tun musstest. Willst du Richs Eltern kennenlernen?«

»Nein. Aber mein Baby vielleicht. Ich meine, ich habe eine gute Beziehung zu den Eltern meines Dads und auch zu Steves Eltern. Warum soll ich meinem Baby etwas so Wichtiges vorenthalten?«

»Warum? Weil Rich kein toter Kriegsheld ist wie dein Dad, und er klingt außerdem ganz schön selbstsüchtig und alles andere als reif. Was hast du bloß in ihm gesehen?«, fragte Hayley.

»Na ja, er war attraktiv, und ich hatte zu viel Champagner getrunken. Und der Mann, den ich wirklich haben wollte, hatte mich zurückgewiesen«, verteidigte Cici sich. »Es war nicht so schwierig, mit ihm ins Bett zu gehen.«

»Ergibt Sinn. Ich verurteile dich auch nicht. Ich dachte nur, er ist nicht dein Typ.«

»Ich weiß«, gab Cici zu. »Deshalb habe ich ihn wohl auch ausgesucht, glaube ich. Ich hatte es so satt, ich zu sein, und bin meinem ersten Impuls gefolgt.«

»Na ja, sagt man nicht, man soll immer mal die Perspektive wechseln?«, sagte Hayley. »Du wolltest eben aus deinem gewohnten Verhaltensmuster ausbrechen.«

»Das ist mir ja auch gelungen«, meinte Cici trocken. »Aber der Typ ...«

»Hoop steht trotzdem wie verrückt auf dich«, sagte Iona. »Und das Baby ist deine Zukunft. Es ist bloß nicht fair, dich zu zwingen, jetzt schon eine Entscheidung in Bezug auf die

Großeltern zu fällen. Ich bin froh, dass du erst einmal hier-hergekommen bist.«

Cici sah ihre Freundinnen an und wusste, dass sie sich glücklich schätzen konnte, mit diesen fantastischen Frauen befreundet zu sein. »Ich auch.«

»Weißt du also, was du tun willst?«

»Ich glaube schon. Aber ich werde alle noch eine Weile schwitzen lassen.«

Nur Hoop nicht. Allerdings wollte sie ihm nicht einfach nur eine Nachricht schicken. Sie hatte Angst, er könnte zu dem Schluss gelangen, dass ein Leben mit ihr zu anstrengend wäre. Sie musste ihm unbedingt zeigen, wie sehr sie ihn brauchte.

18. Kapitel

Garrett war in einer ziemlich gesprächigen Stimmung während ihrer Fahrt aus der Stadt heraus. Und Hoop bereute es, nicht sein 69er Mustang Cabrio genommen zu haben statt des BMW. Er hatte Garrett die Schlüssel zugeworfen und ließ ihn fahren, weil ihm der Kopf noch immer dröhnte und er hoffte, vielleicht etwas schlafen zu können. Aber das sollte wohl nicht sein.

»Dann meinte ich, wir können Lucy nicht in ein Hundehotel stecken. Sie ist noch so klein, und die anderen Hunde könnten gemein zu ihr sein«, sagte Garrett, streckte die Hand nach hinten und tätschelte seinen und Hayleys Zwergdackel auf dem Rücksitz. Genau genommen war Lucy Hayleys Hund, aber Garrett vergötterte ihn wie manche Männer ihr erstgeborenes Kind.

»Natürlich nicht«, sagte Hoop. »Warum reden wir noch mal über den Hund?«

»Damit ich nicht zugeben muss, dass die Hochzeit mich nervös macht.«

»Was? Männer sind nicht nervös.«

»Das ist gelogen, und du weißt es. Es ist nur so, dass Hayleys Dad mich vergangene Woche in seinen Club eingeladen hat, und er redete von Enkelkindern und darüber, wie sehr er hofft, dass wenigstens eins von ihnen in seine oder Hayleys Fußstapfen treten würde. Ich habe noch nicht einmal Kinder und frage mich schon, ob ich sie dazu drängen muss, der Prinz oder die Prinzessin der Tiefkühlkost zu werden. Und mein Dad wünscht sich wahrscheinlich auch, dass jemand in seine Fußstapfen tritt. Allerdings kümmert Pete sich wohl bereits darum.«

»Himmel, Garrett, du redest ohne Punkt und Komma.«

»Ich weiß, und ich kann leider nicht aufhören. Man hat mir jetzt einen Schreibtischjob gegeben, und ich könnte sogar befördert werden. Das wäre nicht übel, aber dann würde ich öfter zu Hause sein, und das bedeutet, ich werde Hayley bei den Kindern helfen müssen.«

Hoop lachte amüsiert. Cici hatte mit demselben Problem zu kämpfen, nur dass sie es ganz allein tun musste. Es war der Moment, in dem man sich entscheiden musste, was für eine Art von Mutter oder Vater man sein wollte. Nicht wenn das Baby zur Welt kam, sondern in den Monaten vor der Geburt oder in Garretts Fall sogar schon vor der Empfängnis. Hoop machte sich ähnliche Gedanken, seit er Cici datete, und er war einer Antwort noch immer nicht näher als Garrett.

Dabei konnte Garrett sicher sein, dass Hayley ihm zur Seite stehen würde, und trotzdem war er ebenso verwirrt wie Hoop. Die Tatsache beruhigte Hoop seltsamerweise ein wenig, und er dachte, dass es vielleicht an der Zeit war, sich zu entspannen. Auch wenn es ganz und gar nicht zu ihm passte. Er war von Natur aus leidenschaftlich. Sein Vater hatte ihm das immer gesagt, und Hoop hatte ihm da nicht widersprechen können.

»Du lachst? Im Ernst? Das ist die Art von Unterstützung, die ich von dir erwarten kann?«, beschwerte sich Garrett.

»Gar, du weißt, ich bin immer für dich da, aber dein Kind wird wahrscheinlich genauso sein wie du und sich nichts sagen lassen. Wenn du es also auf einen anderen Weg als an die Spitze des Tiefkühlkost-Königreichs führen willst, wird es wahrscheinlich rebellieren und genau darauf zusteuern und umgekehrt. Oder vielleicht wird es seine Leidenschaft fürs Kochen entdecken wie Hayley. Man kann diese Dinge nicht beeinflussen.«

»Du hast recht«, sagte Garrett. »Ich will nur, dass alles perfekt ist. Hayley hatte keine so tolle Kindheit, und ich möchte, dass unsere Ehe sie dafür entschädigt.«

Hoop wurde klar, dass er Cici dasselbe wünschte. Kein Mensch konnte so etwas bewerkstelligen, das wusste er, aber trotzdem würde er alles tun, um sie glücklich zu machen.

»Du willst ihr also die Welt schenken«, sagte er. »Ich glaube, mehr brauchst du gar nicht zu tun, um eure Ehe zum Erfolg zu machen.«

»Meinst du? Mein Dad sagt dasselbe, aber du weißt ja, wie er ist.«

»Wie denn?«

»Er denkt, ich habe Angst wegen der Hochzeit und flippe deswegen aus«, sagte Garrett. »Mein Bruder ist überhaupt keine Hilfe. Er und Crystal sind glücklich mit sich selbst und brauchen nichts als ihren Hund. Aber ich weiß, dass Hayley Kinder haben möchte.«

»Woher weißt du das?«, fragte Hoop. Für ihn und Cici stand das Baby im Mittelpunkt ihrer Beziehung, und zum ersten Mal, seit er mit ihr zusammen war, wurde ihm bewusst, dass ihn das ein wenig störte. Er hätte gern mehr Zeit gehabt, sie kennenzulernen, ohne ständig daran denken zu müssen, dass sie in fünf Monaten ein Kind haben würde. Ein Kind, das alles verändern würde.

»Sie redet ständig davon wegen Cici. Natürlich ist sie froh, dass sie sich wegen des Vaters keine Sorgen zu machen braucht, so wie Cici, und dass sie sich auf mich stützen kann. Und selbstverständlich versichere ich ihr auch, dass das der Fall ist, aber insgeheim denke ich, dass wir noch gar nicht bereit sind für Kinder.«

Zum ersten Mal bekam Hoop einen kleinen Einblick in die Gedanken, mit denen Cici sich womöglich beschäftigte, und das ausgerechnet von Garrett. Aber es ergab einen Sinn. Sie wollte nicht, dass die ganze Welt wusste, wie kurz sie davor war, die Nerven zu verlieren, aber natürlich war es genau so. Es musste schwierig für sie sein, mit den Veränderungen ihres Körpers fertigzuwerden, während das Baby in ihr heranwuchs, und dann waren da noch die Verzichtserklärung von Rich und die Großeltern, die sie nicht kannte und die zu ihrem Leben gehören wollten.

Und er war so gefühllos, wütend zu sein, weil sie ihm auswich. Jetzt begriff er besser, was mit ihr los war. Man konnte ihr ihre Panik wirklich nicht verdenken, aber wie sollte er ihr hinterherjagen, wenn sie einfach nicht stillhalten wollte?

Doch jetzt hatte er wenigstens verstanden.

Jetzt hatte er eine Vorstellung davon, mit welchen Problemen sie zu kämpfen hatte, und er wollte ihr helfen. Er wollte den Mut finden, Geduld aufzubringen und sie tun zu lassen, was sie für nötig hielt. Obwohl er nicht sicher war, dass er es lange durchhalten würde.

In einer perfekten Welt wäre er bestimmt ein vollkommen souveräner Mensch, der ihr selbstverständlich den nötigen Freiraum geben würde. Aber er war nun mal kein vollkommen souveräner Mensch. Er hatte Angst und war in eine Frau verliebt, die ständig vor ihm davonlief. Und darüber hinaus fürchtete er, dass er schon eine Bindung zu ihrem Kind geknüpft hatte. Er würde alles verlieren, wenn er nicht herausfand, wie er Cici helfen und sie beruhigen konnte.

Aber er wusste nicht, wie.

Was wäre, wenn er niemals die richtige Art fand, mit Cici umzugehen? Freiraum zu geben konnte auch als Desinteresse gedeutet werden. Entschlossen schrieb er seinem Vater, als sie Sog Harbor erreichten, und erklärte ihm, dass er die Dinge mit Cici regeln musste und dass er erst dann nach Montauk kommen konnte, wenn er das getan hatte. Sein Vater wünschte ihm viel Glück und sagte, dass er sich schon freue, Hoops Freundin kennenzulernen. Und Hoop hoffte inständig, dass sie wirklich bald wieder seine Freundin sein würde.

»Hoop ist da«, sagte Hayley. Sie war mit einem Glas Orangensaft in der Hand in Cicis Schlafzimmer gekommen.

Cici stand ein wenig nervös da, die Wangen von der Sonne gerötet, oder vielleicht war sie auch aus einem anderen Grund errötet. »Warum ist er hier?«, fragte sie. »Woher weiß er, wo meine Eltern wohnen? Ich habe ihm gesagt, dass sie ein Haus in den Hamptons haben, aber ihm nie die Adresse gegeben.«

Hayley kam herein und ließ sich auf die Bettkante plumpsen. »Es ist meine Schuld. Ich habe Garrett gebeten zu kommen, und er hat sich von Hoop herfahren lassen. Seine Familie hat ein Haus in Montauk.«

Natürlich gab es eine einleuchtende Erklärung für seine Anwesenheit. Und jetzt musste sie sowieso aufhören, sich zu verstecken. Es hatte gutgetan, aber Rich hatte sich mit ihr in Verbindung gesetzt, und Hoop war jetzt hier. Es wurde Zeit, dass sie aufhörte, aller Welt auszuweichen und so zu tun, als würde es im Leben nichts geben außer das Meer, Brathähnchen und frisch gepressten Orangensaft.

»Ist er unten?«, fragte sie.

»Nein, sie sind in der Stadt und warten, bis wir Bescheid geben, dass sie kommen können.«

»Ach du meine Güte, Hayley, wir klingen, als wären wir noch auf der Highschool.«

»Ich weiß. Es liegt an diesem Haus. Irgendwie verwandle ich mich hier immer wieder in das verrückte Mädchen, das ich als Teen gewesen bin.«

Cici lächelte. »Natürlich können sie kommen. Im Grunde bin ich sogar froh, Hoop zu sehen.«

»Ehrlich?«

»Ja. Du hast nichts falsch gemacht.« Cici erinnerte sich an etwas, das ihre Mutter vor langer Zeit gesagt hatte. Dass wahre Freundschaften nicht entstanden, weil man tat, was von einem erwartet wurde, sondern indem man tat, was nötig war. Und fast ihr ganzes Leben, seit sie erwachsen war, hatte Cici das Glück gehabt, nicht mit allzu vielen Krisensituationen fertigwerden zu müssen. Die wenigen Male, da es doch nötig gewesen war, hatte sie immer Hayley und Iona an ihrer Seite gehabt, die sie in die Arme genommen und ihr gesagt hatten, dass alles wieder gut werden würde.

Also konnte sie unmöglich wütend auf Hayley sein. Es ging ihr außerdem gut. Die Panik, die sie in Hoops Büro gepackt hatte, hatte sich weitgehend gelegt.

Hayley sprang auf, lief zu Cici hinüber und schlang die Arme um sie. »Es tut mir leid. Ich habe nicht daran gedacht, Garrett zu fragen, wer ihn herfährt. Er sagte mir nur, jemand würde ihn mitnehmen.«

Das kam Cici allerdings schon ein wenig seltsam vor. Normalerweise nahm ihre Freundin es mit den Einzelheiten ziemlich genau. »Wieso hast du ihn nicht gefragt?«

Hayley zuckte mit den Schultern und ging zum Fenster, von dem man über den Garten zum Strand sehen konnte. »Er ist in letzter Zeit so komisch. Nicht wie damals, als er überlegte, ob er bei der Polizei bleiben sollte oder nicht, aber ich spüre, dass ihm irgendetwas zu schaffen macht. Und dann nahm mein Dad ihn mit in seinen Club, und ich glaube … Ich weiß nicht, was passiert ist. Aber seitdem ist er so … Was ist, wenn er seine Meinung geändert hat? Was ist, wenn er mich gar nicht mehr heiraten will, aber nicht weiß, wie er es mir beibringen soll?«

Cici sprang auf, ging zu ihrer Freundin und legte ihr den Arm um die Schultern. »Das ist unmöglich. Er liebt dich. Und sollte er doch kalte Füße kriegen und dich im Stich lassen, werden Iona und ich und mein kleines Mäuschen immer an deiner Seite sein.«

»Danke«, flüsterte Hayley.

Cici drückte ihre Freundin fest an sich, insgeheim tief beunruhigt. Wenn selbst Hayley und Garrett sich nicht sicher waren über die Gefühle des jeweils anderen, welche Chance hatten dann Hoop und sie? Hayley und Garrett waren doch das vollkommene Paar! Ihre Beziehung hatte sich inmitten großer Schwierigkeiten entwickelt, und trotzdem hatten sie es geschafft zusammenzubleiben. Für Cici waren sie der Maßstab, an den sie mit ihrem eigenen persönlichen Chaos niemals heranreichen würde. Sie wollte die Risse nicht sehen.

Aber jetzt, da sie sie entdeckt hatte, wusste sie, dass man sie ernst nehmen musste. Cici schob den Gedanken für den Augenblick zur Seite. Im Moment musste sie Hayley aufmuntern und irgendwie ihr erstes Wiedersehen mit Hoop durchstehen. Sie würde sich ihm stellen, und wieder wurde ihr bewusst, wie sehr er ihr gefehlt hatte.

Die erste Reaktion auf sein Hiersein war freudige Erregung gewesen. Sie war davongelaufen, und er war ihr gefolgt, und sie war unendlich erleichtert, dass er sie nicht aufgegeben hatte.

Er durfte sie nicht aufgeben.

Dabei war es nicht wichtig, dass sie nicht wusste, was sie wirklich wollte. Was sie allerdings wusste, war, dass sie Hoop brauchte.

»Schick ihnen eine Nachricht, dass sie kommen können. Oh, und frag sie, ob sie irgendwo anhalten und uns etwas zu essen mitbringen können.«

»Was zum Beispiel?«

»Brat…«

»Schon wieder Brathähnchen? Du isst nichts anderes, seit ich hier bin«, sagte Hayley lachend.

»Es ist das Einzige, worauf ich Appetit habe. Was für ein verrücktes Verlangen, ich weiß. Ich hör sofort damit auf, wenn ich wieder in der Stadt bin. Ich schwöre es.«

Hayley schrieb die Nachricht und eilte dann hinaus, um sich für ihren Verlobten frisch zu machen. Und Cici ging ins Bad, um auch einen Blick in den Spiegel zu werfen. Sie trug ein wenig Lipgloss auf und versuchte, ihr wildes, sonnengebleichtes Haar zu bändigen. Aber auch sie selbst fühlte sich wild und erregt. Sie hatte Schmetterlinge im Bauch, und sie wusste, es lag an Hoop.

Seit ihrem ersten Kuss war er immer sehr vorsichtig gewesen, und das gewiss nicht zu Unrecht. Jetzt konnte sie das gut verstehen, aber die Bindung zwischen ihnen war inzwischen stärker als zuvor, und sie konnte es nicht leugnen – er fehlte ihr, und sie konnte es nicht erwarten, ihn wiederzusehen.

Sie … liebte ihn.

Jack Johnson sang ein Lied darüber, wie man Bananenpfannkuchen machte, und Hoop versuchte, sich zu entspannen. Es war inzwischen Abend, und sie saßen am Strand um ein Lagerfeuer herum. Die Luft war ein wenig kühl, aber nicht kalt. Iona und ihr griechisches Date gingen am Strand spazieren, Hoop saß in einem Adirondack Chair, den er und Garrett vom Haus heruntergetragen hatten, und Cici saß auf seinem Schoß, den Kopf an seiner Schulter. Sie aß Hähnchen von einem Teller, den Hoop ihr gerade gebracht hatte.

Es war ein schöner Tag gewesen, aber Hoop hatte ihn als ein wenig unwirklich empfunden. Sie hatten keine Gelegenheit gehabt zu reden, sondern hingen die ganze Zeit mit ihren Freunden herum und benahmen sich, als gäbe es keine Probleme.

In diesem Moment war alles, was er sich jemals gewünscht hatte, um ihn versammelt. Sein bester Freund unterhielt sich leise mit seiner Verlobten. Die Frau, die Hoop liebte, lag in seinen Armen. Ein Gefühl von Frieden erfüllte ihn, und er merkte, wie lange er dieses Gefühl schon versucht hatte einzufangen. Wie lange er darauf gewartet hatte. Er hatte Angst gehabt, es niemals zu finden, und jetzt durfte er es erleben.

Er hätte geschworen, dass Cici und er auch in der Stadt schon perfekt zusammen gewesen waren, aber erst hier im

Dunkeln am Lagerfeuer und mit dem Vollmond über ihnen konnte er diese Harmonie auch wirklich empfinden. Er legte Cici den Arm um die Taille und stibitzte ein Stückchen Huhn von ihrem Teller.

Sie gab ihm einen spielerischen Klaps auf die Hand, als er sich das Fleisch in den Mund steckte. »Soso ... Brathähnchen.«

»Ja, ich weiß. Es ist ziemlich komisch, weil ich normalerweise kein Fan von Fleisch bin, aber diesen Sommer scheine ich nicht genug davon bekommen zu können. Mom meinte, sie sei wild auf Burritos gewesen, als sie mit mir schwanger war.«

»Burritos?«

»Ja. Damals war mein Dad in Texas stationiert gewesen. Mom sagte, es hätte da ein Restaurant gegeben, das die besten Burritos machte, die Mom und Sheila, Moms beste Freundin, je gegessen hätten. Sie fuhren manchmal sogar um zwei Uhr nachts hin.«

»Und wo war dein Dad?«, fragte er. Hoop wusste, dass ihr Vater gefallen war, aber nicht, wann das geschehen war, und auch sonst nicht sehr viel über ihn.

»Im Einsatz. Mom hat nie viel darüber gesprochen, aber ich habe das Gefühl, er war die meiste Zeit während ihrer Schwangerschaft nicht bei ihr. Er kam am Tag meiner Geburt und hatte noch einen letzten Einsatz, bevor er sich endgültig aus dem Dienst verabschiedet hätte, aber ... von dem kam er nicht mehr zurück.«

»Das tut mir leid.«

»Das braucht es nicht. Es ist so lange her.«

»Ja, aber ich weiß, was es bedeutet, seinen Vater niemals kennengelernt zu haben. Du musst so viele Fragen haben.«

»Das stimmt, aber Mom hat versucht, mir jede zu beantworten, sodass ich das Gefühl habe, ihn zu kennen. Sie sagte zum Beispiel so etwas, wie ›Du bist genauso gut in Mathe wie dein Vater‹ oder ›Du isst deine Oreos genau wie er‹.«

»Zuerst die Cremefüllung?«, fragte er.

»Nein. Im Ganzen und ohne sie irgendwo einzutunken. Ich mag keine durchweichten Kekse. Und du?«

»Ich tunke sie in Milch, nachdem ich die Cremefüllung gegessen habe.«

»Igitt«, meinte sie neckend. »Zum Glück mag ich es, wie du küsst, sonst würde ich dich sofort aus dem Haus werfen.«

Er schlang die Arme fester um sie und drehte sie so zu sich herum, dass sie einander ansehen konnten. »Du magst es, wie ich küsse?«

Sie hob eine Augenbraue. »Na ja, ich bin bestimmt nicht mit dir zusammen wegen der Art, wie du Kekse isst.«

Heute schien sie in verspielter Stimmung zu sein, und Hoop musste zugeben, dass ihm das gefiel. Er mochte diese Seite an Cici. Er fragte sich, ob sie wegen Rich schon eine Entscheidung gefällt hatte, doch dann verdrängte er diesen Gedanken. Er war hier als ihr Freund – weil er gut küssen konnte – und nicht als Anwalt.

»Was gefällt dir noch an mir?«

»Nur das. Deine Küsse«, meinte sie mit einem Augenzwinkern.

»Ich bin zutiefst verletzt. Mir gefallen ganz viele Dinge an dir«, sagte er.

»Wie zum Beispiel?«

»Die Art, wie du Kekse isst«, antwortete er grinsend. »Allerdings war ich nicht sicher, ob es eine gute Idee ist herzukommen.«

»Ich weiß. Das ist meine Schuld. Ich hätte nicht einfach so davonlaufen sollen, aber irgendwie kam es mir so vor, als wäre ich eingesperrt, und ich brauchte etwas Luft und Zeit zum Nachdenken.«

»Das kann ich verstehen. Wirklich, Cici. Ich war zwar ziemlich genervt, aber ich verstehe dich.«

»Danke. Es tut mir so leid, dass ich einfach abgehauen bin«, sagte sie. »Ich hatte Angst, dass du mir nicht folgen würdest.«

Hoop hob ihr Kinn sanft an und sah ihr in die Augen. Er wünschte, er könnte den Ausdruck darin deuten, aber darin war er noch nie sehr gut gewesen, es sei denn, es handelte sich um einen anderen Anwalt, der ihm im Gerichtssaal gegenüberstand. »Du wolltest, dass ich komme?«

Sie kaute nervös auf ihrer Unterlippe, und er stöhnte leise auf. Mehr brauchte sie gar nicht zu tun, um ihn anzuturnen, und er musste sich anstrengen, um sich auf die Unterhaltung zu konzentrieren. Das Gespräch war wichtig, und er wollte ihr die Aufmerksamkeit schenken, die sie verdiente, aber Cici saß auf seinem Schoß, und am liebsten hätte er sie hier und jetzt genommen. Wenn auch nur, um sich zu vergewissern, dass sie wieder zu ihm zurückgekehrt war.

»Das wurde mir erst bewusst, als du hier aufgetaucht bist«, gab sie zu. »Du bedeutest mir viel, Hoop, und ich möchte dich nicht wieder verletzen.«

Er nickte. »Ich bin es gewohnt, mich allein durchzuschlagen, Cici.«

»Das missfällt mir aber. Ich sollte dich verwöhnen und beschützen, und stattdessen …«

»Du bist schwanger und musst mit einer Situation fertigwerden, mit der du niemals gerechnet hast. Mach dir meinetwegen nicht auch noch Sorgen.« Hoop wollte nicht, dass sie sich um ihn und sein Seelenheil sorgte. In diesem Moment, mit ihr in seinen Armen, hatte er alles, was er brauchte.

»Wie wäre es, wenn du jetzt aufhörtest, vor mir davonzulaufen? Dann könnten wir beide zusammen die Probleme angehen«, schlug er vor.

»Meinst du das ernst?«

»Natürlich. Komme ich dir wie ein Mann vor, der etwas sagt, ohne es zu meinen?«

Sie schüttelte den Kopf. »Ich frage eher mich als dich. Es rührt mich, dass du mich nicht einfach zum Teufel schickst.«

Sein Herz klopfte schneller. Er wollte ihr sagen, dass er sie liebte, aber noch war er nicht so weit und nicht einmal sicher, ob er es je sein würde. Was war, wenn er ihr seine Liebe beichtete und sie ihn verließ?

Also küsste er sie stattdessen lange und gründlich, bis sein Puls raste und er alles um sich vergaß.

19. Kapitel

Cici ließ sich Zeit in der Dusche. Hayley und Garrett waren im Schlafzimmer im Erdgeschoss untergebracht, und Hoop benutzte das Bad zwischen den Zimmern ihrer Brüder. Iona hatte sich schon früher verabschiedet. Cici war nicht sicher, was geschehen war, aber Iona war vor etwa vierzig Minuten ohne ihren Begleiter wieder zurückgekommen und hatte nur gesagt, dass sie dringend wieder in die Stadt zurückmüsse.

Cici hatte versucht, mit ihr zu reden, und sie und Hayley hatten später beide im Chat nachgefragt, was los sei, aber bei Iona herrschte totale Funkstille. Auch vom griechischen Milliardär war nichts zu hören oder zu sehen. Morgen früh würde Cici dafür sorgen, dass sie einige Antworten bekam. Aber heute Nacht würde sie Iona noch Zeit geben.

Sie war schon lange im Bad und starrte jetzt ihr Spiegelbild an. Ihr Bauch war ein wenig größer geworden, aber noch würde niemand erraten können, dass sie schwanger war. Eigentlich hätte man lediglich vermuten können, dass sie ein wenig dick geworden war. *Großartig.*

Sie strich sich das halb trockene Haar aus der Stirn und richtete sich zu ihrer vollen Größe auf, als könnte sie so ihr Selbstvertrauen stärken. Es ließ sich nicht ändern, von jetzt an würde sie nun einmal immer mehr zunehmen. Ihre Knöchel waren zum Glück noch nicht angeschwollen, aber insgesamt wünschte sie, sie würde besser aussehen als jetzt.

Bisher war sie eigentlich ziemlich stolz auf ihr Aussehen gewesen. Sie trainierte zwar nicht übertrieben oft, aber ihre Kleidergröße war seit Jahren gleich geblieben. Wann immer sie einige Pfund zulegte, wurde sie sie mit einer sanften Diät meist ziemlich schnell wieder los. Aber eine Schwangerschaft war natürlich etwas anderes. Etwas ganz anderes.

Was würde Hoop denken?

Sie waren Liebhaber, aber sie waren eine Weile nicht intim miteinander gewesen, und Cici hatte das Gefühl, aufgebläht zu sein wie ein Ballon. Vielleicht waren auch die ganzen Hummerbrötchen daran schuld. Ab morgen würde sie nur noch Wasser und Karotten zu sich nehmen – und vielleicht ein bisschen Hühnerfleisch.

Sie stöhnte leicht auf.

»Alles okay bei dir?«, rief Hoop von draußen.

Natürlich, er war inzwischen fertig im Bad. Cici griff nach ihrem ärmellosen Nachthemd und öffnete die Tür. Hoop lag auf mehreren Kissen, hatte den Fernseher eingeschaltet und ein offenes Buch auf dem Schoß.

Cici konnte ihn nur anstarren. Er sah hinreißend aus – seine breite, muskulöse Brust, die sonnengebräunte Haut vom Strand heute. Cici selbst war nicht braun geworden, sondern hatte sich einen leichten Sonnenbrand eingefangen.

»Ich habe vergessen, mir die Zähne zu putzen«, stieß sie hervor und verschwand wieder im Badezimmer.

Sie trat ans Waschbecken, griff aber nicht nach der Zahnbürste, sondern starrte wieder ihr Spiegelbild an und erkannte, dass jetzt, da sie Hoop liebte, alles anders war. Wobei es nicht wichtig war, ob er es wusste oder nicht. Die Gefühle waren da, und Cici konnte an nichts anderes denken, wenn sie mit ihm zusammen war. Sie wollte, dass alles perfekt war.

Die heutige Nacht musste etwas ganz Besonderes werden. Und ausgerechnet jetzt stand Cici kurz davor, in Tränen auszubrechen, weil sie schwanger war – und fett und müde und mit einem Kind im Bauch, das nicht seins war. Sie bedauerte nicht die Schwangerschaft, denn das Baby konnte nichts dafür. Aber zum ersten Mal gestand sie sich ein, dass sie wünschte, das Baby wäre von Hoop. Und nicht nur, weil er bereit war, ihrem Baby ein Dad zu sein, sondern weil er es gezeugt hatte.

Sie lehnte die Stirn an den Spiegel und stellte fest, dass ihre Liebe für ihn die Situation nicht verbessert hatte. Vielmehr war sie verdammt sicher, dass sie nur noch komplizierter geworden war.

Seine Hand auf ihrer Schulter riss sie aus ihren wirren Gedanken. Er drückte sie nur sanft, trat hinter sie und schlang ihr den Arm um die Taille, während er ihr Haar beiseiteschob, um sie auf den Nacken zu küssen.

Er sagte kein einziges Wort, und das war genau, was Cici brauchte. Zärtlich verteilte er kleine Küsse auf ihrem Rücken, bis er auf den Stoff ihres Nachthemds traf, und dann trat er näher. Die Hand noch immer auf ihrer Taille, drückte er Cici fest an sich, und sie spürte seinen voll erregten Schwanz, als er sich an ihrem Po rieb. Mit der anderen Hand strich er über ihren Körper, umfasste ihre Brust und flüsterte ihr etwas ins Ohr.

Sein Atem war warm, seine Worte klangen aufregend erotisch und verführerisch. Cici erschauerte. Alle Ängste und Sorgen, die ihr eben noch so zu schaffen gemacht hatten, lösten sich langsam in Luft auf. Sie drehte sich zu ihm um, und der Blick in seinen graublauen Augen war so ernst, so lieb, dass ihr Herz dahinschmolz.

Was auch geschah, sie musste Hoop beschützen. Er war der wundervollste, liebste Mann, und sie war entschlossen, niemals etwas zu tun, das ihm schaden könnte.

Er küsste sie, und sie schmiegte sich an ihn und vertiefte den Kuss voller Ungeduld. Ihre Zungenspitzen trafen sich, während Hoop ihr über den Rücken strich und sie heftig an sich zog.

»Du brauchst dir nicht die Zähne zu putzen, dein Atem ist köstlich«, flüsterte er an ihrem Mund und machte einen Schritt zurück, um sie ansehen zu können.

Cici fühlte sich ein wenig entblößt vor ihm, aber es störte sie nicht mehr so sehr wie eben noch. »Gut zu wissen«, sagte sie lächelnd und schrie leise auf, als er sie plötzlich hochhob.

Schnell schlang sie ihm die Beine um die Taille und die Arme um die Schultern und lehnte die Stirn an seine, während sie von nie gekannten Gefühlen davongetragen wurde. Es war doch ihr Hoop. Ein Teil von ihr hatte Angst davor gehabt, der Anziehungskraft nachzugeben, die sie schon beim ersten Mal empfunden hatte, als sie ihn im Olympus sah. Aber jetzt wäre es albern gewesen, sich einreden zu wollen, dass er nicht der Mann war, den sie haben wollte. Und nicht nur heute Nacht, sondern den Rest ihres Lebens.

Sie löste sich von ihm, stellte sich auf die Füße und ging zum Bett. Seltsam, dass Liebe nicht in der Lage war, alles in Ordnung zu bringen. Die Liebe, die er für Cici empfand, würde vielleicht nicht ausreichen.

Diese Lektion hatte er schon vor Jahren gelernt, als er versucht hatte, in einer der vielen Pflegefamilien Fuß zu fassen, aber er hatte immer geglaubt, es würde anders sein, wenn er eine Frau fand, wenn er die *richtige* Frau fand.

Er konnte sich nicht an ihr sattsehen. Ihre Wangen waren leicht gerötet, ihre Schultern voller winziger Sommersprossen, und ihr Haar war gebleicht von der Sonne. So viele Tage waren gar nicht verstrichen, seit er sie das letzte Mal gesehen und in den Armen gehalten hatte, aber es kam ihm vor, als wäre seitdem ein ganzes Leben vergangen. Sein Herz zog sich schmerzhaft zusammen.

Er wollte sie so leidenschaftlich lieben, dass sie all ihre Probleme vergaß. Als könnte er, indem er sie in Besitz nahm, eine Bindung zwischen ihnen schaffen, die es Cici unmöglich machen würde, ihn je wieder zu verlassen. Aber er wusste, dass das nicht ging.

Er schüttelte den Kopf. *Sex, Mann. Hier geht es einfach nur um Sex.*

Aber bei Cici war es nie nur um Sex gegangen, und er hatte das Gefühl, dass sich das niemals ändern würde. Wenn es anders gewesen wäre, hätte er an jenem Abend im Olympus nicht gezögert. Verdammt, er wünschte, er wäre seinem Bauchgefühl gefolgt statt seiner Vernunft. Das war wirklich nach hinten losgegangen.

»Kommst du?«, fragte sie. »Dein Atem ist auch okay.«

Sie zwinkerte ihm zu, und er zögerte nicht länger. Schließlich war das Cici, die Frau, die ihm wichtiger war als selbst seine Karriere. Er folgte ihr ins Schlafzimmer und schloss sie in die Arme.

Sie duftete nach frischen Pfirsichen und nach Meer. Er kam sich vor wie in einem Traum, von dem er niemals erwachen wollte, um nicht wieder einsam zu sein. Also hob er Cici hoch, setzte sie aufs Bett und zog sie dann auf seinen Schoß. Sie schlang ihm die Arme um den Hals und schmiegte sich an ihn, wobei ihre Brüste ihn berührten. Sie legte den Kopf schief und küsste ihn wild auf den Mund, während sie sich drehte, sodass sie rittlings auf ihm saß.

Die Hände auf seinen Schultern, sah sie ihn an. Der Saum ihres Nachthemds war nach oben gerutscht, und Hoop spürte ihre nackten Schenkel an seinen, und als er über ihren Rücken strich und mit der Hand unter ihr Nachthemd schlüpfte, stellte er fest, dass sie darunter völlig nackt war. Er legte die Hände auf ihren festen Po und zog sie zu sich heran, sodass er seinen harten Schwanz an ihr reiben konnte.

»Besser so?«, fragte sie atemlos.

»Immer besser«, meinte er mit einem tiefen Aufstöhnen. »Als wir am Strand beim Lagerfeuer saßen, war es genau das, was ich tun wollte.«

»Ich auch.« Sie beugte sich vor und verteilte kleine Küsse auf seiner Brust. Ihr Mund war warm und feucht, und ihre Küsse, zuerst sanft, wurden immer leidenschaftlicher, bis er plötzlich ihre Zähne spürte.

Er schob ihr die Finger ins Haar und sah ihr unter halb gesenkten Lidern zu, wie sie langsam an ihm hinunterzurutschen begann. Sie fuhr mit der Zungenspitze über seine Brust, dann seinen Bauch und dann noch tiefer. Hoop wurde noch härter, als sie seine Brustspitzen umkreiste, und er hielt ihren Kopf fest, damit sie nicht aufhörte, ihn mit dem Mund zu liebkosen.

Gierig drückte er sie an sich, und Cici stützte sich an seinen Schultern ab, als sie sich an ihm zu reiben begann. Hoop war so erregt, dass es beinahe wehtat.

Cici stöhnte auf, als sie ihn direkt unter sich spürte. Mit beiden Händen strich sie über seine Bauchmuskeln und rutschte dann tiefer. Er spürte, dass er bald die Kontrolle verlieren und nicht lange mehr durchhalten würde, wenn sie so weitermachte.

Aber gleichzeitig wollte er sich einfach zurücklehnen und Cici erlauben, mit ihm zu tun, was sie sich wünschte. Als sie ihn in die Hand nahm, fürchtete er, sich nicht mehr zurückhalten zu können, und Cici zwinkerte ihm zu.

»Ich glaube, das gefällt dir.«

»Verdammt, ja«, sagte er, zog ihr das Nachthemd entschlossen über den Kopf und legte die Hände auf ihre Brüste. Sie waren voller als beim letzten Mal und ihre Brustknospen größer, und als er mit den Fingern darüberstrich, zogen sie sich zusammen. Einen Arm um ihre Schultern, setzte Hoop sich auf, um sich an ihre Brüste zu pressen. Cici biss sich auf die Unterlippe und schloss seufzend die Augen, als ihre Knospen sich an ihm rieben.

»Das ist gut«, flüsterte sie.

Das Blut rauschte ihm in den Ohren. Er konnte nur noch daran denken, sie endlich zu nehmen, zu besitzen und ihr mit seinem Körper zu zeigen, dass sie ihm gehörte. Mit einer Hand strich er ihr über die Schenkel, zuerst außen, dann höher und zu der Stelle zwischen ihren Beinen. Cici stöhnte kehlig auf, als er sich ihrem Schoß näherte, seufzte dann und spreizte die Beine ein wenig mehr, als er mit den Fingerspitzen die kleine Knospe berührte.

Er drang mit einem Finger ein, zögerte kurz und sah ihr in die Augen. Es war das erste Mal, dass er eine Frau in den Armen hielt, die er so sehr liebte wie Cici. Er wollte keinen Augenblick ihres Liebesspiels verpassen und es sich so gründlich einprägen, dass er es niemals vergessen würde.

Cici schloss wieder die Augen, und er beobachtete sie noch einen Moment, bevor er einen zweiten Finger folgen ließ. Sie bewegte sich ungeduldig, und er spürte, wie sie sich um ihn zusammenzog, als er sie zu verwöhnen begann. Dann berührte er die empfindsame Knospe mit dem Daumen, und Cici wand sich unter der Liebkosung.

Er zog ihren Kopf zu sich herunter und küsste sie. Sie schmeckte nach Erregung und, wie er glaubte, nach Liebe. Er wünschte, sie würde in der Lage sein, an seinem Kuss zu erkennen, wie viel sie ihm bedeutete. Sie öffnete die Lippen, ihre Zungenspitzen trafen sich. Hoop wollte sich Zeit lassen und den Moment so lange wie möglich genießen, aber er konnte nicht. Nicht bei Cici.

Mit hungrigen Blicken sah er sie an. Sie war vollkommen. Ihre vollen Brüste, ihr kleiner Bauch, ihre leicht gebräunte Haut. Als er eine Brustknospe streichelte, konnte er sehen, wie sich beide noch einmal aufrichteten. Cici biss sich auf die Unterlippe und presste sich an ihn.

Ihre Brüste schienen empfindlicher zu sein als beim letzten Mal. Er fuhr mit dem Fingernagel über die Brustspitzen, und Cici erschauerte heftig. Sanft drückte er sie nach hinten, um sie besser betrachten zu können. Es war, als würden ihre Brüste um noch mehr Aufmerksamkeit betteln. Also senkte er den Kopf und saugte abwechselnd an ihren Brustknospen, während er nicht aufhörte, Cici mit den Fingern zu reizen.

Keuchend drängte sie sich an ihn, und er beschleunigte das Tempo seiner Finger. Selbst schwer atmend, hob er den Kopf und blies auf ihre feuchten Brustspitzen, sodass Cici eine Gänsehaut bekam.

Er liebte es, wie sie auf ihn reagierte. Ihre Brüste waren so empfindlich, dass er sie wahrscheinlich schon zum Höhepunkt hätte bringen können, indem er sie einfach nur dort berührte.

Aber er musste sie nehmen, wollte den Höhepunkt gleichzeitig mit ihr erleben. Inzwischen war er so hart, dass er glaubte, sterben zu müssen, wenn er nicht endlich in ihr sein konnte.

Er sah, dass Cici ihn beobachtete. Der Ausdruck von Lust in ihren Augen verstärkte sein Verlangen noch. Mit beiden Hände auf ihren Hüften, drang er sehr langsam in sie ein, bis er sie ganz ausfüllte. Mit jedem Zentimeter, den er tiefer in ihr versank, wurden ihre Augen größer, und sie atmete stoßweise. Sie klammerte sich an ihn, sodass er ihre Fingernägel spürte.

Eine ihrer Brustknospen im Mund, reizte er sie sanft mit den Zähnen. Cici bewegte sich schneller, aber Hoop blieb bei seinem langsamen Tempo, weil er ihr Liebesspiel mit ihr so lange auskosten wollte wie möglich. Allerdings ließ Cici das nicht lange zu. Sie nahm seinen Kopf in beide Hände, beugte sich über ihn und nahm seine Unterlippe zwischen die Zähne, bevor sie mit der Zungenspitze eindrang, um ihn zu küssen.

Und dann ritt sie ihn immer schneller und schneller, und er hielt sich an ihr fest und gestattete ihr schließlich doch, das Tempo zu bestimmen, bis er jenes Prickeln spürte, das der höchsten Ekstase stets vorausging. Er schlüpfte mit einer Hand zwischen ihre Körper und streichelte ihre Perle. Cici stöhnte laut auf und warf den Kopf zurück, und Hoop verlor sich wieder und wieder in ihr, bis er einen Höhepunkt erreichte, der seinen ganzen Körper erzittern ließ.

Cici brach in seinen Armen zusammen, den Kopf an seiner Schulter, das Haar auf seiner Brust ausgebreitet. Er spürte ihren Atem an seinem Herzen, und er schloss die Augen und hielt sie zärtlich fest, weil er sie am liebsten nie wieder losgelassen hätte. Aber das ging natürlich nicht. Sie war noch nicht bereit dafür. Und er wusste, wenn er ihr sagen würde, dass er sie liebte, und sie ihn verlassen würde, würde er nicht nur ein gebrochener Mann sein, sondern auch nicht sicher, ob er die Kraft aufbringen würde, ihr noch einmal zu folgen.

20. Kapitel

Cici wusste, dass sich in der gestrigen Nacht etwas sehr Wichtiges getan hatte zwischen Hoop und ihr. Und als sie aufwachte und eine Nachricht von ihm vorfand, dass er schon aufgestanden war, um laufen zu gehen, streckte sie sich genüsslich und lächelte. Sie schickte Rich eine Nachricht, dass sie bereit war, sich mit ihm zu treffen, und zog sich an.

Sie legte die Hand auf ihren Babybauch und wusste, dass es ihr und ihrem Mäuschen gut gehen würde. Mehr als nur gut. Was auch geschah. Sie würde mit Rich reden und überlegen, was für Rechte sie ihm und seinen Eltern zugestehen würde. Ihre Freunde hatten recht gehabt, als sie ihr gestern sagten, sie wisse schon, was sie zu tun hatte.

Bisher hatte sie geglaubt, zumindest einigermaßen reif und erwachsen zu sein, aber ihre Schwangerschaft hatte ihr gezeigt, dass das überhaupt nicht stimmte. Abgesehen davon, dass sie immer auf ihrer hart erkämpften und wohlverdienten Unabhängigkeit bestehen würde, hatte sie inzwischen erkannt, dass Eltern ein großes Netz von Freunden und Familie brauchten. Wenn sie an ihre eigene Kindheit dachte, wusste sie nun, wie viel reicher ihr Leben durch Steve und ihre Brüder geworden war. Und natürlich durch ihr Glück, gleich sechs Großeltern gehabt zu haben. Cici wünschte sich das auch für ihr Baby. Es würde genauso wie sie eine große, erweiterte Familie brauchen.

Und sie wollte einen Vater für ihr Kind.

Nicht Rich. Auf keinen Fall ihn. Sie wollte Hoop. Daran hatte sie jetzt keinen Zweifel mehr. Falls sie bisher Angst gehabt hatte, ihm zu vertrauen, dann hatte er ihr inzwischen schon hundertmal gezeigt, dass sie sich auf ihn verlassen konnte.

Sie ging hinunter, machte sich einen Kräutertee und schnupperte nur kurz am Kaffeepulver ihrer Eltern. Ihr fehlte der Kaffee, aber ihr Baby war ihr jedes Opfer wert.

Jemand kam die Treppe herunter, und Cici drehte sich um und erblickte Garrett, der in einer khakifarbenen Shorts und ohne Hemd vor ihr stand. Sein Haar war zerzaust, und er sah verschlafen aus.

»Morgen«, sagte er und rieb sich geistesabwesend die Brust. »Entschuldige. Ich habe nicht gewusst, dass schon jemand auf ist. Ich wollte Hayley einen Kaffee ans Bett bringen, bevor sie aufwacht.«

»Nur zu. Ich muss mich auf Tee beschränken, aber ich liebe den Duft von Kaffee, also bleibe ich hier sitzen und atme ihn tief ein.«

Er lachte herzhaft und ging zur Kaffeemaschine. »Ach, übrigens. Tut mir leid, dass ich Hoop mitgebracht habe. Mir war nicht klar, dass ich dich in eine unangenehme Situation bringen würde.«

»Schon gut. Tatsächlich bin ich froh, dass du ihn mitgebracht hast. Ich bin ein wenig langsam, wenn es um Beziehungen geht, und du hast uns geholfen, gleich mehrere Wochen auf einmal vorwärtszukommen.«

Garrett stellte eine Kaffeetasse auf den Küchentresen und drehte sich für eine weitere Tasse wieder um. »Wirklich? Du machst einen eher impulsiven Eindruck auf mich.«

»Ich bin auch impulsiv, was dann die Beziehung wieder meilenweit zurückwirft, weil ich die Dinge nicht richtig durchdenke.«

»Ergibt Sinn«, sagte Garrett und fügte dem fertigen Kaffee Milch und Zucker hinzu.

Cici hörte die klingenden Glöckchen von Lucys Halsband, und einen Moment danach kam der kleine Hund in die Küche getrottet. Garrett griff nach der Leine, aber Cici sprang auf. »Lass mich mit ihr spazieren gehen. Dann kannst du Hayley ihren Kaffee bringen.«

»Danke!«, rief Garrett begeistert, nahm beide Kaffeetassen in die Hände und verließ die Küche.

Cici bückte sich, um die Leine an Lucys Halsband festzumachen, und als sie sich wieder aufrichtete, wurde ihr ein wenig schwindlig. Der kleine Dackel zog an der Leine, aber Cici musste erst ein paarmal tief durchatmen, bevor das Schwindelgefühl nachließ. Dann zog sie sich ihre Flipflops an und ging mit Lucy aus dem Haus.

Lucy trippelte fröhlich über den Gehweg, und an einem so schönen Morgen fand Cici, dass ein Spaziergang genau das Richtige war. Sie hatte zwar ihr Handy zu Hause gelassen, aber das machte ihr nichts aus. Sie kannte die meisten Bewohner dieser Straße, und die Leute, die hier Urlaub machten, kamen für gewöhnlich schon seit Jahren hierher.

Sie legte die Hand auf ihren Bauch, während sie mit Lucy dahinspazierte, und dachte an das Leben, das ihr kleines Mäuschen hier führen würde. Es würde Beständigkeit und Sicherheit kennenlernen, weil sich weder ihre Umgebung ändern würde, noch die Menschen in ihrem Leben sie je verlassen würden. So war es auch für Cici gewesen, und diese Erkenntnis gab ihr Zuversicht.

Hoop hatte gesagt, die Schwangerschaft würde neun Monate dauern, weil man so Zeit hatte, sich an die neue Situation zu gewöhnen, und tatsächlich fing Cici jetzt erst allmählich an, sich an die Veränderungen zu gewöhnen. Dass sie ein Baby haben würde, war dabei nur die Spitze des Eisbergs. Es gab so vieles, was sie für ihr Baby vorbereiten musste.

Lucy erledigte ihr Geschäft, aber Cici war noch nicht bereit zurückzugehen. Sie war jetzt in der Nähe der Hauptstraße des Dorfes und erinnerte sich, wie sehr Hoop das Gebäck geliebt hatte, das sie ihm nach der Nacht im Hafen mitgebracht hatte. Also beschloss sie, ihm wieder welches zu besorgen.

Sie hatte zwar kein Geld dabei, aber die Besitzer der Bäckerei kannten sie und ihre Eltern, also würde es sicher kein Problem darstellen, später zu bezahlen. Diese Vertrautheit der Menschen hier untereinander gefiel Cici besonders an diesem kleinen Dorf. Die Leute hier bildeten eine Gemeinschaft, und es war für sie der eine Ort, an dem sie sich in Sicherheit fühlte.

Sobald sie wieder zu Hause war, würde sie ihre Mutter anrufen und ihr danken. Ihr wurde klar, wie viel ihre Eltern ihr gegeben hatten und wie viel sie ihnen verdankte.

Als sie um die Ecke zur Hauptstraße bog, bemerkte sie an einem der Straßentische des Cafés einen Mann, der wie Rich aussah.

Cici blieb abrupt stehen. Was machte er hier? Sie wollte noch nicht mit ihm sprechen. Aber vielleicht hatte das Schicksal sie heute aus einem bestimmten Grund hierhergebracht. Die Tür zum Café wurde geöffnet, und Hoop kam an der Seite eines älteren Herrn heraus, der Rich bemerkenswert ähnlich sah.

Sein Vater?

Cici stand einen Moment regungslos da und versuchte zu begreifen, was hier vorging. Aber sie konnte nicht verhindern, dass sie wütend und tief gekränkt war. Es sah so aus, als würde Hoop sich mit Rich und seinen Eltern treffen. Aber warum sollte er so etwas tun?

Hoop war überrascht, Martin in dem kleinen Dorf über den Weg zu laufen. Nachdem sie sich begrüßt hatten, betraten sie gemeinsam das Café, in das Martin gerade hatte gehen wollen.

»Martin, ich wusste nicht, dass Sie dieses Wochenende in den Hamptons sein würden.«

»Ich bin mit den Hallifax gekommen. Sie haben Rich mitgenommen und versuchen, sich mit Cici Johnson zu treffen. Sie möchten mit ihr reden.«

»Ich bin nicht sicher, ob sie schon dazu bereit ist«, sagte Hoop.

»Vielleicht könnten wir ihr dazu verhelfen?«

»Ich bin nicht ihr Anwalt«, erinnerte Hoop seinen Chef.

»Ich weiß. Aber dieser Fall kann nicht mit nüchterner Taktik gelöst werden. Unterstützen Sie mich darin, für alle eine Lösung zu finden.«

Hoop hoffte, dass es eine Gelegenheit für Cici sein könnte, die Situation zu klären, aber dann bedauerte er den Entschluss schon, kaum dass er ihn gefasst hatte. Er war nicht in der Lage, auch nur zu erraten, was Cici wollte – abgesehen vielleicht von mehr Zeit. Und er wusste, dass diese Leute ihr keine geben würden.

Er dachte fieberhaft darüber nach, wie er sich so höflich wie möglich aus der Affäre ziehen konnte, während er das Café verließ und an den Tisch trat, an dem Rich mit seinen Eltern wartete. Dann sah er auf und entdeckte Cici an der Ecke. Er ging sofort zu ihr. Es blieb keine Zeit, an irgendetwas anderes zu denken als daran, dass sie wütend zu sein schien. Hoop wollte auf keinen Fall, dass sie dachte, er hätte dieses Treffen hinter ihrem Rücken arrangiert.

Sobald sie ihn auf sich zukommen sah, veränderte sich etwas in ihrem Ausdruck. Sie sah auf Lucy herab, die die Gelegenheit ergriffen hatte, sich zu setzen.

»Hi, Cici. Ich habe Martin, meinen Chef, beim Joggen getroffen, und er lud mich zu einem Kaffee ein.«

Sie nickte nur.

»Er bestand darauf. Er wollte mir deutlich machen, dass sie keine Ungeheuer sind.«

Er wollte weiterreden, doch sie hob die Hand. »Schon gut. So wie die Dinge stehen, kann ich mich genauso gut mit ihnen treffen.«

»Nur wenn du es wirklich willst. Du bist nicht auf das Gespräch vorbereitet, und ich glaube, deswegen wäre es besser, wenn ich zuerst mit ihnen reden würde, aber wenn du es dir jetzt zutraust, ist es vielleicht gar nicht so schlecht«, sagte er.

»Woher wussten sie, dass du hier bist?«, fragte sie.

»Sie wussten es nicht. Aber sie wussten, dass deine Familie hier ein Haus besitzt. Offenbar haben sie es von deiner Cousine erfahren.«

Er hatte keine Ahnung, was in Cicis Kopf vorging. Ihre Miene blieb ausdruckslos. Er hätte gern etwas getan, um ihr zu helfen, aber er fühlte sich so hilflos. Mehr als seinen moralischen Rückhalt konnte er ihr nicht geben. »Brauchst du mich im Moment als Anwalt oder als Freund?«

Sie sah ihn an und kaute nachdenklich auf ihrer Unterlippe. »Als beides, glaube ich. Lass uns zu ihnen gehen und mit ihnen reden.«

Sobald sie das Zauberwort »gehen« ausgesprochen hatte, sprang Lucy auf, aber Hoop wollte Cici noch etwas sagen, bevor sie hinübergingen.

»Hey«, sagte er und stellte sich so vor sie, dass sie das Café nicht sehen konnte. »Martin und ich haben ihnen schon gesagt, wie unangemessen ihr Verhalten ist. Rich ist auch nicht sehr glücklich über seine Eltern. Du brauchst nicht mit ihnen zu reden, Cici.«

»Was hast du ihnen sonst noch gesagt?«, fragte Cici. »Wir haben doch noch gar nicht besprochen, was ich tun werde.«

»Nichts habe ich gesagt. Nur dass du Zeit brauchst und sie das zu respektieren haben«, sagte er. »Mein Chef drängt auf eine schnelle Entscheidung, aber er weiß natürlich, dass du Zeit brauchst. Selbst ohne Richs Unterschrift unter der Verzichtserklärung hättest du immer noch die mündliche Aussage, dass er auf seine Rechte als Vater verzichtet. Sie können dich also zu nichts zwingen.«

Cici legte den Kopf schief. Sie sah ihn jetzt nachdenklich an. Dann nahm sie plötzlich seine Hand und zog ihn um die Straßenecke, sodass man sie vom Café nicht sehen konnte. »Was bedeutet das, Hoop?«

»Dass ich nicht zulasse, dass sie dich drangsalieren. Ich glaube, sie dachten, du wärst eine arme kleine Buchhalterin. Sie wissen nicht, wer deine Familie ist oder wer du bist. Richs Mutter liebt übrigens das Candied Apple Café. Sie hat es heute Morgen mindestens siebenmal erwähnt.«

Cici schüttelte den Kopf. »Ich hatte beschlossen, mir heute Richs Perspektive anzuhören, aber ich möchte seinen Eltern nicht verbieten, ihr Enkelkind kennenzulernen. Ich wünschte nur, sie hätten mir die Zeit gegeben, um die ich sie gebeten habe.«

»Die kannst du noch immer haben. Ich gehe gern hinüber und sag ihnen, dass sie verschwinden sollen«, schlug er vor.

»Nein. Danke für dein Angebot, Hoop, aber das Baby

gehört zu mir, und ich bin es, die sich um diese Sache kümmern muss.«

Hoop war nicht sicher, was das bedeutete, aber er war bereit, sie in jeder Hinsicht zu unterstützen. »Soll ich mitkommen?«

Sie drückte seine Hand. »Ja. Nur so als Beistand.«

»In Ordnung.«

»Danke, Hoop«, sagte sie.

»Dafür bin ich da. Ich weiß, es ist nicht der richtige Zeitpunkt für uns beide, uns zu unterhalten, aber du sollst wissen, dass ich immer für dich da bin.«

Sie umarmte ihn. »Ich weiß. Danke.«

»Gern geschehen. Dann kümmern wir uns also kurz um diese Sache, damit wir den Rest des Tages genießen können.«

Sie machten sich gemeinsam auf zum Café, wo Rich sich offenbar gerade mit seinen Eltern stritt. Hoop spürte, dass Cici zögerte. Als Rich schließlich aufblickte, sah man ihm an, wie erstaunt er darüber war, dass Hoop und Cici Hand in Hand auftauchten.

»Hi, Rich«, sagte Cici. »Ich bin überrascht, dich hier zu sehen.«

Rich rieb sich verlegen den Nacken. »Ich auch. Entschuldige, dass ich einfach so aufkreuze. Ich fand gestern heraus, dass meine Eltern mein Handy benutzt haben, um dich anzuschreiben. Das sind übrigens meine Eltern, Richmond und Jill. Mom, Dad, das ist Cici. Cici, das hier ist Martin Reynolds.«

Martin und Richmond standen auf und streckten Cici die Hand hin.

»Verzeihen Sie, aber wir sind völlig von der Neuigkeit überrumpelt worden und überglücklich«, sagte Richmond. »Aber Rich …«

»Dad, ich meinte es ernst. Behalte deine Kritik für dich«, unterbrach Rich ihn.

Hoop entging nicht, wie groß die Anspannung am Tisch war, und musste Cici nicht ansehen, um zu wissen, dass auch sie es bemerkt hatte.

»Mr. und Mrs. Hallifax, ich weiß bereits von Richs Einstellung. Wir kennen uns kaum, aber wir waren beide ziemlich niedergeschlagen an jenem Abend und wollten nicht mehr als einen One-Night-Stand. Mehr sollte es nicht sein und wäre danach schnell vergessen gewesen. Ich weiß nicht, was schiefging, aber jetzt bin ich schwanger. Mir kam nie der Gedanke, dass Sie … na ja, dass Sie überhaupt existieren. Tut mir leid, aber ich war zu sehr damit beschäftigt, meine nächsten Schritte zu bedenken.«

»Das verstehen wir natürlich«, sagte Mr. Hallifax.

»Danke. Ich hatte noch nicht die Gelegenheit, mit meiner Anwältin zu sprechen, aber ich bin bereit, Sie das Kind sehen zu lassen. Ich selbst hatte das große Glück, gleich sechs Großeltern zu haben, und ich weiß, wie wertvoll diese Menschen für mich waren. Also würde ich gern mit Ihnen über Ihre spätere Beziehung zu meinem Baby sprechen.«

Mrs. Hallifax nickte. »Mehr wollen wir auch gar nicht. Als Martin uns anrief, waren wir völlig überrumpelt, und dann kehrte Richmond sofort den Boss heraus und war entschlossen …«

Sie brach ab, aber Cici lächelte schief. »Entschlossen, das Kind zu bekommen, was immer er auch dafür tun musste.«

»Ja. Das war nicht fair Ihnen gegenüber«, gab Richs Mutter zu.

»Nein«, stimmte Cici zu. »Aber ich kann Sie verstehen.«

»Hört mal, ich bin noch immer nicht bereit, Vater zu werden«, warf Rich ein. »Ich verzichte auf meine Rechte als Vater. Meine Karriere erlebt gerade einen Riesenaufschwung, und ich habe eine Verlobte. Mehr will ich nicht.«

»Du hast aber auch eine Verpflichtung«, beharrte Richmond streng.

»Das müssen Sie innerhalb Ihrer Familie klären«, sagte Cici. »Sie können gern für mein Kind die Großeltern sein. Aber Rich und ich wissen, dass wir nichts voneinander wollen.«

»Ich werde am Montag im Büro etwas mit Lilia ausarbeiten«, sagte Martin. »Und wir werden dafür sorgen, dass es ein Arrangement ist, das Ihnen allen gegenüber fair ist. Nächste Woche melden wir uns.«

Lucy zerrte ungeduldig an der Leine, und so verabschiedete Cici sich und ging mit dem Hund die Straße hinunter zu einer Rasenfläche. Als Letztes bekam sie noch mit, wie Martin für die folgende Woche einen Termin mit Richs Eltern vereinbarte.

Es war gar nicht so unangenehm gewesen, sie zu treffen, wie sie gefürchtet hatte. Jetzt, da sie Rich wiedergesehen hatte, war ihr ganz deutlich bewusst, wie wenig sie gemeinsam hatten. Er war kein Mann, zu dem sie sich normalerweise hingezogen gefühlt hätte, und wenn nicht ihr Baby gewesen wäre, hätte sie Rich zu einem der größten Fehler ihres Lebens gerechnet.

Aber da war zum Glück ihr kleines Mäuschen.

»Hast du was dagegen, wenn wir gemeinsam zurückgehen?«, fragte Hoop, als er sie eingeholt hatte.

»Nein. Weißt du, ich wollte dich um deinen Rat bitten, bevor ich mich mit Rich getroffen hätte, aber offenbar brauchte ich ihn gar nicht. Seine Eltern scheinen ganz nett zu sein.«

»Stimmt. Ich glaube, es herrscht nicht gerade Harmonie zwischen ihnen und ihrem Sohn.«

»Ja, das war offensichtlich. Warum hast du dich auf die Situation eingelassen?«

Sie konnte sich nicht vorstellen, dass sie Hoop gezwungen hatten, mit ihnen zu sprechen. Hoop war nicht der Mann, der einer schwierigen Situation ausweichen würde.

»Ich wollte nicht, dass Martin dich überrascht. Und ich war ganz schön wütend, wenn du die Wahrheit wissen willst. Wir hatten gestern einen so schönen Tag, und du brauchtest Zeit, um dich zu entspannen und zu überlegen, was du tun wolltest.«

»Mein Beschützer.«

Hoop blieb stehen und nahm ihre Hand in seine. Cici wurde wieder einmal klar, wie sehr sie ihn an ihrer Seite haben wollte. Und zwar nicht, weil sie einen Mann brauchte oder ihr Leben nicht allein bewältigen konnte, sondern weil ihr Leben so viel reicher, so viel wundervoller sein würde, wenn sie dieses Abenteuer gemeinsam mit ihm erleben durfte.

»Ich möchte genau das für dich sein – und so viel mehr.«

»Wirklich?«

»Ja. Warum, glaubst du, laufe ich dir sonst so hinterher?«

»Ich nehme mal an, dass du mir nicht widerstehen kannst«, sagte sie neckend, aber die Wahrheit war in diesem Moment sehr wichtig, und Cici fiel es schwer, zuzugeben, wie sehr sie Hoop brauchte.

»Machst du Witze?«

»Ein bisschen«, sagte sie. »Aber nur weil ich Angst habe und gleichzeitig fürchterlich aufgeregt bin. Ich verliebe mich jeden Tag ein bisschen mehr in dich, und ich habe mir bisher leider immer nur die schlimmsten Männer ausgesucht.«

»Ich bin nicht wie die«, sagte Hoop ernst. »Und ich bin bestimmt nicht wie Rich.«

»Nein, das bist du nicht. Ich glaube, das wusste ich vom ersten Moment an, als wir im Olympus zusammen getanzt haben. Ich glaube … ich meine, ich weiß, dass ich dich liebe. So, ich habe es ausgesprochen. Und ich möchte so sehr, dass du bei mir bleibst. Aber du verdienst eine Frau, die dir ganz gehört und die du kennenlernen kannst, bevor ihr ein Kind zusammen habt. Und vor allem verdienst du ein eigenes Kind«, schloss sie leise. »Nicht das eines anderen …«

»Hör auf, Cici. Ich weiß nicht, was ich verdiene. Mein Vater sagt immer, die Welt schuldet niemandem etwas. Aber was ich weiß, ist, dass ich dich auch liebe, Cici. Du hast mich vom ersten Moment an verzaubert, und ich kann mich noch immer nicht aus deinem Bann lösen.«

»Wirklich?«, flüsterte sie.

»Ja. Ich glaube, deswegen habe ich damals im Club auch so seltsam reagiert. Es war kein festes Nein, sondern mehr ein hilfloses Wie-soll-ich-mit-dieser-aufregenden-Frau-Schritt-halten-Nein. Und ich habe es ja auch nicht geschafft. Ich ließ dich mir durch die Finger gleiten und bedauerte es sofort. Du hättest einen besseren Mann verdient, aber ich bin jetzt bereit, dieser Mann zu sein. Wenn du mich haben willst.«

Er zog sie an sich, während Lucy wie verrückt um sie herumtänzelte und die Leine um ihre Beine wickelte. »Ich will den Rest meines Lebens mit dir verbringen, Cici. Und ich will dieses Baby und noch viele mehr. Ich denke, es ist noch zu früh, dich zu bitten, mich zu heiraten, denn ich will warten, bis du dir völlig sicher bist. Aber du sollst wissen, dass das meine Absicht ist.«

Sie umfasste sein Gesicht mit beiden Händen und reckte sich, um ihn zu küssen. Sie wusste, dass sie bei ihm immer in Sicherheit sein würde. Der Kuss war süß und hingebungsvoll und eine Bestätigung von allem, was er ihr versprach.

»Das möchte ich auch.«

Er hob sie hoch und vertiefte den Kuss. Cici wusste, dass sie die Liebe ihres Lebens gefunden hatte und sie ein wundervolles Leben zusammen haben würden.

Epilog

Zwei Jahre später am vierten Juli waren Cici und Hoop wieder in den Hamptons. Cici erwartete Hoops Kind, und ihre fast zweijährige Holly schlief an Hoops Brust, während er in der Hängematte im Garten unter dem Schatten eines großen Baumes lag. Cici legte die Hand auf ihren Bauch und betrachtete Vater und Tochter liebevoll.

Sie zweifelte keinen Augenblick daran und würde es auch nie tun, dass Hoop die kleine Holly liebte.

»Hör auf, deinen Mann mit den Augen auszuziehen«, neckte Hayley sie, als sie und Iona aus der Küche kamen.

»Das sagst du nur, weil Garrett nicht hier ist«, meinte Cici.

»Sehr wahr«, gab Hayley zu. »Und ich habe darauf gewartet, mit euch beiden allein zu sein, um euch meine Neuigkeiten mitzuteilen.«

Iona legte ihr einen Arm um die Schulter. »Bist du schwanger?«

»Ja. Und es ärgert mich nicht einmal, dass du es erraten hast. Ihr wisst ja, dass wir warten wollten, bis wir verheiratet sind, und am Wochenende werden wir es allen sagen. Schließlich konnte ich nicht zulassen, dass du und Cici die einzigen Moms in unserer Gruppe bleibt.«

»Wir sind überglücklich, dich in unserem Mom-Club willkommen zu heißen«, sagte Cici.

»Unbedingt«, fügte Iona hinzu.

»Wer hätte gedacht, dass wir es so weit bringen würden?«, sagte Cici. »Unser Leben ist so erfüllt.«

Ihre Freundinnen nickten zustimmend und ließen sie dann allein, um zu ihren Männern zurückzukehren. Cici ging auf Hoop zu, der aufsah, während sie näher kam. Er setzte sich behutsam auf, um Holly nicht zu wecken.

»Du siehst glücklich aus«, sagte Cici.

»Das bin ich auch. Endlich habe ich die Familie, die ich mir schon immer gewünscht habe«, entgegnete er.

»Ich auch, Hoop. Ich auch«, antwortete Cici zärtlich.

Informationen zu unserem Verlagsprogramm, Anmeldung zum Newsletter und vieles mehr finden Sie unter:

www.harpercollins.de

Katherine Garbera
Das Weihnachtscafé in Manhattan
€ 9,99, Taschenbuch
ISBN 978-3-95649-838-1

Die ersten Schneeflocken fallen, ein Kribbeln liegt in der Luft, und über die Fifth Avenue zieht der köstliche Duft von Schokoladentorte – das festlich geschmückte Candied Apple Café ist bereit für Weihnachten! Hotelchef Mads Eriksson lässt sich von der besinnlichen Stimmung nicht anstecken. Es ist das erste Weihnachtsfest seit dem Verlust seiner Frau, und seine sechsjährige Tochter Sofia hat zusammen mit ihrer Mutter den Glauben an Santa Claus verloren. Doch als er Iona, die schöne Besitzerin des Candied Apple Cafés, kennenlernt, beginnt Mads' gefrorenes Herz zu tauen. Wird er etwa sein ganz persönliches Weihnachtswunder erleben?

www.mira-taschenbuch.de

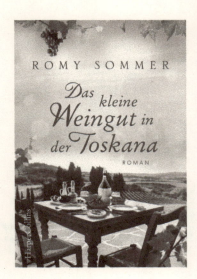

Romy Sommer
Das kleine Weingut in der Toskana
€ 11,00, Taschenbuch
ISBN 978-3-95967-422-5

Neuanfang auf Italienisch

Als Workaholic Sarah den kleinen Weinberg ihres entfremdeten Vaters in der Nähe von Montalcino in der Toskana erbt, ist sie entsetzt. Sie liebt ihr Leben in London – und hat eigentlich keine Zeit, eine toskanische Villa und ein Weingut auf Vordermann zu bringen, um beides gewinnbringend zu veräußern. In Italien angekommen, genießt sie dann doch das Dolce Vita, die malerische Landschaft und den köstlichen Wein. Bis sie erfährt, dass die Hälfte ihres Erbes ihrer Jugendliebe, dem eigenbrötlerischen Winzer Tommaso, gehört. Und der will auf keinen Fall verkaufen. Außerdem lässt er keine Gelegenheit aus, Sarah klarzumachen, dass er sie für eine hochnäsige Großstädterin hält. Trotzdem fühlt sie sich unwiderstehlich zu ihm hingezogen ...

Vino, Villa – und Amore?

www.harpercollins.de

Sarah Morgan
Sommerzauber in Paris
€ 15,00, Klappenbroschur
ISBN 978-3-95967-458-4

Eine Reise in den schönsten Buchladen von Paris

Grace kann es nicht fassen, als ihr Ehemann ihren gemeinsamen
Jahrestag nicht in Paris feiern, sondern sich stattdessen scheiden
lassen will. Doch weil Grace gern alle Fäden in der Hand hält, macht
sie den Urlaub prompt alleine. Auch Audrey reist mit einem gebroche-
nen Herzen in die Stadt der Liebe. Ein Job als Buchhändlerin könnte
ihre Rettung sein. Aber ohne Französischkenntnisse? Keine Chance!
Bis sie ihre Nachbarin Grace kennenlernt. Zwischen den beiden
entsteht eine ungewöhnliche Schicksalsgemeinschaft. Im Lauf eines
magischen Sommers lernen sie, die Welt mit den Augen der anderen
zu sehen. Nur welche Wendung nimmt ihr Leben, wenn sie einen
Blick auf sich selbst wagen?

www.harpercollins.de

Carys Bray
Das Zimmer der verlorenen Träume
€ 20,00, Hardcover
ISBN 978-3-95967-421-8

Wenn dein Leben ein Museum wäre, welche Dinge würdest du ausstellen?

Clover Quinn ist kein Wunschkind. Ob ihr Vater es bereut, eine Familie gegründet zu haben? Schließlich ist sie im schlimmsten Kapitel seines Lebens aufgewachsen – kurz nach dem Tod ihrer Mutter. In diesem Sommer aber betritt Clover das Zimmer, in dem ihr Vater seit zwölf Jahren die Erinnerungen an ihre Mutter aufbewahrt. Mit Samthandschuhen erschließt sie mit jedem Objekt die Geschichte ihrer Eltern. Für Clover steht fest: Sie richtet ein Museum ein, das Museum ihrer Mutter. Doch ihr begegnen nicht nur schöne Geschichten. Und die ganze Wahrheit kann sie erst erfahren, wenn auch ihr Vater einen Schritt in das Museum wagt.

www.harpercollins.de